交織在彼端的不凡歲月

鄭亦翔——著

目錄

推薦序

用自己的眼睛，創造屬於自己的世界

黃伯仲（壽圓文教基金會董事）

亦翔，我的忘年交，是一位「看得見」的人。他對世界有著特別、獨到的看見與想法，讓他在成長過程中不斷與環境碰撞。他的成長，他的看見，讓他特別容易跟比他年輕許多的朋友在一起，並且在他們人生成長路途中持續陪伴著他們。

當跟孩子有代溝，無法理解孩子想法時，亦翔的三言兩語便能讓我看見孩子們的世界。跟孩子在一起時，該如何看、如何聽、如何說。我自己也曾是個孩子，但卻遺忘了。

亦翔的看見，難能可貴。他的說，他的做，是一面最好的鏡子。他眼中常常閃著興奮的亮光，分享著如何與高中生學弟妹們互動，學習到新一代年輕人的知識、想法與所看見的世界。或許是他在母校永春高中時經歷了無數難忘的青春故事，所以畢業多年後仍與學校師生深厚聯繫，並且願意不辭辛勞地在工作之外的時間，積極為學校服務，與學生們打成一片。人會成長，但他相信不能因此失去了赤子之心，在大人社會的世俗百態與無常之間，藉由回母校跟高中生們相處，他總能從這些學生的身上看見找回原本的初心。

原本我以為這本書是亦翔以他在母校永春高中的生活經驗來描述說故事，沒想到他卻是以鼓山高中作為故事的背景，用南台灣的青少年作為故事的主人公。這兩個學校分別坐落在台北與高雄，一北一南，乍看似乎無啥相關。但有趣的是，永春高中位於象山旁、鼓山高中則在壽山的山腳下，兩者皆緊鄰山區大自然，環境相近，這或許就是作者創作本故事的地點藍圖，想回歸純真自然原點的心內渴望吧。

亦翔說，這個故事是他大學畢業時所寫，以學生時代的經歷及對未來想像編織而成。歲月蹉跎，匆匆過了十多年，現下稍作修飾出版，算是留下人生腳印，也剛好到達故事中這些角色人物長大後的年紀。是必然，還是巧合？夢如人生，還是人生如夢？是作者在寫故事，還是故事在寫作者呢？有位老師說，歷史的人物是真的，故事是假的，小說的人物是假的，故事是真的。真真假假，有所別呼？

讓我們看見自己的《交織在彼端的不凡歲月》。我們是自己世界的主人，我們所看到的世界，由我們創造。

「年輕人啊，時間過去就回不來嚕。如果錯過什麼，失去什麼要懂得放下，不要為發生過的事執著，因為我們不能改變過去，只能改變未來。」一位擺地攤，慈眉善目身著袈裟看似修行人，他笑呵呵說著。

第一章　藍水晶

二〇二六年　四月　二十九日

微風吹拂悠然的午後，高雄西子灣濱海一路的老街，孝珉悠閒騎著單車在熱鬧的路上，經過各種四人協力車與遊客。腳踏板嘎嘎聲與叫賣打氣球的小販聲交疊在路上隨處可見。

三十四歲熱愛運動的他，為貿易商小開，生活自在，怡然自得。

他經過鼓山渡輪站附近的冰店：星海冰，這間店高中常跟同學騎車來吃，如今還在營業，不過人要向前行，對於學生時代的往事孝珉並不會多懷念只是偶爾想起罷了，明天還要跟三位老同學相約到時候再來慢慢懷念吧。

「少年耶，少年！」一位年約六十的老頭在路邊熱情用道地的台語招呼著，他掛著暗紫色的小箱子裡面裝著各種貝殼小物在胸前熱情兜售並向駛過來的孝珉招手。

孝珉車子攏了下露出困惑皺眉表情停下單車，眼睛睜大的一個煞車停下來腳撐著地勉強擠出笑容。

「你看我這些貝殼漂不漂亮？」老頭不假思索的問，又接著推銷：「戴在你身上一定很適合！」

孝珉禮貌性的笑點下頭想婉拒，看這老頭個性很隨興可能是在地人。

「你真幸運，這是我昨天才挖到的寶，看你長的這麼帥氣給你打個折。」

老頭邊說邊拿出一塊布所包覆的藍水晶，這吸引孝珉注目好奇而拿起。

水晶在豔陽下反射漂亮的藍光芒閃爍無比。

「你看這水晶多特別，你有看過藍色的水晶嗎？」老頭興奮的問。

孝珉看了又看似乎有些興趣又有點想打發這個老頭。

「那這樣多少？」

「算你百三就好。」

孝珉手伸口袋掏出錢包很乾脆。

「謝謝喔！」老頭收了錢禮貌的說。

他簡單把水晶放入後背包踏上單車離去，心想這東西不知道帶回去要做什麼，家裡還是公司有什麼角落可以放，不過若變成未來斷捨離的物品之一也不意外就是……

老頭望著他的背影神秘的笑了，似乎對這顆水晶了解些什麼。

孝珉回到停車場把單車放到後座，今天沒什麼事好擔心的，他滑滑手機收到公司主管有事要向他彙報，看來公司似乎有事要他回去。

位在高雄港附近的一間廠辦正是他的公司，車一駛入，從門外的警衛到公司內的職員都向他打招呼，孝珉只是簡單回應。

一如往常，他來到他的專屬辦公室打開電腦看著本月營運狀況，坐下沒多久一位業務員下屬進來：

「老闆，您找我？」

「對，我想問一下為什麼這次的叫的貨又變少？上次報告怎麼沒有提到？」

「是這樣的，那邊廠商臨時說暫停供貨……因為他們有幾個模具停產，說是整個訂單量不夠所以停了，現在供給我們的是另一款替代品，就是上次報告有提過的。」

孝岷聽了不耐煩：「不是啊，這種事情怎麼沒有立刻讓我知道？」

「嗯……林經理是說目前還有變數……下禮拜美國對中國可能又會加關稅，不確定這次會不會把我們台灣還有東南亞那幾國一起攪進去……等公告後再看我們越南廠那邊的狀況廠商才會給出比較明確的答案，現在這些替代品只是對方暫時報給我們的……所以才沒馬上跟您報告……」業務有點緊張的回。

「好啦，知道了，你下午見到林經理再叫他來找我。」

「是的老闆。」

自從繼承爸爸給他的貿易公司已有五年，更是職員口中的公子哥，大家對他唯命是從，他在接手時正值中美貿易戰、新冠肺炎時期，正好趕上全球的轉單潮使他的家族事業蒸蒸日上，但大環境變化太大，近年來表現並不如剛接手的前幾年理想，尤其去年歷經美國反覆的對全球實施關稅壁壘使台灣製造業面臨嚴峻的挑戰，在匯率持續的波動下諸多的出口行業前程面臨不確定性，當然也包括孝岷的公司，慶幸的是今年並無更重大虧損但原訂的營業額等目標都沒達成，這是目前讓他想解決的問題。

在高雄楠梓的一處印刷廠，子恆操作大型印刷機似乎不太順利，它發出陣陣的運作聲忽然停止運轉，子恆嘆口氣，師傅一臉悠哉的走來。

「安怎？」

「又掛了。」子恆拍了下機器無奈的說。

「又動不了？怎會這樣？先關電源，都跟你講過幾次了？」師傅納悶彎下腰協助檢查。

「師傅，這個零件已經舊了，我已經反映要換新的。」

子恆傻呼呼拿起工具箱準備維修。

師傅：「笨手笨腳腦子長哪？舊了就不用動工了嗎！」

子恆滿臉委屈，又被師傅責備了。

他是個踏實工作的人，為人不錯有些憨厚，曾有位從高二開始交往的女友：委柔，就算到了大學也讀同一所並一起攜手畢業，兩人歷經愛情長跑多年看似一切都要修成正果，不料卻因委柔決定到澳洲打工變成遠距離戀愛，兩人的緣分也就因為這樣沒辦法取得共識走到盡頭，最終子恆因一時氣憤向對方提分手，本是感情就已淡的委柔也就同意，即使在事後子恆感到懊悔但多年來的感情就此結束。

分手後，他先是到水泥廠上班再到印刷廠，一天工作十一個小時來忘記失戀的感覺，久而久之就麻痺，休息片刻，來根菸發個呆或跟同事喝酒聊天就是他最大的樂趣。

在這樣的大環境下要生活並不容易，尤其傳產更是鮮少年輕人在做，大部分在地人一畢業都往台北、台中跑了，就算他已過而立之年還算是全廠裡最年輕的，每天留到最後下班負責關門，時常加班到十三、十四小時，下班已十點，隔天八點還要上班，要回家也晚了就索性留下住下來，再說因為缺工問題與少子化日益加劇，即使在這蕭條變化多端的年代印刷廠為了留住員工給的薪資其實蠻優渥。

豪放不羈的他不介意這裡充斥水泥跟機器的環境，拉著大型橘色方型塑膠桶裝滿熱水，一轉身就脫光跳進去泡澡，手機放著音樂享受這美好的片刻暫時忘記那百般刁難的師傅。

要說百般刁難，似乎不是只有印刷廠師傅的專利，同樣在高雄前鎮房仲上班的又雄也有這樣的主管，三不五時就會釘業績。

「小港、苓雅區這一個月是怎麼回事？怎麼可能零成交？」經理拿著幾個資料夾文件向又雄施壓。

又雄：「我今晚已經排一位客戶，三民大昌二路的。」

經理：「我不缺三民的，我要的是苓雅、小港這兩區的，這樣下去我們業績沒辦法達標！」

又雄：「好……」他搔搔頭說著。

待經理離開後手機響起，他的未婚妻：芊美打來的，只要有空芊美就會騎車到公司門口送自己料理的午餐，她從事接待會館的櫃檯固定晚班，這樣賺的比日班多一些，也因為這樣才有時間送午餐來。

又雄低調的彎著身子往門口跑去，他邊看手機訊息邊跑出去迎接，賢慧的芊美坐在機車上將龍頭掛鉤上的提袋遞給他，內有幾樣盛裝晚餐的鐵容器。

「啊妳怎麼準備這麼多！還有湯！」又雄接過來說著。

「今天不是要忙到晚上呢，平常不是說沒時間買晚餐。」

「好啦，準備這麼周全。」

「早點回來喔。」

她滿心溫暖騎車離去，此刻的又雄感到無比的幸福，聽到未婚妻溫柔道地的台南口音，賢慧可靠的模樣，業績壓力頓時煙消雲散，小心翼翼提著那一小鍋愛心便當更有精神準備上工。

又雄剛入行時正巧遇到房市反轉的那年，面對房價高速攀升加上央行緊縮貸款水位導致全台灣的房地產交易量迅速下滑至今仍沒起色，尤其南台灣的房市更是慘淡，就這樣誤打誤撞撐到現在，當前的大環境各行各業都很艱難，買房的人更是屈指可數。

下午三點多，繁忙的高雄車站人潮進出，不遠處客運站的一位站務員：芷淇，靈巧的站上廣播台熟練的拿起麥克風：「四點鐘往台中，往台中的旅客，請在二號月台上車，四點鐘往台中，往台中的旅客，請在二號月台上車。」

才剛講完就有位阿婆乘客扛大包小包浩浩蕩蕩來到櫃檯前，芷淇馬上提起精神從容應對：「您好需要什麼服務呢？」

「我是兩點半的到嘉義，我要補位。」阿婆掏出已過時間的車票。

芷淇快速查了下手邊電腦。

「您要坐下一班，四點二十分喔，我來為您改票。」

「我要單人座！」阿婆頤指氣使不顧旁人的命令對方。

「這班沒有單人座喔。」

阿婆理直氣壯的繼續說，展現就是我花錢買票我最大的樣子：

「那妳幫我換一下啊！」

「不好意思沒辦法喔，建議您可以線上改票或下載我們APP比較可以知道哪班有單人位。」

「啊換一下又怎樣，不都一樣！」阿婆更加不耐煩感覺客運站是自己家開的一樣。

「你們線上那個我又不會用好麻煩。」

芷淇都快翻白眼之際所幸她同事趕來接替崗位讓她鬆一口氣，因為她得趕在四點放學前接孩子。

回到休息室拿著自己包包，打卡下班，然後換上衣服拿起安全帽來到車水馬龍的街上直奔高雄火車站。

她提著安全帽跑過戶外車站大廳來到停車場匆忙的騎車離去，不久她來到學校門口，她就讀國小的女兒：欣綺開心雀躍的跑來，這是母女倆日常的一部分。

芷淇與丈夫：嘉政，一家三口住在左營一處透天厝，地是男方家的，房子也是婆家建的，可想而知家中的主人會是誰。

回到家後女兒下車直奔客廳想看電視，芷淇則是切著白菜準備料理晚餐，嘉政這時回來並沒有太關心妻小只提醒她剛回來時看見垃圾車已接近家門口，要芷淇去處理。

嘉政：「我剛剛看垃圾車已經快收過來了，趕快去準備！」

芷淇：「啊你沒看到我在忙喔?!綺綺，妳去倒垃圾……」

早已沉浸在卡通上的女兒並不想移動屁股。

芷淇：「……綺綺快點！」

欣綺：「知道啦！」

隨著垃圾車的鈴聲響起並緩緩駛過他們家門口，在地人家聞聲都會迅速俐落的拿著垃圾袋出來丟上車，孩子也差不多大了該訓練她做家事。

忙碌之餘放一旁的手機有訊息傳來亮起吸引她目光，簡單擦手拿起手機查看，原來是又雄、子恆、孝珉三位男人在Line群組內商議聚會時間，連同芷淇這四位是昔日鼓山高中五〇二班的同班同學，他們曾在校園內同進同出一起嬉鬧是班上的一個小團體，人稱「囂俳（台語：囂張）四人組」，距離高中時代已有十幾年之久，當大家各有家室生活後昔日同學要約見面可以說是難上加難，出國的出國，北漂的北漂，還好這四人都留在高雄在地發展，一切都是緣分。

二〇二六年　五月　一日

又雄將在近期選日子登記結婚並在年底辦婚宴，熱愛健身的孝珉提議乾脆去爬山連同慶祝又雄的單身趴，想起當年的共同回憶這次就由又雄邀請大家前往柴山，一說到柴山他們在高二下學期的放學時間曾多次造訪上面的天雨洞，這個石灰岩洞；當初就是又雄帶大家來的，沿著學校後面的登山口經過一連串木棧道來到這說要體驗山頂洞人生活，實際上是當時聽說這裡很適合來個微露營，聽校內的學長姊則說可以在這偷抽菸還有喝酒，無論如何都是一個不錯的探險地，更重要的是當時他們還真的在未成年的情況下帶了酒上去偷喝。

這座位於北柴山的溶洞並非想像中幽暗無光，洞內充滿石灰岩及少量鐘乳石，通道有如狹窄巷道，走到底可見到露天的破口大天井，在陽光充足的情況下其景美不勝收，遇到下雨時洞內會因水滴咚咚作響，故以「天雨洞」得名。

在網路發達的年代開始有人發現這洞穴，更是引來許多稱號網美的年輕女孩來此拍照，在天然採光下站在大天井，任何一位在鏡頭前站上去的人就像天使下凡般優美，如今這石灰岩洞因為太多人看到網美照慕名而來爭相在裡面取景拍照，壽山國家公園為了保護這珍貴的天然資產現已管制，要去洞裡還得視季節向政府機關申請許可。

不過又雄上網爬文，有網友稱傍晚跑進去比較不會被管理單位發現，於是他們計畫相約傍晚時分來到母校門口重遊舊地之後再一同登山。

這天適逢勞動節子恆休假，芷淇趁著丈夫與孩子到公婆家的機會來到這與三位老同學相聚，已經好久沒再來鼓山高中，學校附近的早餐店還有飲料店之類的小舖老早就換了，十幾年過去了這條上學的路始終不會感到陌生。

一到校門口便見到孝珉在那等候多時，兩人許久不見開始聊起。

「妳都沒啥變。」

「哪有，我都變老了，反而是你才沒變！聽說你現在很常跑旗津？」芷淇看到老同學不自覺得開始聊起。

「我接我爸事業啊，搞貿易的，蠻常跑港口那。」

就算公司面臨挑戰，整個給人感覺的氣場就像對世間無關緊要，無所畏懼，怡然自得的姿態。

芷淇：「喔，好厲害喔你！」

孝珉：「還好啦，妳呢？最近如何？」

芷淇：「沒怎樣啊，很忙，搞小孩就快煩死了，還好這兩天我老公帶她去婆婆家住，不然現在我一定沒空。」

話還沒聊多久暖場，開朗的高眺的又雄跟略胖的子恆從不遠處前來。

「哎呀，雄哥！」孝珉還是不改姿態坦率的招呼。

「嗨，好久不見啊！」

「你是不是長高啦?!」芷淇淘氣指著又雄。

子恆：「你看看我就說吧！」

孝珉：「雄哥，今天我們大家可是為你來欸！我們的新郎！」

芷淇：「我們上次看到你，大概有四年了吧?!去屏東玩那次你沒來。」

又雄：「抱歉啦，我常跑業務比較約不到，等等下山宵夜我請！」

說到宵夜，不難看出今天這四人肯定會像一般年輕人一樣搞到很晚才回家，即便已有兩人是成家的，不過都已跟家人報備好。

校門口的警衛室沒人也不像有人在管理一樣，這些公家學校一到假日就開放公共空間給一般民眾進入不大有人會來管。既然校門敞開就給它大喇喇走進去吧。

四人來到他們曾一起生活的校園，大致上沒什麼改變，操場上綠油油的草皮，一旁翠綠的山景從花圃到洗手台每個角落似乎都能想起它們的各種故事，他們東張西望，昔日相處過的同學、青澀的面孔，走廊上的學生群，種種的一切，所有的回憶瞬間湧現，在記憶中不曾改變。

芷淇：「這裡都沒什麼變，我記得以前那邊是高三，然後那邊是國中部。」她比了下手指著周圍的環境。

子恆：「你看這裡！我跟雄哥在這故意放蜈蚣去嚇隔壁班女生！」

又雄：「對耶，好像有這麼回事！」

芷淇：「你確定是這裡？」

子恆：「對啦！我們高二教室在那，五〇二班。」

孝珉：「喔，我想起來了，你們兩個被班導罵罰勞動服務，還叫我們兩個幫忙掃操場。」

又雄：「有嗎？我叫你們幫我掃？」

孝珉：「有——」

芷淇：「對，我也想起來了！你們超靠北的！整個就很屁欸，你女友知道她要跟這麼屁的人結婚嗎？」

又雄：「你們屁的事比我更多呢！對了，阿恆，你跟陳委柔最近如何，什麼時候結婚？」

其他三人聞之色變有些尷尬，芷淇似乎使些眼色要又雄別問了，又雄也察覺不對勁。只見子恆有些難言之隱，沉默了一會又釋懷的回答。

子恆：「沒差啦。」

又雄：「喔……抱歉我很久沒見到你，不知道你的近況……」

子恆：「她喔……就……我們早分了啦……幾年了。」

多年不見，很多事情都在改變，四人在學校各角落閒逛，看著每班門口的課表找尋著老師的名字。

「欸欸你們看，林麥璇！」芷淇發現了昔日國文科班導的名字。

子恆：「他還在？」

又雄：「真的欸！我以為他退休了。」

芷淇：「可惜，要不是現在假日我們還能去找他，還有這個這個！」

他們又發現幾位科任老師的名字：「你看這個，好像是音樂老師。」

孝琨仔細端倪了課表：「你們有沒有發現他們課好像少很多？還多一些奇奇怪怪的課？」

子恆：「好像是！而且他們沒早自習。」

又雄：「這麼爽，我們以前早自習都要考試，他們也沒第八節欸！」

芷淇：「沒第八節很久了好嗎，我那邊四點火車站就一堆高中生了。」

「音樂與藝術發展史？不就音樂課嗎？」子恆看著課表疑惑的問。

芷淇：「我聽同事說現在高中生說那是什麼多元學習跑班選課，現在我女兒小學也想搞這套，還有什麼學習歷程的那些東西一堆我沒聽過的，反正等我小孩以後長大再來研究，教改一直改……」

又雄：「欸好啦，去找我們班。」

眾人接著往他們以前的教室移動，透過窗戶看到內部許多設備跟印象中不同，在教室後方多了儲物櫃，前方的黑板多了移動式的白板。

「現在他們多好多東西，我們以前後面完全就是空的。」芷淇貼著窗戶仔細看著。

「油漆還重新刷過欸！」又雄指著窗內的牆面。

「好懷念喔，我真的畢業後就沒再回鼓中了。」

「他們座位好像有變少，不曉得現在一班幾人？」

「好啦好啦，我們等等還要爬山。」孝珉提醒大家抓緊時間別在這停留太久。

於是眾人趁著太陽下山前在學校拍幾張照，即便想在這多待一會但他們還有下個行程。

大家離開校園後來到校區後方不遠處的登山步道，在入口前的停車場已經有看到幾隻獼猴在那徘徊，不過大家對此情況並不意外。

子恆：「好，大家把背包看好喔。」

芷淇：「我怎麼覺得這裡的猴子比我們以前高中來的時候還多啊？誇張欸……」

孝岷：「大家不要跟牠們眼睛對視就好。」

又雄：「咦？孝岷你常來這爬山？」

孝岷：「也沒有啦，我爬山不會爬這種的，我都是去爬百岳那種。」

又雄：「我想說你怎麼懂猴子。」

孝岷：「我之前有帶我爸媽去台中那個武陵農場，那裡猴子也是很多，有經驗了。以前就有猴子會跑進我們鼓中了不是嗎，那時候林麥璇就有教過啦！」

芷淇：「是有被猴子搶過食物齁！欸我跟你們說我最近才看到新聞說中山大學上課的時候遇到猴子闖進教室拿走學生剛剛叫的Foodpanda……」

話還沒說完，眼前的獼猴突然一哄而散，像是看到什麼吱吱叫的趕緊逃回樹上，其他來不及上樹卡位的獼猴也躲到其他掩蔽物後方望著他們，一旁的登山客也很詫異。

孝岷心中突然有一絲不好的預感，但同行三人的談笑聲很快打消了他的負面感。

子恆：「嘖，看來這些猴子也蠻膽小的。」

在前方的登山客見獼猴退散也顯得放鬆不少，來這爬山最不希望遇到獼猴來這翻找人們的背包。

他們三人隨著前面的登山客進入柴山登山口，這條步道適合一家大小出遊時走，木棧道重新翻修過，坡度不陡，平常有在運動的話走起來算舒服。

上階梯開始爬坡，四人之中只有孝珉健步如飛，其他人看起來有些吃力很明顯都沒在運動，尤其子恆身材有點寬大爬起來更是吃緊氣喘吁吁，看來大家的體力不如以往，心裡紛紛自嘆老了。

又雄：「我們上次爬柴山好像真的是高中時候的事了……一開始是班導帶我們爬的，那時候還提醒我們小心獼猴，不要帶食物上來。」

孝珉：「呵呵結果變我們的祕密基地。」

子恆：「現在天雨洞都不祕密了，一堆網紅在那拍照打卡，還要申請才能進去。」

又雄：「我是聽網友說的，這時段好像不會有人管……」

孝珉：「選這時候好啊，而且晚上又不會熱！」

走一走唯一的女人就有些喘了，要這三位大男人放緩腳步。

「我很久沒爬山了……走不動你們要等我啊……」

又雄：「我們不像孝珉平常有在練身體的，欸，孝珉，你提議要來爬山的，如果芷淇爬不上去你負責揹她。」

子恆：「哎呦，這樣不行喔，人家有老公呢。」

孝珉：「你們還記得林麥璇給我們取啥綽號嗎？」

子恆：「靠！叫做……」

子恆和又雄：「囂俳（台語：囂張）四人組！」兩個大男人不約而同說出當年的四

人小團體就如高中時候起鬨這樣喊著，整個氣氛又在大家爬山的喘息中炒熱。

芷淇：「喔對！因為我們上課都在講話就被罰站，那時候還沒有Line，所以上課就很吵都在底下講話。」她興奮的告訴大家。

又雄：「啊對耶，我都快忘了！」

芷淇：「連教官都會這樣叫我們。」

邊走邊聊肚子也餓了。

子恆：「話說你們都帶了啥？我這應該是最重的。」稍微挺一下背包的問。

芷淇：「我帶水果。」

孝珉：「我帶了上個月從日本帶回來的巧克力。」果然不乏老闆樣的氣勢。

又雄：「我餅乾，你該不會真的帶酒吧……」

子恆把後背包挪到胸前打開秀出來十分得意：「對！還有一大堆零嘴……」

孝珉：「喔還真的咧，當我不用開車喔?!」

子恆：「安啦！氣泡酒而已，下來早就消了。」

芷淇：「先不要拿出來！等等被猴子吃掉！」

不過說也奇怪，沿途並沒有預期中會遇到獼猴彷彿都消失了。

四人在一番打鬧中彷彿回到高中時候，大家體態差不多唯獨子恆稍微胖了些，但是從外貌多少可以感覺得出咱們上年紀的感覺，上次在走這條木棧道已是學生時代的事，也許是看到眼前的景色心態上又回到過去青春那熱情的過去，講話自在不像大人。

大約走了半小時左右他們抵達了一處名為盤榕的休息站，這裡還有些登山客在聊天喝茶，不過大多數人都準備要下山了。

子恆：「到了沒……」他喘吁吁的說。

孝岷：「你喔，多久沒動了！」

子恆：「老了老呢！」

孝岷：「妳呢？」

芷淇：「我OK啊！」她滿臉通紅氣喘之餘勉強的比個讚！

就在又雄打開水壺喝水之際突然聽到狗吠聲，他們並沒有在意。

但隨之而來又是一連串的狗吠聲還有飼主的聲音吸引大家的注意，過不久看到一位登山客飼主被狗拉著想要下山。

該名飼主認識幾位在這休息的登山客，他們互相打招呼，接著飼主苦笑的跟其他登山客朋友們表示，今天不曉得怎麼搞的剛剛下來的時候往山上跑，好不容易拉牠下來，牠又繼續想往山下跑。

原本飼主還想留在這繼續聊天但他的狗不停吠並用犬繩拉著牠飼主想趕快離開這，無奈之下飼主跟這裡的朋友匆匆告別，離去時嘴裡還對著狗唸唸有詞叫牠不要一直亂叫。

又雄這時想起，他家曾養過一隻狗陪他走過學生時代，算算已經過世十年了。

芷淇：「欸欸所以那個洞在哪？我都忘記了。」

又雄回過神不太確定的指向一旁的步道：「沒記錯應該是這裡吧？」

四人隨即出發。

這時間點已經沒什麼登山客，他們穿越一處狹窄的岩洞後接著就是比較雜草叢生的步道，再往前走一小段就見到多年不見的天雨洞。

在那立有告示牌表示需要申請才能進入，開放時間為每年的十一月一日到四月三十日並至少於五天前申請。但今天剛好五月一日……

又雄：「還真的要申請……」

「嘖！就剛好差一天。」孝岷竊笑的說。

四人看到告示牌後心中的想法一樣，當然是直接進去啊！

芷淇：「走走走，別拖拖拉拉的！」

當年高中來這的時候根本沒有什麼管制，四人就這樣起身準備進去就像回到以前的時候那樣調皮。

來到洞口，這是一條細窄的縫隙，又雄身先士卒率先進入，剩下三人則跟在後頭緩緩爬進去，雙手攙扶兩壁。

又雄：「沒錯，這裡就是天雨洞。」

孝珉：「小心點喔。」

「真的好久沒來……」子恆寬垮的身軀填滿隙縫憋屈的說著。

不減肥不行了，但挪下身子還是順利進入。

現已傍晚時分，天色昏暗，洞內只有微光顯得陰暗，四人打開手電筒小心翼翼的注意四周。

在他們的記憶中，溶洞末端的天井中間白天時陽光打進來就像古羅馬神殿般一樣絢麗，只是周圍沒有華麗像文藝復興的歐洲石階、彩繪玻璃，而是石灰岩及地面散落的小石子包覆，登山客站上去對著陽光微笑所拍出來的照片可謂美不勝收因而得名，十個攝影師去拍十個都說讚。

自從有人在這拍照PO網後就成網美爭相拍照的地點，朝聖的人越來越多以至於國家公園開始限制進入人數，僅開放特定月份供民眾線上申請以保護這個石灰岩洞，當然，這四人是趁天黑前偷跑進來的，畢竟這個祕密基地可是他們共同回憶，什麼國家公園的規定早已拋之九霄雲外。

他們經過狹長的石灰岩穴後來到一個露天破口，僅存的微弱傍晚陽光從上方洞口照進來，十分唯美，他們氣喘吁吁卻又興奮無比。

又雄：「哇……到了。」

芷淇：「終於到了。」

又雄：「上次來這真的就是高三的時候。」

子恆：「怎麼有種……感覺我們又變年輕了。」

這種重溫舊夢的氛圍反而比在母校裡面逛還來的大。

芷淇：「這裡真的好美喔！」她順手拿起手機拍眼前的景色，「等等拍完傳給你們！」

三個男人擺出成就的表情彷彿就像登山客征服山頭一樣望著眼前的美景。

又雄：「啊！真的好懷念，那時候我們就在這裡聊一些有的沒的。」

子恆：「我記得第一次來芷淇還說什麼很恐怖不敢進去。」

芷淇：「記這個幹嘛啦！」她害羞地摀住雙臉，舉起手機要大家把臉湊過來合照：

「來大家來拍照，一、二、三。」

黑夜降臨，從洞裡抬頭可仰望清楚的明月，洞穴裡只剩他們手電筒的光但他們觥籌交錯的喝易開罐的酒，氣氛卻是活絡。又雄跟子恆開始點起菸，動作似乎很老練。

「欸欸你們！這裡抽菸會被罰錢欸！」腦海裡還惦記官網上規定的芷淇歇斯底里的這樣喊著。

「沒差啦！我們闖進來就已經要被罰了。」喜歡大而化之的子恆就這樣蓋過女人的疑慮。

又雄：「我們高中還沒這麼有種，頂多就在這喝酒還不會抽菸。」

子恆：「我也是工作後才抽好不？我們工廠師傅他們才厲害一天一包的。」

孝珉：「我談生意的不抽不行喔。」他把菸灰彈到與子恆共用的塑膠袋。

芷淇：「不過，那時候是誰說要來這的啊？」望著孝珉眼神看向身旁的企業家。

孝珉：「不是我喔，我今天是來帶大家爬山的，要來天雨洞的是你旁邊那位？是他發現這裡的。」

又雄：「對啦我！」

子恆：「他高二的時候發神經說要帶我們體驗山頂洞人的生活。」

芷淇：「對齁！是李又雄把我們帶來這。」

孝珉：「我們也不知道哪根筋不對就真的跟來還在裡面喝酒抽菸的，嘖，以前帶這些東西去學校早就被教官罰站一整個禮拜。」

又雄：「拜託，我們是鬻俳四人組同進同出的好嗎！」

孝珉：「誰跟你同進同出。」開玩笑的作勢要打他。

又雄：「唉呀，時間過得真快，我從沒想過我現在會做房仲，想都沒想過，而且還在整個大環境這麼不好的情況……」

芷淇：「不過你們還是很勇敢的在這時候結婚，我聽我前同事說他們現在裁員，大家都不敢這麼快結……莫非？你們已經有了？」她竊笑暗示又雄是否不小心當爸了。

又雄：「沒有好嗎！」這令他哭笑不得。

孝珉：「不然你認為你現在應該做啥？」

又雄：「我喔，可能做行銷企劃或是傳播媒體之類的……我大學同學都是到那邊上班，我前陣子連假才在路上遇到董微涵剛好回來高雄有聊一下，她在台北感覺混得不錯，好像在什麼外商公司上班。」說著說著講到工作，大夥聊起以前高中班上其他同學。

芷淇：「微涵喔！我看她IG常PO美食照。」

又雄換個姿勢，臉色也轉為感嘆：「老實說我其實畢業後也沒想要幹嘛，誤打誤撞就活到這年紀。」

芷淇：「好像大家畢業後真的不知道要幹嘛，我以前還蠻想當設計師的，結果設計系考不上……我有當過幾年櫃姐還有芳療師，現在……只是一個小小站務員，有小孩後一輩子就定了……」講著講著感到無奈。

子恆：「我不也一樣，水泥廠待到印刷廠，呵呵，就是這樣過的，每天加班！」

孝珉：「要加多久？」

子恆：「平均十一小時，如果是遇到節慶那些的，單特別多的時候會給你搞到十三小時……」

「啥?!這太扯了吧！算加班？」平常就覺得面對奧客的轉運站就已經夠麻煩的芷淇聽到這種工時不禁搖頭，就算是發車的客運司機最多也才十小時一班……

子恆：「對呀加班，按勞基法算，過八小時加成計算，一個月下來含加班也有八萬多塊。」

又雄：「還不錯啊！哪像我們都責任制。」

孝珉在旁不發一語又默默抽了口菸有點慶幸自己不是勞工。

子恆：「還是我們孝珉厲害，現在是老闆捏！」推著孝珉身子。

孝珉：「沒啥了不起啦！」他謙虛的頂著身子回應。

子恆：「啊你貿易商做的是啥？」

這時又雄電話聲響起中斷他們談話。

子恆：「這裡還收得到訊號？誰打來的？」

又雄：「我女友，嘿喂，我還在柴山啊……」

他接起電話，一旁子恆放下菸突然給又雄勾肩搭背開始起鬨。

「喔，未婚妻喔！大嫂！李嫂！」子恆這樣刻意靠到又雄身旁喊著，芷淇笑著輕微拍他肩膀要他別鬧了！

孝珉見狀覺得白癡，笑一下繼續喝酒。

忽然間大家手電筒一陣閃爍，在場的人覺得奇怪，又雄手機開始失去訊號並將手機離開耳邊放下查看。聽到有零星碎石掉落的聲音，子恆第一個反應就是抓起地上的包包保護好：「是怎樣？有獼猴嗎？」

「還是地震?!」芷淇同樣疑惑有些警覺。

緊接著不明力量又繼續讓大家的燈不約而同的閃爍像被電磁波干擾，芷淇潛意識的挽住子恆的手，這位微胖的男人也把酒放下張望四周彷彿有什麼事情要發生，山雨欲來，又雄與孝珉神色緊張不知道發生什麼事，此刻孝珉放在一旁的後背包突然傾倒。

子恆：「你們看！」他似乎注意到什麼馬上指著孝珉的後背包。

藍白色的光芒從他背包的拉鍊縫隙照射出，頓時間，天雨洞充滿這異常的藍光映照在他們臉龐，四人小心的望著那背包，孝珉緩緩把背包拉鍊拉開，只見藍水晶如魔術般憑空飄浮起來，連同他們身後在地面的小塊石頭也隨之向上飄浮猶如無重力般，藍白光照亮整個洞內，各種藍色的蜷曲線條從無形的空間竄出十分奇幻，四人難以置信眼前所見，飄浮在空中的藍水晶忽然爆發強烈刺眼光芒！

一瞬間場景忽然置換，眼前不再是黑暗的天雨洞而是陽光普照的路面，他們四人正分別騎著單車莫名其妙的下意識就是煞車，就在一陣充滿金屬感的刺耳煞車聲後，還沒反應過來後頭又有許多高中生差點追撞。

望著四周，豔陽高照，海風吹拂，伴隨零星船隻停在岸邊，這裡是高雄港附近的光榮碼頭，這是怎麼回事？

第二章　穿越

二〇〇九年 十一月 十三日

士凱：「是怎樣啦！」一位熟悉的面孔出現在他們後方皺著眉用著響亮的台語說道。

這是昔日五〇二班的同學，子恆轉頭發現他的單車後座還有一個人抱住他腰嚇了一大跳！居然是前女友：陳委柔！

委柔：「我剛剛快飛出去欸！」似乎對眼前這位「司機」很不滿。

離奇的是，其他五〇二班的同學也都在現場紛紛停下車繞回來查看。

四人不知所措完全不知道現在是什麼狀況，這群許久不見的同學竟穿著母校鼓山高中的制服出現在他們身邊，而每個稚嫩的臉蛋就像是不折不扣的高中生。

子恆：「妳……妳……怎麼會在這?!」他難以置信又看委柔穿著在鼓山高中學生時代有著湛藍色格子裙的學校制服。

又雄：「江士凱？李松穎？鄒子璇？何佳芸？」他疑惑的伸手指認大家，海風吹過芷淇臉頰旁的頭髮，又雄注意到芷淇的髮型竟然回到那以前高中蠢蠢的旁分頭。

子恆：「這……這裡到底是哪裡？」

孝珉東張西望看到眼前莫名的景象還有豔陽，緊抓著單車龍頭還在狀況外，這裡是高雄港區，更正確來說是光榮碼頭。

士凱：「這邊就光榮碼頭啊？」他疑惑的指著周圍的環境。

委柔：「欸，你還好吧？」拍拍子恆身子。

子恆：「我……」他望著孝珉、芷淇、又雄，他們三人同樣訝異聳聳肩面面相覷。

士凱：「你們幾個是怎麼啦？」

微涵：「發生什麼事？」牽著車上前關心芷淇。

「董微涵？」芷淇許久不見十分疑惑的問。

微涵：「嗯？」

子恆發現在場只有和他一同前往天雨洞的夥伴面臨一樣的問題，於是假裝咳嗽想私下找他們商量並用眼神示意。

子恆：「咳咳咳……我有點不太舒服……要去旁邊休息……」

「嗯！對對對！」孝珉馬上理解子恆的意思：

「他有點不舒服我們去旁邊一下，你們等一下，我們馬上就好。」突兀的瞎掰一下趕緊跟又雄、芷淇攙扶子恆並牽單車到一旁，委柔欲跟過去卻被子恆阻止。

子恆：「欸！等等，陳委柔，妳不用過來啦，我們還有事。」

委柔：「什麼？」滿臉錯愕望著男友。

子恆再次揮手讓一心想關懷的委柔作罷，在場佳芸、子璇、士凱、松穎望著他們一臉茫然不知發生何事。

士凱：「你們，罍徘四人組現在乾脆改叫剎車四人組好了！」大聲笑著說嘲諷他們。

四人神色慌張把單車牽來立好腳架望著彼此不知該怎麼辦，身上居然穿著昔日鼓山高中的制服，彼此的臉龐都跟其他同學一樣顯得有些稚嫩。

芷淇：「這是什麼情況？為什麼現在是白天？不可能啊！」

又雄：「我們還穿鼓中校服欸，這件我記得丟很久了啊？」

子恆：「不是，為什麼我前女友……也在這？」

對，為什麼現在人事時地物全部都怪怪的到處都充滿不對勁，喝酒的人在懷疑自己是不是醉了。

看著海港又伴隨陣陣海風，怎麼黑夜變白天，山上變海邊？

孝珉：「剛剛我們不是在柴山……的天雨洞……怎麼瞬間跑到這……？」

子恆：「這到底發生什麼事？剛剛……」

芷淇靈光一閃：「啊，我想到了，天雨洞、藍藍的發光……」

子恆：「對！藍藍的，是從孝珉包包裡跑出來的！」

眾人意識到剛才從孝珉包包裡發出來的藍色強光接著引發一連串異象。

孝珉：「那個藍水晶是我前天在西子灣被推銷買的……」

子恆伸手打自己一巴掌發現這並非作夢：「不對啊，我剛剛才喝一點酒不可能醉啊！」

芷淇：「我們是集體喝醉了嗎？」

又雄：「我剛沒喝酒……等下！大家快看自己包包！」

四人趕緊翻開自己書包，慌張之下大家分別撈出自己的傳統按鍵手機，相較於智慧型手機都是以前小小肥肥的機殼，掀開後才有數字按鈕。

芷淇：「這個……我高中時候的手機……」

在看到手機的當下四人意識到現在的情況可能比想像中複雜。

子恆打開自己手機發現桌布是與委柔的親密合照，他難以置信的又把手機闔上。

又雄：「你們看上面的時間……」他指著手機螢幕。

孝珉：「二○……○九年，十一月十三日？」

芷淇：「現在十一月？」

又雄：「我們回到以前了……」

子恆：「二○○九年十一月……我們現在高二……」他努力回想著。

看著四周熟悉帶點陌生的場景，很多記憶中有的設施都不見了，取而代之的是印象中十幾年前尚未重新整治過的路面。

大家腦袋裡還無法適應現在的情況，是回到過去時間倒轉了？這種科幻片的事居然發生在自己身上？就目前這樣看來也只能這麼推斷，回想起剛才的異象，天雨洞內忽然出現藍色光芒，地上的小石子浮起……莫非一切都是那顆水晶造成的？

孝珉：「這……怎麼辦？回到快……十七年前？」

子恆：「我們先冷靜……張孝珉，你那藍色的水晶怎麼會帶來天雨洞？」

孝珉：「我就放包包忘了拿出來……所以我們如果要回去那就得找到藍水晶？」

他忽然想到稍早前他們準備進柴山登山口時停車場的獼猴反常的一哄而散，爬山的途中罕見的完全沒有遇到獼猴，就連在盤榕休息處遇到登山客帶來的狗也巴不得趕快離開……難道是這水晶造成的？

「你們還記得高二有一次放學李松穎約大家去騎單車……之後又去吃星海冰。」又雄說著有點顫抖……

「那是高二上……還不是很冷的時候……」芷淇臉色也有點惶恐不安的回想往事。

「我們到底要怎麼跟別人解釋？」

子恆：「就先不要張揚，別讓其他人知道。」

另外三人看著彼此就這麼決定了。

四人似乎想起高二時的確有這段記憶，一起騎車經過這裡再一起去吃冰，就是那時間點再發生一次……，他們彼此鎮定下來把單車又重新牽去跟大家會合，現階段也只能這樣。

松穎：「欸，你們好了嗎？」

子恆：「沒事沒事，我太久沒騎啦，休息一下就好了！」

委柔滿心疑惑的又坐回子恆後座，子恆當下還有點反應不及這是他前女友，在這時空是現任女友……

「李松穎，我們……等一下是要去哪裡啊？」芷淇有點緊張的問……

「啊不就星海冰？怎麼了？妳那個來喔？」毫不在意的松穎這樣回答。

「沒有啦……亂講。」芷淇尷尬的笑一下不敢再多問……果然是聽到這個答案。

士凱：「那就好，我們要騎快點，不然不知道它幾點關門。」

聽完松穎的回應四人更加確信這的確是時光倒轉，他們回到過去了……士凱帶領大家趕緊出發並不想錯過西子灣那家冰店營業時間。

驚魂未定的四人騎著車表情疑惑，這種不真實感一直迴盪在他們心裡，同行的佳芸隱約望著孝珉似乎覺得有點怪異，剛才一定是發生什麼事才讓孝珉他們四人突然煞車。

不一會，大家騎到位在鼓山渡輪站附近的星海冰店，這裡對於孝珉來說就是前天騎車來過的地方，只不過這個昨天已是快十七年後，昨日還是炎熱的五月現已是微涼的十一月，看著身旁的同班同學，到底是什麼原因跑到學生時代呢？

四人隨昔日的同學們來到冰店，眾人將單車寄放在店門口就進去找座位，松穎老練的叫碗雪花冰，看著周圍顧客吃有如花盆大小的誇張碗冰不管這季節已是秋季，大家迫不及待的吃著冰暢談聊天。

孝珉、芷淇、子恆坐在一起想討論卻又被緊貼在子恆身邊的委柔打斷。

「欸欸你們怎麼啦？吵架喔？」委柔私下跟子恆小聲說道。

「沒有啦！」子恆也小聲回應這好奇心重的女友，正確來說是前女友，但是現在是女友。

又雄將大家的冰給端來：「來，我們的來了。」

目前比較能適應狀況的是又雄，算是四人之中比較冷靜的。

他們拿湯匙開始享用，對比周圍同學熱鬧的吃著，自己險些奇怪，就連吃進去的甜味還有冰融化在嘴裡的感覺都懷疑它的真實性，唯獨又雄已放下這不尋常狀況的戒心享受其中還跟一旁的士凱聊聊天。

又雄：「這味道好久沒吃到，好久沒來這。」

三人看著他自在的表情有點詫異不知道又雄現在是怎麼想的，這時又有電話聲響起，四人早已忘記十七年前自己的手機電話鈴聲，並不知是自己的電話在響。

又雄：「誰的電話？」

子恆：「欸妳的電話！」

芷淇馬虎的從包包裡撈出手機。
芷淇：「喔我的?!喂？嘿媽！蛤什麼？我不知……」
這群時空穿越者同樣邊吃邊注意芷淇講電話。
芷淇：「好拜。唉……我媽打來問我什麼時候回去，我等等不能待太晚。」
松穎：「欸等等要不要打咖？」突然從身後勾住又雄肩膀！
又雄：「嗯……改天啦！」
松穎：「來嘛來嘛！」
又雄：「我家裡有事啦，下次下次。」
這的確是以前的松穎，整天就愛泡網咖，自高中畢業後就不曾再去網咖店，印象中的網咖店過去十年也陸續收掉很多家。
孝珉起身來到店門口，轉頭放眼望去就是前天才騎車經過的鼓山渡輪站，這莫名的穿越肯定是跟藍水晶有關，那麼要找到藍水晶就得找到那賣水晶的老頭，他隨意攔下一位路人：
「不好意思，請問一下，這附近有沒有人在賣貝殼的？或賣水晶的？」路人揮揮手搖頭表示沒有……又經過一個老婆婆。
「阿嬤，拍謝，借問一下，這附近有人賣水晶或貝殼的嗎？」
「沒喔，你要去對面問看有沒有。」
佳芸跟子璇、微涵合吃一碗大碗冰之際，看著四人詭異的互動不免起疑。

大夥吃完後，又雄、芷淇上前關心站店門口打聽的孝珉。
又雄：「問得怎樣？」
孝珉：「沒線索，我等等去西子灣那邊看看。」
芷淇：「不然我們先回去好了。」
又雄：「也只能這樣。」
子恆才剛走出來要與他們會合馬上就被委柔挽住他的手，就像熱戀中的情侶般，女孩子會對男友展現的撒嬌。
「走吧。」
「我們現在要去哪？」神情恍惚的子恆還不知道前女友在說什麼。
委柔：「不是要陪我回家嗎？」
子恆：「喔……對……」他一時還沒反應過來，自己正當男友這角色。
高二時因緣際會下他認識了同校美術班的女孩，子恆當年有點魁梧肥胖，至今也是，大家總酸他是怎麼交到女朋友的，他們小倆口十分投緣，無時無刻總黏在一起，有人說，畢業是大家的分手之際，他們不只沒分手還刻意考上同個大學，歷經八年交往三千多個日子之久，親友對於他們倆步入禮堂指日可待，畢業後因委柔執意要延展國外打工渡假年數，子恆再也無法接受這種遠距憒而分手，即使事後感到後悔也使兩人再也無緣分各奔西東也就這麼單身過下去。
如今此生摯愛又出現在眼前，這讓子恆勾起過去八年與她交往的回憶，心中百感交集……子恆踩著腳踏車踏板，一步步的沉重，但現在她又靠得這麼近，就在身後被他載著，也許這是改變的契機？

三人與子恆分開後隨其他同班同學走進捷運站，他們並不打算告訴局外人穿越時空的事，繼續保持低調竊竊私語。

又雄：「我還是覺得很不真實……那這樣的話我不是就還不認識我未婚妻嗎？」

芷淇：「喔對！我家寶貝根本不存在……我也不認識我老公……等等我要回娘家，坐火車可能比較快，啊真是，現在都智障型手機沒辦法查時刻表。」

「這一定不是真的……而且捷運等好久喔……明明從這回家開車不必多久就能到。」孝珉這樣搔著頭抱怨著又不耐煩的敲打眼前的售票機。

又雄：「現在我們沒駕照真的很麻煩……」

不知何時佳芸默默到孝珉身邊拍拍他手臂，想試探一下卻又有點扭扭捏捏。

「那個……你剛剛沒怎樣吧，騎車的時候，看你們在那弄一陣子。」

「喔……沒事啦。」

「沒事就好。」佳芸撇著頭擺出溫柔的表情。

又雄跟芷淇默默竊笑看著孝珉彷彿知道一些關於佳芸的祕密，捷運列車緩緩進站，剩餘同學們互相道別，佳芸臨走前還特別向孝珉揮手，而孝珉也禮貌性揮手。

芷淇：「好了，我們保持聯絡！」

又雄：「OK，只能先這樣。」

孝珉：「我看看明天能不能理出個頭緒，有可能我們睡一覺就恢復原狀了。」

要說到這位單純善良的女孩：佳芸，其實她一直暗戀著年少俊俏的孝珉，直到高三芷淇無意間從子璇那聽來這樁八卦，長達一年的暗戀史才讓孝珉隱約知道這件事，但妹有情，郎無意，孝珉最終沒能接受佳芸的心意，畢業後不了了之，現在又從頭發生一次，但這次孝珉他們四人在時間軸上已提早知道此事，唯獨佳芸仍不知她心中的小祕密已被穿越回來的孝珉發現，只是沉默不說。

在有機車的未來是十分方便的，三公里的路程不用五分鐘就能抵達，可不論路程的遠近，子恆的後座總是空蕩蕩似乎少了誰，回到高中同樣路程騎單車得花上快半小時更何況後座還載著委柔，原先步伐沉重的腳踏板也因與女友再次重逢燃起青澀的回憶而變得輕盈，單車穿越在車水馬龍的街上，一路向女友家奔馳，最終子恆牽著車陪委柔走到家門口。

委柔：「明天我們要約幾點？我想去逛遠百。」

子恆神情有些緊張跟空洞的回答她：「明天我跟我那團，就是李文雄他們有約。」

委柔：「我可能下午兩點吧，你不要又偷跑去打網咖喔！」

子恆：「不會啦……我只是……」他有點羞澀。

委柔：「怎麼啦？」

子恆：「就感覺很久沒看到妳……有點怪怪的，騎車載妳感覺好像是好久以前的事。」在他內心已充滿各種澎湃，心裡有好多話想說卻又不知如何開口。

委柔：「你在發什麼神經啊？」

子恆：「沒什麼，反正見到妳很開心……」他再也忍不住內心的壓抑向前擁抱委柔，女友有些受寵若驚的睜大眼張起雙手回應這給子恆抱，就像母親安慰一個撒嬌的孩子般。

委柔：「好……好啦，今天怎麼這麼肉麻！」

在這刻，子恆找回了當初遇見委柔最真誠的青春戀愛感，記憶中長大後兩人之間的不愉快也在這時煙消雲散，因為在這時空背景下這些事從未發生。

芷淇來到繁忙的高雄火車站舊臨時站，這座臨時站早已在二〇一九年拆除，她發現熟悉的高雄新站憑空消失，公車站也顯得有些不一樣，除了近期才翻修過的銀色遮雨棚不見外，各路公車預計幾分進站的LED跑馬燈也消失，取而代之的是老舊的黃色站牌，一面是路線圖，另一面是亂七八糟的廣告像是痔瘡藥、補習班、抓猴、貸款那些的。

四處東張西望，瞬間一種懷舊感覺湧現，前天明明還趕下班提著安全帽跑過車站大廳去牽車接小孩，事隔一日全部倒退回去。

「……南下的區間車請在2A月台上車」

芷淇聽到廣播滿臉雀躍的奔向月台隨著列車進站，她在人擠人的車廂難掩興奮的感覺，這是台鐵舊型電聯車在未來已經不常出現這種車了，隨著乘客的步伐、揮舞輕盈的裙襬，她跳上車廂在人群中找了位置坐下，轉過頭看窗外，外頭的夕陽映照在她青澀的臉龐上，一切的青春通勤時光頓時湧現。

子恆回家後來到自己房間見前方電腦桌書架上的電腦遊戲片，興奮的打開光碟盒又馬上開啟桌機，又開始整理桌面的物品。他打開小盒子，裡面放著與委柔的合照相片，在二〇〇九年還能找到實體相片，未來這種東西幾乎要消失了！他激動的拿起相片擁入懷裡感到溫馨，這時Windows的開機聲響發出。

子恆：「WOW！水喔！」

看著螢幕介面自動跳出「MSN」跟「即時通」程式登入畫面，心裡藏不住許久的喜悅！

「真的假的……」

「MSN」馬上有人密他並發出「等登燈」的聲響。

「哇！就是這個聲音！」

他自言自語，打開高中時候的記憶，所有的歡樂就此湧現，這些綜橫二〇〇〇年代的通訊系統最終在下個十年網路與智慧手機崛起的背景下被其他通訊程式等App完全取代；藍色的視窗，上面有不同的朋友在線狀況，滾動滑鼠，每一個動作對於子恆來說都是十幾年之久的畫面。

在芷淇那頭，她像夢幻少女般邊走邊跳來到房間放下書包，抱起久違的玩偶轉圈圈並暢快張開雙手仰躺在床上心滿意足，眼神往旁邊飄似乎想到什麼。

打開衣櫃裡的長鏡看著鏡中的自己，撥弄瀏海，玩弄自己馬尾又撫摸臉蛋傻笑，摸了又摸發現皮膚細緻滑順，接著她把雙手向下撫摸自己胸部，原來高中時候的自己身材是多麼姣好，對比自己生過孩子走樣的身材，眼前這身材可是完美無比。

她脫去自己上衣揉搓自己直挺厚實的胸部不禁滿意的開懷大笑，接著脫得只剩內衣褲站在鏡子前搔首弄姿擺出各種性感曲線姿勢，快樂似神仙笑著合不攏嘴！忽然聽到門外媽媽晚飯的呼喊聲才趕快回神抓起脫在地上的褲子趕快穿起。

又雄回到自家熟悉卻又有些陌生，記憶中現在理應當是跟芊美住的屋子，是一個簡便的兩層樓矮平房，這裡是又雄長大的地方。

如果她現在沒班，那開門迎接的是那賢慧的未婚妻，而自己不應該會是這樣走進來的，機車應該會停在門口然後摘下安全帽被未婚妻給飛撲迎接，不過這年代自己根本沒機車，芊美也不會出現在自己家裡。

當一開門屋內忽然奔出一隻土狗汪汪幾聲叫朝又雄這跑過來。

他難掩激動放下書包蹲下抱起興奮搖尾巴吐舌討摸的土狗。

「豆餅！豆餅……你居然還在！」

這隻叫豆餅的土狗，是又雄國小時代撿來的流浪狗，平時聽話乖巧，看見家人一定會興奮的汪幾聲討摸，牠在二〇一五年衰老而過世，現在對又雄來說豆餅就像奇蹟似的復活。

除了豆餅外，又雄在二〇一九年過世的母親也應該在這時空是存在的？……屋內傳來許久未聞切菜的聲音，那個切菜聲頻率……是媽媽在切菜！走進廚房，後方的豆餅伸著舌頭興奮的跟進來，又雄目光望著眼前。

又雄的媽媽：美蘭正背對他炒菜，然後轉身稍微回應一下。

「喔，你回來啦？怎麼不吭一聲。」

他眼角泛淚馬上過去給媽媽一個擁抱讓美蘭措手不及，礙於圍裙上可能有洗菜水跟污漬趕緊伸手阻擋。

「欸……你，不要過來啦，我圍裙髒你學校的衣服不要碰到不然我很難洗！」

又雄不顧一切的將媽媽抱住，頭靠在她的肩膀高興的落淚，美蘭暫停手邊的工作，給又雄擁抱，一旁的豆餅在他們倆周圍繞似乎想湊熱鬧，在這當下又雄彷彿已挽回曾經失去的一切，他將媽媽抱緊，決定無論如何再也不要失去她！

在充滿大理石裝潢優渥的屋內，孝珉跟著爸媽在家吃晚餐，他沒有如其他人感到雀躍即便他的家境是四人中最好的。

嚴肅的爸爸似乎讓孝珉有些壓迫感……他就如自家貿易商，前董事長的身分坐在他面前，在這時空距離將公司交棒給孝珉還有十年之久。

張爸：「孝珉，禮拜天補習你要自己去，我有事不能載你去。」

孝珉：「喔好……」

張母：「最近模擬考了吧？怎麼沒聽你說考怎樣？佳美阿姨他兒子這次聽說有六十五級分，你咧？六十五級分聽說可以上成大呢！」

孝珉：「那是高三才有，我還沒考……」

眼前的父母還是跟以前一樣，開口閉口就是考幾分跟誰家小孩讀什麼學校，觀念還停留在早期唯有讀書高的思想中，每當晚飯時間不免會被父母檢視一番。

「現在還有一年要好好準備，眼光要放遠一點，人家考成大，你要考台大，你要先弄一個讀書計畫出來。」

爸爸拿筷子指點向兒子說的認真，孝珉無奈聽著似乎每一口飯都有點難嚥下，像被約束的委屈一口口吞下，記憶中他也知道自己最終不會上台大，放榜那天還被父母訓斥了一番，好消息是他之後上了花蓮的大學，離開家裡搬去宿舍後壓力就小很多了。

這時有人開門進來。

孝珉高一的妹妹揹著吉他進門。

「我回來了！」連忙在玄關彎腰換鞋子。

張母：「妳看現在都幾點了？每次都讓人家等。」

張妹：「今天社團課，團練比較晚啊。」

張母：「啊就叫妳不要參加這種社團嘛，多浪費時間。」

妹妹還沒換下校服就來到餐桌準備用餐，她早已習慣被爸爸講訓了。

張父：「剛才在跟妳哥講，要他弄讀書計畫，目標台大，妳之後高二去轉一個社團不要花時間在那邊，要多花精神在妳功課上。」

張妹：「欸……我才剛上高中，現在又講大學？」

孝珉默默的將晚餐吃完拾起碗筷離開座位完全不想再多停留，這些話題讓他感到厭惡。在那個時空背景下的高中生並沒有像現在這麼多的入學管道，學生幾乎用成績論成敗，相比現在少子化的環境，大學倒的倒，學生幾乎朝免試入學的方向進大學，說來看當年拚死拚活讀書的過來人相當諷刺。

二〇〇九年 十一月 十四日

經過一夜，四人分別從各自家中醒來沒什麼改變仍處在二〇〇九年這個時空，他們再度相約坐在中央公園的池塘旁早已迫不及待想分享昨天一整夜的心得。

孝珉：「結果睡一覺……我們沒有回去，說說看你們回家都怎麼了吧？」

芷淇：「我看了一整夜的無名小站還有即時通、MSN那些的超懷念欸，都幾百年沒碰了，我看到我無名的相簿都快哭了，裡面一堆醜照。」

子恆聽到無名小站噗的憋笑出來：「我也是！我才看妳無名還有上鎖的相簿！」

又雄：「我回家以後發現我媽還在……豆餅也還在！」

「該不會是你幾年前過世的媽媽？」芷淇吃驚雙手摀住嘴。

「對……她復活了，我媽復活了！我從沒想過我還能見到她！」又雄滿臉欣慰雙手搭著芷淇的肩膀擺動，感念的心盡在不言中。

芷淇：「太棒了！」

子恆：「你說的豆餅該不會是你以前養的那隻狗？」

又雄：「對……牠也復活了！啊你呢，有沒有覺得什麼不一樣？」

子恆：「我回家倒是還好，只是我昨天送我前女友回家……我覺得心情複雜……」

相比之下，子恆的心情似乎沒又雄這麼激動，這讓又雄小聲委婉的問：「是說……我還沒聽你說過，你們怎麼分的……？」

提到這個痛點，子恆侃侃而談，神情帶著些許悲憤：

「我跟她交往八年，你們也知道之後我們連大學都讀同一間……畢業後我中鋼沒考上就在水泥廠上班，她到澳洲去打工遊學一年……我們就變遠距離，每半年我就飛一次澳洲去看她，一年過去她又說想在澳洲多待一年，又一年過去她又把簽證延續然後就為了這件事我們常吵架，所以最後我就一氣之下就跟她分了，然後她好像也沒想挽留我……我很後悔，我應該過去陪她的，或是考中鋼有個好工作說服她留下……」

又雄跟芷淇皺著眉深表同情又認真的繼續聽。

「後來我去印刷廠沒日沒夜上班，一天工作十幾個小時自然就忘記這件事，只是想起來還是會……在意……」

說完，子恆揉眼睛擦拭眼淚，這樣魁梧略胖的男人也會有掉淚的一天，在這種失去愛人的痛彷彿只是昨日，又雄馬上安慰拍拍他。

「阿恆沒事了，現在她回來了，不是前女友喔！是現任女友！」

聽了這樣安慰子恆再度振作抬起頭來恢復元氣：「對沒錯，這次我不會再失去她。那芷淇妳呢？」

「我喔……我第一任男友還沒出現，不必擔心。」她把自己馬尾從頭後抓至臉前，尾端放於自己鼻前展現給大家看：

「只是我很久沒留這麼長的頭髮，還有旁分頭……一開始覺得蠻土的很屁。」

子恆：「我們現在這個樣子都很屁好嗎！」

芷淇：「可是現在看起來真的比較年輕，而且跟你們說喔……我身材變超好的。」說一說自己害羞遮住臉說。

孝珉：「是有差喔？」

「唉呦，你們男人不會懂啦，你知道生完小孩身材能恢復這樣幾乎沒幾個辦得到好嗎！欸孝珉你呢？」在場唯一的女性開始話起媽媽經。

孝珉：「我只是覺得不太方便，沒可以上網的手機，不能騎車開車，不能抽菸喝酒……」

子恆：「說到抽菸，現在沒那種衝動想抽欸，真的！要是以前我上班的時候一天就快半包，抽不停，不抽會死的那種。」

芷淇：「你要戒菸就趁現在！你現在還沒有菸癮！」

又雄：「店員也不會賣給你好嗎，來！所以說！」又指著子恆：「現在你的女朋友回來了沒有分手、沒有遠距離！」

子恆：「還沒有他媽的雞掰前輩，整天嫌我笨手笨腳，一週六天，上十一小時的加班！」一他搶過來激動的插嘴。

芷淇：「我也他媽的沒有一堆愛給我臨時改票，不會自己用App改還來煩我的奧客！還有很爛的大夜班！」

又雄：「對！沒有上班！沒有我那瘋主管，整天只會罵人，業績不好就拿下屬開刀自己又不檢討！責任制責任制的！」

芷淇：「不用趕著接小孩，煮飯、掃地、洗衣服，做飯送便當給公婆，還被老公管東管西的！我終於可以講點幹話，不然在小孩面前嘴巴可是要管很緊哈哈！」

幾人紛紛訴說著成年人的種種不如意，將所有曾受的委屈一次吐出來，就連在場唯一女孩也把什麼相夫教子、三從四德扔一旁。

又雄：「欸！我們現在罬俳四人組又重新合體了！耶！」

芷淇：「還記得我們的合體口號嗎?!」

子恆：「我來啦！」

芷淇：「來大家把手伸出來！」

四人各伸一隻手將手背懸空互相堆疊。

子恆：「我們是！」

四人：「囂俳四人組喔耶！！」四人將手舉起歡呼。

大家笑了一會，子恆還是把心中的疑慮提出來：

「可是這種狀態到底能持續多久啊？」

三人望向孝珉想要他給出答案。

「我也不知道……我打算再去找找看那個賣我水晶的老頭。」

大太陽下吹來帶著秋意的涼風，四人再次來到西子灣試圖找到那位神秘的老頭，假日時候的豔陽下有很多家庭出遊、年輕男女嬉鬧，跟平常假日會看到的景象沒兩樣，孝珉不放棄任何線索，只要有一絲線索都不放過，甚至連公廁也進去查看，希望可以趕快遇到那位老頭。

芷淇邊走邊不停拿鏡子滿意的照自己，一旁的又雄看她沒專心幫忙尋找老頭便來鬧她：「自戀喔妳。」

芷淇：「最好啦！」

仍專心在搜索行列的子恆看著四周：「你確定是這裡嗎？我沒看到什麼老頭或是賣貝殼的。」

孝珉：「如果我們是倒退十七年，那個老頭應該也是年輕十七歲。」

子恆：「他長怎樣？」

孝珉：「我一時也想不起來。」
又雄：「我們上次四人這樣走在這好像也是高三的時候？」
孝珉：「這我可是常來，我都沿這條騎到中山大學再騎回來。你看看前面那，再過幾年就有腳踏車道了。」
又雄看著前面尚未有單車道的蹤跡仍荒蕪的草地上覺得自己這團人就像有預知能力一樣很酷。
芷淇：「沒多久前我才跟我老公帶小孩來這邊玩沙，現在看我們大家在這邊感覺還蠻怪的，好像在作夢。」
子恆：「或許我們真的在作夢。」
又雄：「如果這是夢，那我還真希望永遠都別醒……」
這時電話聲響起。
芷淇：「誰的？」四人紛紛又開始找自己手機。
子恆：「這次是我的。」拿起手機看發現是委柔打來的！
「啊，我女友跟我下午有約，我得先離開。」
孝珉：「你不跟我們一起嗎？」
子恆：「拍謝啦，我們再約！」
三人看著子恆輕盈的步伐背影離去，阿恆這傢伙根本絲毫不在意藍水晶的事！
又雄：「見色忘友，以前他就是這樣。」

芷淇：「你喔！少說別人啦，以後你還不是一樣？」

「先生，問一下這裡有人在賣水晶嗎？一個大概五十歲阿伯……。」

「借問一下喔，你知道這附近有人賣水晶嗎？還是賣貝殼那類的那種人？……」

又過了半小時孝珉沿途問著路人仍沒問到答案。

「小姐打擾您，不曉得您最近是否有在這附近遇到賣水晶的人呢？……好的謝謝您。」又雄禮貌的這麼問，可想而知對方並不知道。

一旁的芷淇喝著小吃攤買的飲料跟又雄左顧右盼，大家都問了不少人，實在沒看到像是賣水晶的老頭。

也許他們服務業平常就要對客人這麼禮貌，都是那種請、謝謝、對不起掛嘴邊的，那些被芷淇、又雄問的路人心中都覺得，現在的高中生怎麼會這麼有素養……

在這黃昏的街頭上，三人心中都有個疑問，他們究竟會在二〇〇九年待多久？甚至是……就這樣待到永遠？

孝珉獨自進到一家小店面想詢問老闆哪裡有賣水晶，留下兩人在外頭閒逛。

芷淇：「我真的很想把Google Map直接拿出來搜尋哪裡有賣水晶，這樣不曉得要找到什麼時候。」

又雄：「現在不是沒有Google Map，是我們手機不是可以上網的……這時代連3G網路可能都沒有。」

芷淇：「不然我問問那位好了。」她指著不遠處擺地攤賣佛珠穿袈裟又光頭的老人。

又雄：「一定不是他啊……不要因為人家是老人就亂指。」

芷淇：「加減問一下沒差。」

她帶著又雄上前詢問：

「你好，拍謝給你打擾了，借問一下，你知道附近有賣水晶的人嗎？」

「喔……我不知道喔，沒什麼印象。」

「好的謝謝您。」

「啊不過你們為什麼會在找水晶啊？」

芷淇尷尬的傻笑，目光飄向又雄不知道怎回答，眼神無意間發現對方的手上有串佛珠，透明的貌似水晶做的有些特別，戴在自己身上的應該是非賣品。

事到如今沒問出個結果，又雄倒抽一口氣抱持一點希望：「其實我們在找一個賣藍水晶的人，他的水晶能讓我們回到過去……所以我想找他弄清楚。」這樣講大概會被當瘋子吧？

不料老人聽完伏首輕輕笑了幾聲。

「年輕人啊，時間過去就回不來嚕。如果錯過什麼，失去什麼要懂得放下，不要為發生過的事執著，因為我們不能改變過去，只能改變未來。」他向兩人笑呵呵的說著。

兩人面面相覷有點想當場翻白眼，果然不會有人信！可是這個穿越時空回到過去的事就活生生在眼前啊！大概是這老人誤解又雄的意思吧？

老人：「年輕人吶，你們曾失去過什麼，想挽回的嗎？」

「失去」跟「挽回」這兩個詞使又雄腦海中頓時閃過關於媽媽的記憶，不過現在已經有挽回的機會，看來搞不清楚狀況的是這老人……

又雄：「嗯……沒有……」

又馬上被老人開朗的仰下首笑著說：

「很好很好。」

兩人又尷尬的傻笑，不知道該怎麼跟老人接下話題有點想閃人了……

老人：「不過啊，水晶是好東西，它蘊藏很多能量，是珍貴的東西。」

他摸著手上的一粒粒佛珠繼續介紹：

「像這串佛珠就是用水晶做的喔，我這有瑪瑙、翡翠、珊瑚這些的也同樣是有很多能量的東西，戴在身上絕對有好處。」說著說著他拿出一個暗紫色的小箱子，打開裡面裝滿用水晶做的佛珠。

身為業務工作的又雄反射動作就是想到這又是推銷的起手式，不過接下來卻出乎他意料，老人從盒中拿起一串普通木質看起來廉價的佛珠：

「有緣在這遇到你們，我這串佛珠可以給你們結緣……不用錢的。」

言下之意他想要其中一人收下，而這兩人也明白他的意思，心中都想著，別給我……好尷尬……我拿這種東西不知道要幹嘛……，就算家裡燒香拜拜的也只是意思意思，絕不是什麼虔誠的佛教徒或道教徒……腦海已經浮出一些拒絕的理由，像是家裡已經很多佛珠或騙他說我是基督徒之類的……

老人眼看兩人之中，直覺的遞給又雄，感覺上他是有慧根的人。

又雄平常都沒在拜拜的，按常理看對方是虔誠的修行人，這樣拒絕的確不怎麼好便伸手接下來。

老人又用歡樂誠懇的語氣說：「要知道，宇宙中存在的大千世界都是意識的集合體，心存善念，迴向給世間，這樣心靈就有所成長，靈性才能跟著提升。」

又雄只能繼續尷尬笑著禮貌點點頭心想這是又在說什麼奇怪的東西。

「願你們平安，喜樂，阿彌陀佛。」老人一個鞠躬。

兩人也不知道該怎辦就一起禮貌性的點個頭，然後離開。

又雄把這佛珠隨意塞進包裡。

孝珉從店家出來與兩人會合，仍沒問到下落。

芷淇：「哦……在這裡找好像沒什麼用……我們要不要乾脆去天雨洞找找看有什麼線索？」

孝珉：「也對！直接去事發地看看吧！」

但他們不知道的是，芷淇跟又雄剛才遇到那位穿袈裟慈眉善目老人所用的暗紫色小箱子款式跟孝珉在二〇二六年遇到的賣水晶老頭用的是一模一樣的……究竟是巧合還是有所關聯？也許孝珉在剛才若能遇到這位出家人或許就能察覺，只不過陰錯陽差，他錯過了這項關鍵線索。

在百貨公司門口委柔已等待一陣子，子恆用最快速度踩著單車騎來，踩的還有點汗流浹背的趕快把單車停好，快步走來與女友會面。

「讓妳久等了。」子恆表現的文質彬彬。

「哇，你什麼時候變這麼禮貌！」

「我一直都很有禮貌啊。」被女友這樣講，幽默的回應給她。

子恆年少時期有時候有點大男人的傲氣，兩人都會互不相讓的鬥嘴，今天卻乖的斯文順著她讓委柔有些不解。

他們倆逛一逛就到湯姆熊打遊戲機，兩人一同玩打地鼠遊戲機，歡笑無比，遊戲結束兩人稍作喘息。

子恆：「好刺激……」

委柔：「好累……等等吃東西不會有罪惡感了。」

子恆：「妳別擔心，妳就盡情吃，等等我請客，不管妳怎麼吃我都覺得妳性感。」

委柔：「最好是喔！你之前還嫌我不運動。」

子恆：「那是之前，我以後都不會要妳運動。」

「這樣不好吧！」委柔倚靠在子恆身上，肢體動作已不言而喻此刻是多麼喜歡身旁這男友。

子恆：「妳是我的最愛呀！」伸手撫摸她頭表示呵護。

「啊，那邊有拍照機，我們去拍！」

委柔：「又要拍？前幾天才拍過欸，難得你會主動想拍。」

隨時拍照是女孩的本性，無時無刻都想記錄下眼前美好的一切，委柔也有著這樣的習慣，對拍照不耐煩的子恆總覺得無聊沒意義，這次難得會順著女友的喜好。

子恆：「我跟妳說。」他拉著委柔來到機台旁撥開簾子進入，恨不得跟委柔拍個夠。

「等到妳大一的時候，手機會比現在方便很多，全部彩色還有比現在高畫素的照相功能，到時候妳可是會拉著我天天拍，以後會有FB、IG、抖音、Threads、小紅書那些有的沒的……」他邊說邊研究操作拍照機機台……

委柔：「唉呦，你怎麼還是不會用，按這裡啦。」

子恆尷尬的笑，委柔老練的就按下按鈕開始進入攝影模式。

在閃光燈下兩人貼緊臉甜蜜的合照。

午後的碼頭，海風吹拂，小倆口在岸邊散步，不同於記憶中的未來，交往八年來，後面的六年帶委柔出去都是騎車開車的賞夜景、環島，只有兩年的時間因為還是未成年的年紀沒駕照，約會只能做些無聊的事，平常只能搭公車、騎單車跟散步這些給小朋友的活動，無奈現在就是小朋友也只能從事這些活動。

雖然這麼說，內心已是三十四歲的子恆完全不會感覺這樣約會很老土，反而覺得高中生的約會型態也不錯。

走著走著這張大嘴巴開始分享關於未來世界的科技，這讓委柔聽的目不轉睛。

「真的假的？AI生圖這麼方便？」

子恆：「不只這樣，以後還可以用手機結帳，像是Line Pay、Apple Pay。」

「配？」

「就是Line啊！」子恆想了一下這時候Line還沒誕生。

「反正就是用一隻手機就能搞定很多事情，還有拍照可以修圖，把腿變長臉變小那些妳想得到的都能辦到。」他這樣比手畫腳的說道。

委柔：「哇！你怎麼都知道？這是科幻電影才會有的吧？」

子恆：「相信我，我的推斷準沒錯。」

當然沒錯，子恆在這時空裡可是先知！

二〇〇九年左右這時間點可說是科技改變人類生活型態的關鍵分水嶺，在這兩三年間，人們可以不必守在電腦主機前才能享受網路服務，有了智慧手機幾乎取代了個人電腦基本功能的一半以上，甚至連修圖軟體的簡便性跟功能都能媲美電腦的成品，徹底改變往後十多年人類的生活型態。

兩人走到一台自動販賣機旁，投幣掉出利樂包飲料，委柔順手拆開來喝。

「我都不知道原來你這麼懂電腦手機那些的……你應該去選理工組。」還沒聽委柔說完，子恆馬上注意到眼前的飲料：「妳看這個。」他指著自己手上利樂包綠色處：「我職業病又犯了，妳看看這裡，雖然是綠色，但是其實裡面它也有紅色的成分。」

「我可是美術班的你可別騙我。」

「妳再看看這裡。」子恆又拆開利樂包上緣，那有六種方形色卡2x3排列。

「這些顏色就是給印刷機用對正確的顏色跟校正印刷位置，就跟妳們班會用到的色卡道理是一樣的，光是一個綠色就有好幾十種，綠色一個網格裡還會摻雜一些別的顏色來調和。」他展現一個印刷廠師傅教徒弟應有的樣子。

委柔懵懂點頭忍不住打岔：「你家應該不是賣利樂包的吧？」

「我曾經在印刷廠打工過啦……」

「你真的讓我大開眼界。」

「那當然，我可是你優秀的男人！」逮到機會當然得在女友面前炫耀自己。

這使委柔不禁翻白眼。

委柔踩在欄杆上面向大海望著橘色遍布天空的晚霞夕陽，子恆將頭撐在欄杆上與她共同欣賞，這世界彷彿不再存在孤單寂寞這些詞。

女孩伸懶腰對今天短暫的假日還不甘心就這麼結束：「好快喔，一天就沒了，想到禮拜一還有一大堆作業還沒完成就煩。」

「禮拜一？我連要考什麼都不知道。」

「你不要考試考爆了，不然你媽一定碎碎念，這樣我們怎麼約？」話鋒一轉也許肚子餓了，她擺出可憐楚楚的樣子看著男友：「欸……等等我們吃什麼？」

子恆頓時腦袋一片空白，自從分手後就沒有女人跟他單獨在外約吃飯了，就算有也只是工作上的朋友還有阿母，現在突然問還真不知要吃什麼……不行……千萬不能搞砸。

遇到有疑問跟困難的他就會做出一般年輕人會做的動作，就是點開Google Map 搜尋美食之類的關鍵詞，不用幾秒就會得到很多答案供你參考。

反射性的伸進口袋摸到自己手機，眼前的手機只是舊型的傳統手機……這年代還沒有Google Map可以在手機上用。

他再仔細回想，以前學生時代跟委柔到底都去哪吃飯的，一個記憶閃過，他們常會去學校附近的一家連鎖複合式速食店，這家店有賣台式的料理又有美式的炸雞薯條，東西雖然普通卻物美價廉，對於沒啥錢的學生這裡是絕佳選擇！

「丹丹漢堡！」他脫口而出。

委柔看了一下又把視線望著遠方大海。

「喔，好啊。」她並沒有太多表情，好像就沒意見的接受。

安靜了一下子，子恆同樣與她望著大海，腦海出現關於兩人跟這裡的回憶。

「……對了妳看看這，我記得這是我們第一次相遇的地方。」子恆想起偶像劇都是這麼演的，現在剛好可以表現一下營造氣氛，沒想到身邊的女孩突然問了一個毫不相干的問題：「今天幾月幾號啊？」

「怎麼了？今天五月……不對，是十一月十四。」子恆年代有點錯亂還得思索下，還沒想清楚馬上又被身旁的女孩出題目來考他。

「我們幾月幾號交往的？」

「八月……」

「幾號？」女孩繼續這樣追問。

「嗯……太久遠了……」

「齁，你真是……十四號啦！」說完，女孩吐口氣又皺眉。

「喔對對對！十四號，今天我們交往三個月！」遲鈍的子恆講著不知該怎麼接的話，突然有點後悔自己沒事學什麼偶像劇的劇情耍什麼浪漫。

「要是其他女生你早就出局了！」她拍打子恆的頭：「早就出局了阿呆！」再拍打一次他頭。

「好好……我記得了。」子恆被打心虛尷尬的無力還手。

「居然一整天都沒發現，現在才想起來，哼！我還以為會有什麼小驚喜，一點都不浪漫！居然用丹丹的漢堡給我打發掉。」

子恆：「對不起啦，晚上我帶妳去吃好吃的。啊！去吃捷運站旁邊那個飯店怎麼樣，上面的觀景餐廳！」

委柔：「最好，你哪有錢？」

子恆想掏錢包卻發現這時空背景下他沒信用卡：「嗯這時候沒有……」

委柔假裝鬧彆扭繼續望著夕陽，子恆雙手摟住她腰將臉鑽入她頭髮內貼緊她臉頰，使她害羞的微略閃躲：「幹嘛！旁邊有人會看。」

「不重要啦，有人我們就放閃啊！」

在西子灣調查的三人仍一無所獲，並沒有找到任何關於藍水晶的線索，已轉往到柴山上尋找一切的原點，現在天氣沒這麼熱比較舒適，路上還多了不少觀光客，定居在這的野生獼猴看到這麼多人來光顧也紛紛跑到步道中央伺機而動等著餵食，這次的獼猴就比較正常，並沒有像那天一哄而散。

三人通過這些遊客跟獼猴群，腳步也比其他登山客還快，顯然是有任務在身的。

天雨洞，他們緩緩來到洞口小心的進入。

四周張望，這裡跟未來幾乎沒什麼改變，唯一不同的是這年代並沒有管制出入也鮮少人發現這秘境。

又雄率先進入，記得前天在二〇二六年進入洞口時膝蓋還有些卡住，現在反而進入沒這麼難，高中時候還沒長這麼高，發育比較晚大概要到大一才真正長高，真不知道是該哭還該笑？

緊跟在後的芷淇、孝珉抓住又雄的手迎接進入。

順著窄小的岩壁朝著露天洞口前進，太陽還沒完全下山，在洞裡已比外頭昏暗許多。

總算來到發生異象的洞口。

芷淇彎腰翻地上的石頭，又雄、孝珉摸著岩壁找尋關於藍水晶的蹤跡，不意外的，記憶中遺留的個人物品全部消失不見就像從沒來過一樣。

芷淇：「這裡什麼都沒有啊？」

孝珉：「仔細找找。」

又雄：「我們帶的東西也不在這裡。」

現在是二〇〇九年，會在二〇二六年出現的東西現在不存在似乎也說得通？

芷淇：「所以既然我們的東西都不在這，那水晶是不是也不會在這？」

又雄皺眉頭盤了下邏輯：「有道理……就跟我那天開來的車一樣，自然不可能會在這時空出現，我的車這年代又還沒出產……」

芷淇：「就是代表……水晶可能還沒出現？」

孝珉：「我上網查過，水晶要形成需要好幾千萬年……而且沒查到過藍色這種水晶。」

芷淇：「你想想……你到底跟水晶有什麼關係？」

這位貿易商小開想了想，的確他生活周遭確實有水晶，從爸爸那輩就相信水晶可以帶來好運、聚財風水那些的，可頂多是擺家裡而且都是稍微大顆有擺基座的很普通，顏色也是正常白色……

又雄：「你說你在西子灣跟一個老頭買的？你買多少錢？」

孝珉：「一百多吧，沒很貴。」

又雄摸著地面的石塊有些懷疑：「你會不會是被騙了啊？搞不好根本不是水晶。」

孝珉：「那不是水晶又是什麼？我寧可相信我被騙，事實就是那顆東西讓我們被困在這年代。」

狹窄的捷運車廂，三人疲憊坐在車廂內搖搖晃晃，過一天仍一無所獲他們只好搭捷運離開，三人分別從票閘口刷一卡通出站，自從有了駕照就不曾再進出捷運站的，現在單車、捷運、公車變成他們重要的交通工具。

又雄頻打呵欠：「現在已經快過一天，沒什麼事發生……」

芷淇：「我們好像也什麼事都做不了。」

孝珉：「事出必有原因，我想想。」他摸著頭思考。

三人經過捷運站的穿堂，不遠處傳來熱舞歌的聲音，他們穿著統一的學校運動褲，還有貌似社團服，原來是一群高中生在跳舞，從運動褲判斷就不是鼓山高中的，在學生群間忽有一位綽號叫柚子的女學生熱情招手：「曾芷淇！」

「柚子！」芷淇興奮的上前擁抱，感覺是很熟的人。

柚子是芷淇的國中好姊妹，記憶中她已經是兩個孩子的媽，現在跟芷淇一樣同為十七歲的女孩，反差甚大。

芷淇：「我的天啊好久不見！」轉身向孝珉、又雄介紹：「這我國中好姊妹柚子，之前有跟你們說過！」

孝珉跟又雄對她簡單招手打招呼。

芷淇：「以後妳結婚後都沒空，都不能跟妳約出去玩了！」繼續抱緊她說道。

又雄跟孝珉對看一眼，知道眼前的夥伴又犯了他們都有的通病，就是時空錯亂。

「在說什麼啊?結婚?」柚子稍微疑惑下也抱住芷淇，自己還在狀況外的傻笑：

「妳自己還不是很忙。」

芷淇：「好啦不管，我們趕快約時間出來吧！」
柚子：「好啊，該約一下了。」
芷淇：「你們都在這練舞？」
柚子：「對啊，最近才開放的，場地超難搶的。」
芷淇：「好懷念，先約個時間。」
柚子：「做指甲嗎？」
芷淇：「耶對！在十全二路那家的。」
柚子：「我等等打去預約！啊你們剛剛去哪？」
芷淇：「喔，爬山啦，去柴山天雨洞。」
身旁兩個男人看著她們對話也不知要說什麼反而有點尷尬。

孝珉回到家看父母不在總算鬆口氣，不然又會東問西問跑哪去了，跟誰？男生還女生？多少人？像被偵訊一樣。

趁家裡沒人可以享受難得的自由，衣服都沒換就一身躺在床上望著天花板靜下心想這詭異的一切。

穿越時空？從小到大看過的電影題材不外乎就是回到過去，改變過去，要不然就是跑到一個很科幻的未來，回顧過去看過相關的電影比較有印象的是一部洋片叫《星際效應》，那是他大學時代的電影，還是跟前女友去看的。

對於其他科普的東西有看沒有懂，老實說這部片實在很複雜但其中有一項在講「重力波」，它能在宇宙間拉扯不同時間軸影響著不同時空的人事物。

那天的異象會跟這重力波有關係嗎？

再想想其他關於穿越時空題材的電影跟電視劇好像很喜歡這樣的劇情……孝珉拍拍自己額頭心想，如果跟這什麼電影還是電視劇情一樣，這只是一場夢或只是熟睡的他不小心陷入什麼宇宙漩渦裡來到二〇〇九年的話，那只要二〇二六年那端的自己被喚醒就能瞬間回到二〇二六年了。

現實是不只是自己，連芷淇、又雄、子恆那三人都同時穿越過來……這恐怕不像電視劇演得這麼簡單了……到底該怎辦呢？

值得慶幸的是，雖然現在沒有ChatGPT這些AI軟體來解答，但這年代已經有Google，有網路，接下來還是從網路搜尋最快。

二〇〇九年 十一月 十六日

禮拜一到了，孝珉著制服與其他同校同學搭車搖搖晃晃，又是新的一天，他臉上沒有期待的表情只是跟一般學生一樣沒太多想法，頓時間從一位貿易商小老闆可以對員工呼風喚雨，大家都得看他臉色的環境變成被父母使喚還有讀書考試的學生，心裡其實有些不平衡。

區間車經過愛河橋面，這是台鐵還沒地下化可以看到的景色。芷淇帶著期待的心迎接上學，望著車窗外河面景色滿心期待今天的開始，不知道校園生活會是如何發展。

學生們陸續進入校園。又雄與子恆在校門口相見，彼此互相揮手打招呼，同樣的他們對今朝滿懷熱忱。

上課時間在教室內林麥璇老師正講解〈始得西山宴遊記〉，黑板上寫了些關於柳宗元的介紹關鍵詞還有一些註解，學生們安靜聽課，整個教室的主人就是正唸課文的老師。

「好，其高下之勢，岈然洼然。若垤若穴，這句話在說那高低不平的地勢，隆起的部分像是土堆。之前有說過，柳宗元是山水文章的典範，但並不是因為反映心靈，他用心靈來解釋山水景物，就跟那時候的水墨畫一樣，強調的是自然跟心靈合而為一。」

孝珉坐著發呆，芷淇正看著課桌上的小鏡子夾旁分頭，子恆挖鼻孔趴在桌上看著窗外發呆等著下課與女友見面，台上的人說什麼就像耳邊風一樣。

當然微涵、子璇、松穎那票人也差不多，早上第二節課，這麼無聊的課只想讓人趕快下課。

坐在教室邊緣的佳芸不時的偷看暗戀對象孝珉，這時孝珉眼神突然轉彎，偷看他的佳芸趕緊把眼神又望前面黑板。

又雄頻翻課本不自覺微笑，課本幾乎每一頁都有自己的塗鴉，真佩服自己以前上課都繪畫出這麼搞笑的東西，把課本裡柳宗元的畫像改成其他裝扮，其他頁的李白、白居易那些的更精彩，當年網路就在流傳這些國文課本改圖，現在看一次笑一次。

林麥璇：「再來，尺寸千里，攢蹙累積，莫得遁隱。這邊必考，攢蹙就是緊密聚集的意思，累積語助修飾，莫得遁隱，遁隱的遁……」

這時老師往台下看發現又雄在竊笑。

又雄翻了又翻自己在課本上用鉛筆亂畫的唐宋八大家的惡搞畫像繼續笑，絲毫沒察覺老師已盯住他。

「就是逃跑的意思，就像我現在在台上其高下之勢，看到有人在底下做自己的事。」老師又加重語氣有些嚴厲的說，很顯然的是針對吊兒啷噹的又雄來的。

芷淇趕快下動作把鏡子蓋起，又雄眼神注視前方還來不及收起笑容。

「他莫得遁隱……」老師準備修理人：「李又雄！」

又雄馬上把目光投射在講台，正襟危坐等候老師提問，四周同學的目光全部投射到他身上。

「你桌上擺什麼東西？」講台上的老師探頭向台下張望著。

「沒有啊……」又雄雙手一攤表示無辜。

老師看一看的確沒發現桌上有什麼不尋常的東西：「那你在笑什麼？跟誰講話？」又雄周圍的同學目光仍持續看著又雄。

台上的老師開始出招：「這麼愛講話，那你來講，下一句縈青繚白，外與天際，四望如一是什麼意思？」

剛剛還在欣賞自己傑作笑的人現在尷尬左顧右盼然後傻笑搖頭，祈禱有奇蹟發生來幫他化解。

奇怪了明明都已經工作這麼多年，遇到老師還是這麼的怕？

林麥璇：「我不是說要先預習嗎？那來找你的闖俳四人組來救你一下，曾芷淇！」

「嗯？」芷淇腦袋空白，心想怎麼火燒到她這來？

林麥璇：「縈青繚白什麼意思？」

芷淇：「嗯……很綠很白？」十幾年沒讀國文想必只能一臉懵懂糊弄。

林麥璇：「什麼東西綠什麼東西白？馮子恆！」

子恆：「有！」一樣腦袋空白。

林麥璇：「縈跟繚是什麼意思？」想也知道這個笨呆一定也不知道就直接叫下一位：「張孝珉！」

孝珉十分穩重，絲毫不在意老師丟的問題：

「縈就是山、繚就是雲，青山白雲的意思，後面外與天際，四望如一就是邊緣跟天連著四面八方看的都一樣。」

回答的姿態就像小菜一疊般，連老師都有點訝異，沒想到有人會聽話預習課文。

「嗯……還可以。」老師被學生回答正確後態度勉強轉弱，繼續上課：

「縈青繚白是青山和白雲相互環繞……」

三人看著孝珉淡定的回答化解危機，佩服不已。

下課鐘響，走廊上充斥學生的聊天聲，女生成群結隊去廁所，男生零星的快步跑衝福利社或球場，又雄主動跟孝珉勾肩搭背，子恆隨後衝上前加入。

又雄：「屌欸你，直接幫我解圍！」

子恆：「文言文你都還記得喔？」

孝珉：「廢話，我好歹中文系畢業的好嘛。」這位解圍的英雄有些神氣。

子恆：「對齁，我都快忘了，你東華中文的。」

高中畢業久了都沒注意，四人之中還是孝珉讀的學校是最好的。

又雄：「孝珉，來來來，我請你吃東西，走！去福利社。」

孝珉白了眼真不知道身邊的兄弟在說什麼鬼：「福利社，都是給小朋友吃的……我吃不慣啦。」

子恆：「不吃白不吃，雄哥，請我！」

又雄：「滾啦你！」

孝珉：「欸，你們兩個……越來越沒大人的樣子喔！」

又雄：「啊，我們現在就不是大人呀！」

孝珉被這兩個夥伴勾肩搭背纏住，眼見身旁兩人已經自我放棄想當回高中生的心態十分無奈，完全沒有一個大人應該要有的樣子跟成熟，他身為一個生意人就算應酬也不會喝醉跟人這樣勾肩搭背的感覺沒有格調。

教室內，芷淇拿著眼線筆跟微涵、子璇圍一圈，芷淇正教她們化妝，一臉專業的拿起眼線筆幫微涵畫，子璇如她的小助手拿著小鏡子觀摩，曾在未來客運站上班的芷淇畫妝這點小事根本不難，公司有要求儀容，面對這些小ㄚ頭馬上就能秀出熟練的功夫。

芷淇：「跟妳們講要這樣畫。」輕盈的手細細的筆觸，勾勒出完美的線條。

微涵：「妳確定韓國的女生都這樣畫？」

芷淇：「我常看等車的學生妹妝都是這樣。」

子璇：「喔？會不會很怪？沒看過這種畫法欸。」

芷淇：「妳當然沒看過這種內眼線畫法，以後就會流行。」

後方出現的男同學眼神望向這三位女生不禁笑了下：「欸！妳們怎麼畫得像鬼一樣！」剛從福利社回來的松穎嘴巴喝著瓶裝奶茶從旁經過開玩笑，一臉屁孩般。「嘴賤喔你！」子璇握拳作勢要打他，松穎又繼續屁孩樣逃跑。

孝珉喝著罐裝咖啡跟又雄從福利社回來，子恆那小子又去找他的委柔。

說到咖啡，孝珉真心覺得學校福利社的東西真是騙小孩用的不怎麼好喝，大概是喝慣了在辦公室裡叫人事部買的好咖啡。

他們視線直覺的就移到夥伴芷淇身上，果然又是跟那窩女生混一起。

突然間，子璇盯著桌上一個短聲尖叫然後閃一邊，不只嚇到身旁正研究美妝的芷淇跟微涵，還讓周圍同學目光投向她……

「靠夭……這三小？」子璇靠在椅上將身子往後退，伴隨椅腳摩擦地板的刺耳聲響。

身旁的人目光投射去看，原來只是一隻蜈蚣在她的課本封面上緩緩爬行。

大家看了笑幾聲覺得大驚小怪。

「蜈蚣啦！」芷淇稀鬆平常的說。

只是蜈蚣是在怕啥？在家發現有蟑螂還不是自己用掃把打出去，區區的蜈蚣算什麼？有著萬能媽媽經驗的芷淇正準備接手處理時，對蜈蚣膽小的子璇隨手拉著剛還被她趕跑又出現在視線的男同學：「李松穎！」

松穎一副事不關己：「不就蜈蚣是在怕啥。」

子璇：「可是蜈蚣不是有毒？我聽說被咬到要打針欸。」

松穎：「囉嗦。」

他表面不怕仍小心地拿起有蜈蚣的課本往外頭走去，到外頭花圃用課本延邊緣拍下去再把課本還給子璇。

這短暫的小插曲，孝珉又喝了口咖啡，剛剛看見松穎拿課本趕蜈蚣的腦海突然閃過一些想法。

又喝了幾口咖啡拍拍身旁夥伴肩膀：「話說雄哥，你不覺得……我們跟那蜈蚣有點像嗎？」

又雄：「哪裡像？」

孝珉：「蜈蚣要從那爬到花圃……可能需要幾小時的時間，現在才不到十秒就到了……」

又雄知道孝珉話中有話，短暫思索下沒得出什麼結論：

「所以你想表示什麼？」

「我想說的是，我們現在狀態是不是就像蜈蚣被這樣一個點瞬間移動到另一個點……另一個時間點，過去的時間點。」

「嗯……有可能……」又雄想不出什麼邏輯只能附和。

孝珉：「我有查到一點資料，穿越時間的事，蜈蚣只在平面爬，就像二維度的生物，所以剛才蜈蚣一定會覺得很莫名其妙，怎麼會瞬間移動到這麼遠的花圃。」

又雄：「剛才就是李松穎把牠弄過去的啊。」

孝珉：「那是因為我們是三維度，3D的空間，這樣看當然覺得很簡單，可是二維度的蜈蚣是沒辦法知道真相的……」

看著孝珉不自覺的握緊咖啡罐眼神篤定思考使又雄想繼續聽下去，這是蠻有意思的想法。

孝珉：「如果今天我們是被四維、五維或是其他維度的人這樣輕易把我們從二〇二六那個點抓到二〇〇九這個點，那我們也很難理解到底為什麼……就跟剛剛李松穎抓蜈蚣一樣。」

又雄：「那你的意思是？外星人幹的？」

孝珉：「不一定是外星人，可能是什麼超自然力量吧，不知道……」

又雄心想在以往的印象中聽到維度這個詞多半都是網路廣告、神秘社團那些什麼提升心靈、維度、宇宙能量那些有的沒的標題來吸引一些文青跟閒閒沒事幹的人去上的課程感覺像騙錢的。

欸？等等，這些話最近好像在哪聽過？但一時想不起來。

事到如今發生這種事也只能姑且相信維度這個概念。

子恆與委柔兩人拿著便當坐在操場旁短暫相處寧靜的中午時光，這裡是以前他們倆最常一起享用午餐之處。

委柔：「喔……我媽又是青椒，來，給你吃。」無奈拿著鐵筷夾食物到男友便當裡。

子恆：「對齁，妳不吃青椒。」

委柔：「你要喝嗎？」遞利樂包裝的牛奶，子恆又拿來打量一番職業病又發作。

子恆：「嗯……十乘十pixel舊型ppi。」他拿起利樂包彷彿對他的囊中之物十分了解。

一旁的委柔聽到像是外星文的專業術語又不知所云了，「該不會又是印刷的東西？」

「哈哈……對，如果我現在上班，一天十一小時跑不掉，這個月份應該在趕年節出貨的訂單。」

「一天十一小時……光是整天在學校上課幾小時都快死掉了還十一小時。」委柔聽了完全難以想像又感覺這種事離她很遠。

子恆：「等妳以後就知道我寧可上課一整個禮拜也不要上一天班。」

委柔：「說到上班，我大表姊最近才從國外打工遊學回來，之後又要出發……」頓時間，子恆停止咀嚼口中的午餐，不注意看還以為噎到了。

「打工遊學?!千萬不能啊！」子恆突然激動的提高聲量說著：

「那很遠而且工作環境不好，表面薪水高可是又被當地物價給抵回來，很辛苦妳千萬不要去！尤其不要去什麼澳洲的！」

委柔看著男友這樣發神經似乎有點嚇到，還在想他是不是誤會什麼了。

委柔：「我沒說我要去啊？我是說我大表姊。」

子恆表現的原來只是虛驚一場的表情：

「喔，我聽錯以為妳現在要去……」

「她這禮拜回來，我們家族聚餐所以禮拜六不能約，先跟你說一下。」她看著身旁神經質的男友納悶皺眉目光又回到自己飯盒，男友又有話要說讓目光再次轉到他身上。

子恆：「如果以後啊……妳要出國的話我們就不能常見面，所以妳還是留在台灣好了，可是妳堅持的話……我就陪妳出國。」

委柔：「我目前沒打算欸，等大學後再說吧。」

子恆：「也對。」他滿意的繼續吃午餐。

委柔心中越來越多小問號，不知到底哪個點讓男友反應這麼大，確定他開心的把精神花在吃飯後自己才又繼續吃飯。

一口一口的花椰菜配魯汁還有飯，不管吃進什麼東西子恆都覺得很美味，其實聽到「打工遊學」這四個字使他很畏懼，畢竟這是他們未來分手的導火線。

二〇一八年，兩人剛從大學畢業幾年，面對險峻的社會環境高薪的工作實在難找，委柔因此萌生到澳洲打工的想法，聽說那時薪高只要在當地省吃儉用存錢就很快，而且本身就很少機會到國外想到世界走走，再說台灣年輕人對於「國外」的第一印象無非是歐洲的文藝之都或是橫跨太平洋的北美洲，有著各種西洋文化跟活潑有趣的金髮帥哥美女，只是到上述這些地方讀書、留學都是一大筆開銷並非每個家庭都負擔的起，澳洲就成了年輕人新的選擇，地理位置近，過去的前輩都說在澳洲打工可以體驗當地文化、練習英文等……很多台灣青年就因為這些夢幻單薄的理由就奉獻在當地人不願工作的初級藍領產業裡度過……

起初委柔只跟子恆說一年簽證就回，不料一年過後委柔表示想在國外多留一點改為五年，子恆受不了這種遠距離與等待憤而提出分手，也許時間久了感情淡了委柔也沒多做挽留，一朝一夕結束這段八年的感情，成為子恆此生無奈又後悔不想再提起的記憶，因此埋首於工作來填補人生將這段憂傷給埋藏，只要再聽到這類的敏感詞他就會爆發心底的無奈，還有無盡的遺憾來牽拖關於出國發展的看法。

現在還有機會挽回，或許只要從現在開始給委柔不要出國的觀念到時候就能打消她這想法。

聽見委柔這樣的答案還有自己心中的盤算他暫且放心吃幾口飯，繼續享受著有委柔在身邊的生活。

鐘聲響起，又到了自由的放學時間，跟其他學生一樣，回家的、補習的、鬼混的各奔西東，四人揹著書包走在市區大街上逍遙自在，走著對他們來說是懷舊的街道。

重回高中的第一天上學就這樣圓滿落幕，除了孝珉外，另外三人已經忘記原本需要釐清的事情，關於找尋這顆神秘的藍水晶還有整件事的來龍去脈只剩孝珉仍在思索中。

芷淇：「……現在就是零用錢不太夠。」

孝珉：「還不是因為現在沒有LinePay給妳用。」

芷淇：「有LinePay跟信用卡我可能又要天人交戰克制我的衝動，而且我禮拜六跟柚子約去做指甲還要買衣服，我真的好期待可以重回我的少女風。」三個男人隱約嗅到少女心在自我噴發的味道。

子恆：「禮拜六？我難得委柔那天有事放我一馬可以約的說。」

孝珉：「我禮拜六要補習……」

眼看夥伴們各自有事不成氣候，又雄說話了：「欸欸我們說好的囂俳四人組氣勢去哪了？都快不成團了！」

子恆：「現在不就成團了？」

芷淇：「我們到底誰是團長？」

孝珉：「應該是阿恆吧？他先被班導發現我們偷講話被罵。」

記憶中好像是這麼回事，那個上課愛盯學生的林麥璇班導早就已經注意他們四個很久了，覺得上課都在偷講話完全不把老師放眼裡，在憤怒跟嘲諷的情況下隨意給他們四人取了這綽號，尤其以子恆講話最為大聲，也可能是老師比較看不爽他就把他任命為團長了。

子恆：「欸幹！對欸！我才是團長！」

又雄：「你害群之馬啦！」

子恆聽聞作勢要揍他，又雄趕緊閃一旁，兩人邊走邊打鬧一陣子，幼稚的屁孩樣標準呈現出來。

一旁笑著看戲的芷淇待兩人打鬧緩和之後有感而發：「我跟你們說，我今天上學搭火車的時候，整個就是有種說不出來的興奮，覺得……上學是一件很美好的事。」

子恆：「我也有這種感覺，在二〇二六年我感覺人生好像什麼都沒有，可是一回來，欸感覺什麼都有了！」

又雄：「我懂！超級中肯！」馬上雙手跟子恆擊掌，極度認同。

子恆：「在家有父母靠，完全不用擔心，當小孩就是能什麼事都不用負責任，什麼工作啊、學貸啊、房貸啊！」

芷淇：「說到房貸，我跟我老公房貸才剛開始繳……四十年。」

又雄：「有用新青安對吧？妳買那地方我猜妳還要信貸湊一百多萬才夠。」他拿出他本行的專業知識判斷著。

芷淇：「對！你呢？我記得你沒有買房。」

又雄：「別說了，我學貸去年才還完真的要死人，我這次絕對不要再讀私立的，學測一定要考好，這時代的私立可沒像幾十年後有補助……」

這話題又再次激起大家在未來年代的切身之痛，想到這些火氣又上來了。

又雄：「但是現在呢？我再也沒有業績壓力追著跑！爽啊，而且我們四人組又能合體！」

子恆：「乾脆這次我們改名叫雞掰四人組怎麼樣？囂俳好像太弱了。」

芷淇：「不要啦，很難聽欸！」

又雄突然靈光一閃：「我突然想起來我們怎麼沒從二〇二六年把樂透號碼抄過來！」

子恆：「等等……不是買樂透，你現在全部買台積電放著就算再怎麼跌，直接賺翻，黃仁勳那個Nvidia不是才又推新的東西？」

芷淇：「現在黃仁勳都還沒出頭天。」

子恆：「那買比特幣啊！」

又雄哈哈大笑：「我覺得我們可以出一本預言世界的書……」

芷淇：「買房子比較實在啦！你在台北隨便丟幾間放十年全部賣，包你三代不愁吃穿了！對吧李又雄，你做這行的應該很懂！」

孝珉邊走邊笑而不答，還在想著這種狀況到底要持續到何時，他想回家，但不是回高中年代的家。

碰巧的是子璇、佳芸逛街迎面走來，芷淇揮手呼喊她們：「欸！子璇！」

子璇：「你們也在這！我們來看轉角那家耳環聽說有打折。」

芷淇：「喔！我剛剛經過人有點多喔。」

孝珉與佳芸對看一眼兩人又彼此轉頭似乎不想直視，佳芸顯得有點害羞，對於突然出現的心上人不知該怎應對，不過老天似乎沒打算給她多少機會，因為她身邊的同行者已經打算離開朝耳環店去了。

子璇：「那我們先過去看看，拜嚕明天見！」四人也就與這兩位同學道別。
子璇與佳芸快步走去，直奔芷淇所推薦的耳環店。
見可憐的單戀女子跟孝珉擦肩而過，芷淇不禁聳肩去蹭孝珉：
「欸欸欸你，我記得到高三我才從子璇那聽到佳芸暗戀你的事然後偷偷告訴你，剛剛看起來……其實她從高二就在暗戀你欸。」
一旁的子恆也跑來附和：「唉呦，她藏的蠻好的欸。」
又雄：「這次你要不要把握一下？搞不好你以後到三十幾歲就不會單身了。」
孝珉：「我是不知道她那時候有沒有喜歡我啦……可是她又不是我的菜。」
又雄：「你還挑！」
孝珉：「反正我沒打算結婚。」
又雄：「你再不挑那我就選她嚕。」他故意擺出欠打的竊笑表情。
芷淇：「我要跟你老婆講！」
又雄馬上擺出欠打的臉反駁她：
「欸?!我現在是單身喔！是說，我最近還蠻不習慣的，常常想到跟我那未婚妻一起蜜月旅行的行程……可是現在這些根本不存在啊！她現在人在台南，才國一，我不可能就這樣跑去跟她認識吧?!」算算看二〇〇九年芊美也才只是十三歲的國中生，距離他們遇到相愛的時間點還有十多年之久。
孝珉：「那你打算怎麼去跟你以後的未婚妻相認？」他好奇的望向又雄。

這的確是一個有趣的問題，又雄在母親過世後隔年的二〇二〇年才在職場上遇到芊美，在當房仲前他在零件廠當業務時遇到了芊美，兩人交往幾年後終於要結婚了。

芷淇：「對耶，這樣你要怎麼遇到你老婆？」

又雄思索了下：「我覺得……這可能要按照原來的路線慢慢進行，因為遇到真愛還要選對的時間點。」

芷淇：「還要良辰吉時就是？」

又雄：「如果不按照原訂路線走更改現在的歷史我怕就會改變未來，所以最安全的方式是我得先在大學畢業那年應徵上我原本的那份工作，然後要按照原計畫在原本相遇的那天遇到她。」

孝岷：「那照這樣子說，現在你的人生就算可以重來一次也不會改變嘍？就為了原本遇到的對象？沒想過跟別的女生交往看看？」他開玩笑的說。

「對，不會改變，因為我已經找到我的幸福了，我這輩子就是要娶她。」又雄說著他那成熟深邃的臉龐不禁害羞了起來。

子恆：「喔呦——專情欸！」他頂著又雄肩膀揶揄一下。

又雄：「我是真的愛她呢！」

芷淇在旁是有些羨慕又雄他能一次就遇到喜歡的對象，心想現在給她重新一次的機會就不會選擇歷任以來的男友，更不會因為年紀到了還沒結婚就匆匆選擇現在的老公，雖然最後有了女兒綺綺還蠻可愛的，若最後改變擇偶對象沒了綺綺這女兒自己也是會蠻想念她的，就像這幾天她腦中還是不自覺得反射動作想著今天幾點下班要不要去接放學的綺綺，功課寫了沒，要簽她聯絡簿，女兒的身影在腦中揮之不去，但換個想法，沒有跟嘉政結婚的話綺綺自始至終都不存在，既然不存在就不用再想念了吧？或許現在回到高中時代，人生一切都能重新出發！

日光燈點亮幽暗的房間，回到家後子恆用最快的速度打開電腦，就連開機畫面都如一個世紀之久，內心按耐不住滿心的期待，掛上耳麥緊盯螢幕，準備就緒後電腦桌面顯示的是那時當紅的線上遊戲，多年沒打電動的他又燃起熱血，刺激了子恆所有神經，玩的不亦樂乎！

電動是青少年不可或缺的娛樂更是男人沉迷的天堂，在沒有手遊的年代，可上網的桌上型電腦幾乎代表這年紀男孩的一切。

子恆沉浸在電腦遊戲世界中品味著許久沒有的快感，考試作業這些在眼前完全不重要，就跟當年一樣。

這時手機響起，螢幕顯示「委柔寶貝兒」，見手機聲響他便丟一旁繼續遊戲，停頓下來……目光又放回去看手機，這次他明白不能再失去委柔，應該多陪伴她，電動再怎好玩畢竟只是虛擬的，女友愛人才是真實的，不然這樣豈不是失去了時光倒退的機會？

「我要先離線一下，等等再說。」他拿下耳麥接起電話用溫柔的語氣來應答：「喂寶貝，我沒再忙呀……再等妳打來呀。」

對的，這次絕對不會再錯過機會。

又雄大口吃著飯菜，把碗裡的東西吃得一乾二淨，媽媽的家常菜再普通不過但每一口卻是如此珍貴，簡單的大白菜、五花肉再配上一點滷汁，就這樣簡單的一餐也是媽媽做的頻率最高的一餐，這味道都是媽媽的味道，自媽媽過世後就沒再吃過這口味的飯菜……

美蘭：「吃東西好好吃，不要狼吞虎嚥。」

又雄：「因為妳煮的好吃啊！我還要再一碗！」

「已經沒菜給你配了！」她穿起圍裙準備洗碗，又雄把碗盤給拿來，豆餅也跑來湊熱鬧跟來。

「媽，我來洗就好！」

「免啦，快去讀書啦你。」

「我來啦！」又雄貼心的伸手示意要媽媽脫下圍裙。

「你別以為我會多給你零用錢。」還是脫下圍裙遞給這鬼靈精的兒子。

「我不要零用錢了，以後我會賺給妳！」又雄興奮的從後吻媽媽臉頰，她被親到有點閃避。

「欸三八欸你，最近是怎麼搞的！」

「我會賺很多錢給妳，還會給妳娶個好媳婦帶回來給妳看看！」

「不要只會動嘴。」美蘭又望了下餐桌上的晚餐：「欸！你先吃完再洗啦！」

記憶中的那晚，他在辦公室加班正吃著媽媽為他準備的便當，當時的菜色跟今晚一樣，大白菜、五花肉、滷汁，才剛打開便當盒，就接到鄰居的電話表示母親已經昏倒送醫，一切都這麼突然，眼前的那便當成為媽媽替他做的最後一頓飯。

經過檢查已經是癌末，接下來幾天的時間美蘭並沒有再睜眼過，自又雄有記憶以來就是由媽媽獨自扶養長大，母子倆相依為命生活過得不是很順，但又雄懂得體諒也十分孝順，知道媽媽每天擺攤賺來的錢並不多卻仍盡心盡力的養著他，白天菜市場擺攤，年幼時都被抓去幫忙省吃儉用把最好的都留給又雄，看著兒子長大把所有希望都放在兒子身上，就是一位刻苦克難的好母親，從沒做過什麼壞事，沒想過老天開了一個玩笑，還沒享有含飴弄孫之福就這樣得了癌症然後在不知不覺中拖著蒼老的面容離世結束這坎坷的一生。

這心底的黑暗記憶隨著與母親重逢後就煙消雲散，又雄帶著感恩的心想起孝岷帶來的那顆藍水晶讓他能回到青春，再次享受學生時代的美好還有跟逝去的媽媽重逢。

做完家事後又雄牽著豆餅暢快的散步，豆餅在牆角四處聞又向前探索，又雄隨犬繩任意被拉著走，生活一切都不一樣。

芷淇進房門放下書包滿臉自在整理東西，她將制服放在床上攤平轉身把衣服拿起收進衣櫃。

在那時代服儀還沒全面解禁，高中生的日常服裝是沒什麼選擇的只有二擇一，有體育課的那天穿運動服，其他天穿制服，每天起床只需看今天的課表就能不假思索的撈出那套校服，唯一有變化的就是換季衣褲裙子的長短。

這件每天穿到爛一成不變又傳統的鼓中制服，若要一位三十幾歲的女人天天這樣穿應該老早就崩潰，只不過這件制服代表著青春，對於芷淇來說就算穿到爛或是同校其他屁孩抱怨有多醜也會把這件衣服當寶物對待！比起大人世界的奢華複雜還是這件制服樸素單純的好。

她悠哉的夾著髮捲梳弄頭髮，即便用成人的眼光來看這顆旁分頭看起來的確像個小屁孩，她曾想改變造型但當前的年代這蠢蠢的瀏海確實是最流行的，於是決定符合這時代的髮型來過生活。

在這年紀父母就會要求少女要有女人的樣子，要溫文儒雅、賢慧氣質，不要跟男人一樣動不動就講粗話或是坐姿隨便、東倒西歪、穿運動褲時腿不避諱的張很開這些舉動。嘖嘖，就算回到這年紀父母仍會碎念聽到耳朵都快長繭。

才剛聽完他們善意的「提醒」，父母離開視線後她很自然的翹腳在茶几上撥打電話，嘟嘟嘟的等待聲都會手癢去用食指甩弄猶如髮圈迴旋捲捲的電話線。

在網路電話不普遍的時代學生只能用傳統室內電話聊天，有時候講電話講太久還會被家裡要求長話短說，別浪費電話費。但此刻在芷淇的話筒中只傳來：

「哈哈哈對，超北七，班導還問那是誰。」

「對！幹！」

「超白癡耶。」這樣的對話。

這位已經沒氣質可言的女孩早已渾然忘我在電話中跟好友那八卦。現在那些不成熟小屁孩的八卦在這位同為女人的大人眼中每件事都非常愚蠢且無聊幼稚，看著他們分享的事總會搖頭哭笑不得，應該說聊這些鬼東西本來就是這年紀女生會有的行為。

不過芷淇就當自己是個孩子拋下大人的成見去跟昔日的好友們相處。聊著聊著，近在咫尺的電腦跑出MSN訊息聲響吸引她目光，若不仔細看還以為這女孩是在做什麼大事，一邊講電話一邊敲鍵盤，手腦並用好像開了分身。

「欸她回了，她說可以！」

接著她又將話筒放到另一側，調整好姿勢開始回應螢幕中訊息並繼續通話中。對於這時代的學生來說，只要有電話跟電腦網路一切就無敵了。

在城市另一端，一戶有錢人的家裡，晚飯後張母跟孝珉擦肩而過忽然想到關於補習的事：

「孝珉，我聽佳美阿姨她兒子在一心路那家補習班補的還不錯，我把它的傳單放你桌上，禮拜六直接去上課我幫你加報了。」說完便離開，沒有多聽兒子的意見。

「喔……好……。」只留下無奈服從的孝珉這樣回應。

媽媽連孩子的意願都沒問就直接報名補習班，對孝珉來說內心難免會覺得有點不被尊重，長大後回頭看，爸媽如此重視升學主義也只是單純認為孩子成年後會過得比較好也希望孝珉在繼承家業的時候能拿著高學歷，在業界也算有面子，萬般皆下品，唯有讀書高，是父母輩的觀念。

隨著另外三位夥伴的心思融入高中生活，可想而知他們對於解開這項穿越時空之謎還有尋找藍水晶跟怪老頭的下落這事完全沒心力，自己還有一堆補習得搞，現在還沒長大成年一切得看父母臉色，看著貌似已無可改變的事實就只能實際一點重新經歷一次。

不對，一定還有什麼線索解開這些事，就算無法找到回去二〇二六年的方法最起碼也得知道前因後果吧？一定會有個科學可以解釋的東西，愛因斯坦好像有說過關於時間旅行，要是他還在也許問題就能解決了……就算沒科學解釋也要有個民俗解釋吧？

孝珉搔搔頭，覺得自己又想偏了！

回到根本，二〇二六年五月一日跟二〇〇九年十一月十三日這兩天到底有什麼關聯性？

好奇心讓他在家東翻西找打開媽媽常用的抽屜找到一本二〇〇九年農民曆，正是他要找的東西！

不一會就拿著農民曆仔細翻閱又霸佔家中的電腦。

二〇〇九年十一月十三日，這天星期五，農曆九月二十七，宜嫁娶、安床、會親友、塞穴、忌開光、掘井、安葬、謝土、修墳，這些東西毫無關聯沒多大意義。那來看看二〇二六年五月一日他們相約那天又做了什麼？

他仔細盯螢幕並將滑鼠游標馬上移到二〇二六年的網路版農民曆來查詢但找許久並沒找到任何資訊，因為農民曆沒辦法預測十七年以後的東西。

「哥，你還要多久？」

妹妹看到哥哥拿著農民曆查資料不禁覺得怪怪的，心想哥哥是不是讀書讀到腦袋壞了在求神問佛？

「妳等等，我馬上好。」短暫的打擾，孝岷又把精神放回這些日期上……似乎又找不出什麼共通點。

農曆十五……的確我們公司初一十五會拜拜，平常都是交給人事處那拜的只有新春才會自己出來帶同仁一起拜……這是做生意人都知道的事。

除了拜拜，那天好像還有特別之處？當晚貌似可以從天雨洞內看到月亮，印象中是無缺皎潔的明月，農曆十五是月圓的日子，會跟這有關嗎？如果從水晶的方面去找會有什麼結果？

在Google的搜尋串輸入「藍水晶　穿越時空」，跑出來的搜尋結果盡是電玩、小說的內容而且都是只有跟時空、水晶這兩個詞片面相關的詞彙文章，完全沒幫助，那麼如果能把那賣水晶的老頭找出來呢？

於是輸入「西子灣　買水晶」，跑出來的結果又是完全無關的訊息也找不到關於在西子灣販售水晶的線索反倒跑出些推銷水晶的資訊。

這位來自二〇二六年的人看到後不禁翻白眼，還好這是二〇〇九年，Google還沒充斥各種業配廣告，要是在二〇二六年打「買水晶」三個字，第一頁絕對跑出各家店商平台的銷售頁面還有排山倒海的廣告附上價格。

拉回來，看著預覽文字，這些推銷文各個寫著水晶的優點不外乎就是可以改運、招財，但這些文案終歸會提到「能量」兩個字，水晶是富含能量的一種礦物質。

孝珉突然想到，發生意象的當下四周石頭飄浮起來！要產生這種現象那勢必要有很大的能量，記得電影裡面的時光機都是一台機器，感覺很耗電，到最後把人送走穿越的時候都會演出耗費很多能量的感覺……

身後的妹妹已經等不及開始抱怨要用電腦大概就跟芷淇那些班上女生一樣要聊MSN吧？今晚只能先調查到這了。

二〇〇九年　十一月　二十四日

學生們拿紅筆改考卷，又是一堂無聊的課。

數學老師：「四十八、二a分之根號三，改好傳回去。」

聽著講台上老師的指令，學生們紛紛把考卷往回傳。

子恆拿到考券後悄悄呼喊孝珉，秀給他看自己只得二十分的考卷。孝珉秀出自己得二十六分的考卷又敲敲芷淇桌子指自己的分數。

芷淇翻白眼秀出自己只得十三分。當然得分題都是選擇題猜來的，計算題全空白。接著又轉過身拿課本在桌下揮一揮呼叫又雄，他秀出自己得四十一分的考卷。

他們以為孝珉的成績會是四人中最好的，不料又雄拿的分數還不錯，這怪胎明明一類組數學卻特別好。

說好歸好，他們四人成績都還在班上平均成績之下，沒辦法……真的太久沒碰這些題目了。

數學老師開始講解題，由於時間有限只能挑幾題他認為很多人會錯的題目。

這是一張橫跨兩章節的複習考卷，基本上這種考卷會讓很多學生乾脆放棄，要讀的範圍太廣全靠實力，真搞不懂老師幹嘛大費周章弄這種考卷，也可能是想對高二下馬威提醒大家學測其實只剩一年多……

子恆不改以前的習慣聽到這些天文數字倒頭就睡，至於芷淇是直接放棄又在想著今天髮型要不要來點小改變。

又雄對自己成績滿意，就算周邊其他同學大部分都拿六十分左右但還是沾沾自喜，如果換作是他在房仲的成績單這個月同事KPI達成率有百分之六十自己只有百分之四十一那可是會完蛋的，還好這只是在學校。

數學老師在黑板上畫了X跟Y軸，上面還畫像座標的點，這是課本上一章在教的複數平面：「第六題這個，在複數平面上可以描出下列複數的位置並求其絕對值。我們先看看X軸上的點叫實數；Y軸上的點叫虛數，不包括原點零又叫做實軸跟虛軸。這個是高一的舊題目喔，我看大家都忘記了蛤……」

老師那低頻聲講著這些外星語讓子恆聽了都想睡，芷淇當耳邊風已經開始跟子璇傳紙條聊八卦去。

「那這題，是共軛複數，所以這個兩個點分別是a加bi，a減bi，a是三，b是二……」

老師接著在黑板上在軸線圖上的第一及第四象限分別畫上兩個對稱的點座標；3+2i、3-2i。

「一個實數一個虛數，這就是複數平面……」

一直數來數去的無聊到可以看外面的大樹了，孝珉心裡這樣想著為何他會待在這裡聽老師講這些沒意義的東西……但又雄卻異常聽的炯炯有神，甚至這題還答對！

聽完老師那跳步驟的講解，其他三人聽了還是一知半解，只有又雄對這題認真的聽講，也不知為何這題對又雄有著奇妙的吸引力。

殊不知，這道題目卻是能在之後解釋整件事的真相。

下課鐘響，士凱抱著籃球拉著又雄、子恆、松穎一同跑到籃球場，每到下課時間只要天氣好男孩們就會直奔球場搶位置。

松穎：「水喔！這次有搶到！」

不遠處又跑來另一組人馬也來搶場地的。

又雄：「欸來來來報隊！」

子恆：「四打四半場OK。」

對方馬上就定位準備打球。

眼見這兩位夥伴跑得特別快，孝珉只好去找芷淇，經過幾天的思索還有上網找了些資料有了些想法想跟夥伴討論下。

眼前要找的人這時正好坐到子璇、微涵身邊，無奈之下孝珉打消了念頭離去。

此刻子璇拿著捷運站發的免費報仔細看著星座運勢的版面，二〇〇九年的女孩子除了化妝、鞋包、日本男子團體就是喜歡用星座來看運勢，無論是否精準就拿來當平時休閒樂趣。

子璇：「他說雙子座今天要注意小人欸？」

微涵：「妳哪會遇到什麼小人，小人都被妳嚇跑了，來看看我的……」

芷淇：「妳們在看什麼？」

子璇：「今天的運勢。」

聽了芷淇差點翻白眼但是自己也沒資格說什麼，以前的她跟眼前兩位女孩沒兩樣會信這套。

微涵：「我會有桃花運？建議穿黃色的衣服。」

芷淇：「齁，那騙小孩的啦。」

微涵：「妳自己不是也很愛看。欸對了，妳上次教我那個妝我去問我做睫毛的堂姊，她說現在沒人這樣畫欸。」

芷淇突然想了下，也對……現在還是二〇〇九年，在客運站看到的女學生的妝那是二〇二六年的妝……那現在應該很突兀：「喔……可能還沒流行吧？」

微涵：「不過她說很好看也想學，我就教她！」

子璇：「明明就是芷淇教妳的妳還在那邊……」

芷淇心想，還好……對方還滿滿意的說。

教室內傳出騷動吸引三位目光，孝珉在座位目光也被騷動所吸引。

一位男同學：廷佑，拿著第一代iPhone秀給大家看，班上同學紛紛圍過去十分驚訝，這款手機已在台灣流傳一年，還價格不斐，大部分同學只看過網路或是展示店的體驗，很少有機會遇到身邊的人有iPhone！

同學們猶如寶藏般欣賞還羨慕說他真的是有錢人，其中幾位同學把手機接過來問這要怎麼滑？

芷淇跟孝珉分別在教室不同角落，看到iPhone不約而同心中同時一致的想法：

終於有件東西可以跟二〇二六年的世界沾上邊……

「這樣啦，你看馬上解鎖，你點這個，還可以上Google。」廷佑輕而易舉手指滑動解鎖。

「好厲害，有看過沒摸過，要怎麼回上一頁？可以拍照嗎？」

廷佑：「還有很多功能我不會用，還沒摸熟……拍照應該在……」

孝珉毫不猶豫的將手機接過來：

「上一頁按這裡，這邊，拍照錄影都在這，你還可以調亮度，以後的手機會有前鏡頭可以自拍。」

同樣也前來湊熱鬧的芷淇不禁揶揄了下：「哇！你怎麼這麼厲害！都懂新款手機！」

孝珉：「對，我就厲害怎樣。」他鬥嘴又揶揄的說回去。

身邊的人並不知道他們倆是經歷過未來世界的還不以為意的問：

「欸！你是不是也有iPhone？」

孝珉：「我也希望有啊，這種智障手機根本垃圾。」他拿出自己口袋的傳統手機以此證明自己沒iPhone，其實也是父母為了要讓孝珉專心讀書而沒買給他。

好幾天沒智慧手機的日子，芷淇看了還是手癢把iPhone拿來，裡面的功能的確少了未來許多東西甚至連前鏡頭都沒有。

「來我來幫大家拍張照示範一下。」這個未來人把手機拿來老練的找出拍照程式並將手機橫拿。

手機的主人原本想來炫耀一番好像被喧賓奪主般：「你們為什麼都會啊？」

芷淇：「不重要啦，以後你就知道了！來大家靠攏喔！很好，三、二、一！」

這是他們生平第一張iPhone拍出來的團體照大家表情露出燦爛，除了這四位孩子外，其他人並不知道眼前的新科技；智慧型手機將在短時間內改變人類的生活模式。

放學後四人逛著夜市，小販們紛紛點起泛黃色的夜燈，各種促銷招呼聲在他們耳邊不時迴盪。

沒了工作養家的包袱，下課跟同學出去鬼混就是學生的日常。

停下腳步，他們經過很久沒玩的套圈圈。芷淇丟出圈圈沒丟中擺出臭臉，孝珉慢慢丟也一個都沒中，又雄連續丟三個出去也都沒丟中被子恆噓。

不過子恆丟幾圈居然中一個，他跟身旁的三人歡呼取暖！並從老闆手中接過玩偶抱著珍藏著這戰利品，可想而知這麼可愛的玩偶一個大男人怎麼可能會想要？當然要給心愛的女友啦，子恆抱著玩偶，他的夥伴不言而喻。

稍晚他騎車載著女友回到家門口，委柔從後座抱著子恆贏得的娃娃下車，就在此刻子恆主動向前嘟嘴索吻，委柔馬上感受到幸福並將臉貼上前，兩人在夜色下接吻不需多話只需兩人黏在一起就夠了。

這晚又雄幫媽媽搥背，美蘭扭動肩膀感到十分舒適享受其中，活了年紀一大把沒白養這個兒子感覺又雄突然變懂事了。

在陽台，衣服洗好後又雄踮起腳一件件幫媽媽把衣服仔細晾好，美蘭拿著洗衣籃將手中的衣服遞給兒子，母子倆和樂融融，這個家不像別人這麼熱鬧但溫暖程度絕對不輸其他人家。

芷淇正上MSN聊天中，螢幕中訊息顯示芷淇已傳送今天用iPhone拍的照片給微涵，而微涵回應：「我怎麼拍這麼醜＝＝」

這些因為沒有emoji表情還有貼圖的時代大家只能用鍵盤上僅有的數學符號跟英文字母拼湊擠出表情的方法，例如、XD表達很好笑、:)表示微笑、QQ表示哭臉掉淚，在二〇二六年時已經有太多表情符號可以選因此沒多少人會用這種鍵盤表情，這讓穿越回來的他們用起來不太方便卻很懷念。

芷淇竊笑輸入回應微涵的訊息從而展開漫長而美好的夜晚，她的生活就是這麼的單純。

至今這四人已在穿越時空下的高中生活度過十天，芷淇重回年輕自由的日子，又雄找回逝去的家人、子恆挽回失去的愛情，一起歷經時空穿越，彼此的友誼會比以前更加牢固，未來往後的日子甚至是十年也應該跟這十天一樣美好。

只不過這樣的日子從今天開始，所有的夢幻將一個個破滅。

電腦螢幕的亮光映照在孝珉認真的臉上不知道的人還以為他正在打電動，不過畫面中從沒出現這麼輕鬆愉快的東西，反而都是各種關於時空、時間扭曲、蟲洞、穿越這些詞，還有維基百科的分頁。

孝珉似乎知道了什麼？

第三章　發現

二〇〇九年 十一月 二十五日

天氣逐漸轉涼，上課期間同學們逐漸穿上學校外套，一樣無聊的國文課又雄跟大部分同學一樣想躲在外套這件小被窩裡打呵欠又想睡覺，後面同學拍拍他遞了張紙條來，心想傳紙條這件事在以後還真的銷聲匿跡，學生都用通訊軟體傳。

他拿起紙條打開，大概又是什麼屁話之類的，不料上面寫：

「等等先不要去打球，孝珉說有重要事找！」

看了下心裡十分納悶。

他皺眉從趴著的桌面轉身回頭，這似乎是芷淇傳來的，再看看孝珉。

昨天到現在孝珉好像很少說話似乎有什麼難言之隱。

下課鐘響，四人不約而同的走向教室隔壁通往頂樓安全門的樓梯間，他們無意間被佳芸看見，她暗戀的人跟著他們的小團體不曉得要討論什麼事，好奇心使她緩緩靠近牆角想看他們在做什麼。

孝珉帶大家來到樓梯間後表情認真貌似要宣佈什麼事。

芷淇：「怎麼了？你找到藍水晶了嗎？還是找到那老頭？」

又雄：「還是你發現什麼了？」

「我沒發現水晶，也沒發現老頭，我這幾天已經上網找過很多資料，這年代好像對穿越到過去的文章不多……可是！」

孝珉加重語氣，大家有種要聽到重點的預感。

躲在牆角的佳芸繼續仔細偷聽，這四人肯定有什麼祕密。

孝珉：「我發現一些網路期刊說穿越時空需要有重力……你們還記得我們大學的時候有一部電影叫什麼……星際效應的？」

又雄：「那部我看過，怎樣？」

孝珉：「他就在講不同時空之間的重力交互影響。」

子恆、芷淇滿臉疑惑不解，似懂非懂……不過他們繼續讓孝珉說下去。

孝珉：「所以穿越時空需要有很強的能量跟重力場，從網路上查到的資訊是；水晶本身就是具有能量的東西，天雨洞就是石灰岩洞，我昨天問過地科老師石灰岩裡面又有微量金屬跟水晶成分是有導電性跟能量傳導性。」

子恆擺手試圖整理重點：「好……我還是不懂，你的意思是你的水晶碰到石灰岩讓我們穿越回來？」

「不只，還有重量！這個就是重量！」孝珉拿出二〇〇九年農民曆並翻開。

還是狀況外的又雄以為這是要算命？

此刻佳芸仍在偷聽還疑惑皺眉頭。

孝珉：「我們穿越回來的時間是二〇二六年五月一日，那天是農曆十五號，月圓的時候，大家還記得嗎？」

芷淇：「好像是……我們還從洞裡面看到月亮。」

子恆：「那這跟重量有什麼關係？」

孝珉：「月亮，萬有引力，這就是重量。」

三人聽聞十分驚異彷彿是點醒了什麼。

「農曆十五可能就是能量場最強的時候，所以在農曆十五號就有機會重新開啟這個時空道路，就在天雨洞。」

子恆有點不信這種推論：「可是我們還缺少藍水晶啊？就算是真的也沒辦法開啟這個時空門吧？」

芷淇：「就算有藍水晶我們再去天雨洞弄一次會不會就回到十七年前我們……剛出生的時候？」

孝珉：「這……都有可能。我現在是想去天雨洞試看看在沒有水晶的情況下會怎樣，下一次農曆十五是……」低頭繼續翻農民曆：「十二月一號，下禮拜二……下禮拜二同一個時間再到天雨洞試試看，有一去就一定有一回，也許我們可以找到回去二〇二六的線索。」

芷淇：「回去？我們才來……不到兩個禮拜……」

又雄：「我是想知道我們可以在這待多久，不是想找方法回去。」

子恆：「對啊，能回到過去不是很好嗎？」

孝珉：「我知道你們很想留在這，可是我並不想待在這。」

三人聽聞後滿是傻眼，不知所云的傻笑。

子恆：「這裡有我們啊？你是我們的一份子囂俳四人組啊！」

「我不是討厭你們，是我沒特別想當高中生。」孝珉語重心長有些無奈，不過這讓芷淇不認同：

「管他是不是高中生，人都想變年輕，有這機會就要把握不是嗎？再說三十幾歲到底有什麼好的？好在哪？」

孝珉沒多想什麼，不以為意的表示：

「當高中生很不方便啊，我們能騎車開車到處跑嗎？整天讀書考試多無聊？很多事情我們都不能做不是嗎？」

芷淇：「可是再怎麼樣也比上班好啊？」

兩人的立場無形中產生對立，彼此就是在爭誰的觀念正確。

孝珉：「妳可不可以不要這麼沒志氣好嗎？人都是要向前看的。」

芷淇：「你……」她有些衝動卻罵不出來。

孝珉在二〇二六年是老闆，有著事業心的他在觀念上就認為人都是放眼未來，不是留戀過去，散發的氣息就是一位擁有雄心男人的想法。

三人頓時沉默了，只剩孝珉獨自散發氣勢振振有詞。

一旁的子恆默默開口說話了：

「可是……我女友回來啦……我想陪她多一點，也許這樣下去我們就能改變分手的結局，我知道我犯的錯誤，我能修正它！」

又雄：「我媽……她在我畢業後幾年就走了，還有我的狗狗豆餅也走了……我現在又能看到我媽他們我怎麼會想回去？」

孝珉剛聽完其他人論述氣勢完全打消，突然變得慚愧不自覺的低頭躲避三人的雙眼，芷淇再也忍不住寂靜，內心的各種怨氣擊碎她理性防線，三人可以發現她正醞釀一個很強負面的能量。

「孝珉……我知道你為什麼會想回去了……我沒志氣？」眼前的女孩雙手握拳嘟嘴

憤怒還留下眼淚：「你知道當一個媽媽要養一個家有多辛苦嗎？為了家計出去打拚上班，我問你，你上過班嗎？沒有！你一畢業就繼承你爸事業你能體會連續幾天大夜班跟一堆機機歪歪的客人鬧還有整天只會罵人的主管盯的滋味是什麼嗎？還有一回到家伺候公婆伺候老公，幫小孩把屎把尿被老公管，一整天除了睡覺時間就是在家打雜跟上班的滋味是什麼？」

她激動掉眼淚的訴苦，滿臉通紅伴著淚痕繼續爆發，同時佳芸在牆角難以置信摀著嘴簡直不敢相信自己聽到了什麼。

「沒志氣？你平日可以悠閒在西子灣騎車的時候我們在幹嘛?!人要向前看？你前面有的是事業、自由、沒有後顧之憂，我們前面有什麼？房貸、責任、生活壓力……你想回去，是你想回去擁有你的事業吧……」她已講不下去終於崩潰哭出來，然後靠到又雄胸口討安慰，又雄趕緊安撫她拍拍她背。

子恆：「孝珉……等你一天上班十一小時，每天都要看你前輩、廠長的臉色做事還要負責幫人背黑鍋的時候，你就會發現高中每天讀書考試根本不算什麼，考差了就考差不會死，工作只要搞砸一點點就沒了，妳看芷淇工作如果沒了她家小孩怎麼辦？」

又雄也有話要說，她邊安慰哭泣的芷淇邊告訴孝珉：「我家境沒有你好，是我媽單獨拉拔我長大的沒錢做什麼健康檢查，誰知道就一發現胰臟癌就走了……所以我努力賺錢希望以後我的家庭可以不要這樣。我想在你的貿易商裡應該也有很多業務吧？我就是個業務，如果業績沒達到你的要求，你會怎麼對他們？」說完嘆了口氣。

孝珉已經說不出話來，啞口無言。

又雄：「如果你能換位思考的話你就能體會我每天上班要面對的業績壓力了……我很羨慕你會想回到三十幾歲，因為過得比以前好的人不會想回到過去，只有過得比以前差人的才會懷念過去。」

「因為過得比以前好的人不會想回到過去，只有過得比以前差人的才會懷念過去。」

這句話讓孝珉徹底震撼到，他從沒想過在未來又雄、芷淇、子恆當一般勞工的處境是多麼險峻，甚至兩位男人還是分別失去女友與母親的狀況……他匆忙的把農民曆收起來，無力反駁說詞急欲想逃離此處。

「隨……隨便你們怎麼說……反正我會自己想辦法回去……」孝珉語畢馬上穿過三人間的縫隙快步走下樓梯與躲一旁的佳芸擦肩而過，好在沒被發現。

放學鐘聲響起，學生們收拾書包準備離開。

歷經這般爭吵，孝珉心有餘悸默默收書包把椅子靠攏。又雄在座位看孝珉只見他面無表情離開教室。

「欸打咖，走！欸，馮子恆！走！」

士凱如平常般揪團拍拍又雄肩膀又呼叫子恆，在一旁收拾書包的子恆眼角餘光知道孝珉獨自一人離開。

芷淇：「今天你們要又要去網咖喔？」

子恆：「嗯……」

芷淇：「沒關係，我今天想跟微涵走。」

跟昔日的好夥伴吵架大家心情難免失落，這天三人面臨前所未有的尷尬。

又雄回到家中豆餅如常興奮的吠著，這時媽媽拿著信封走進來碎唸：「這是什麼癌症快篩……？」

「喔！那個是我幫妳問的市立聯合醫院的癌症篩檢健康檢查方案。」

「這很貴欸好幾千塊。」

又雄腦海裡出現媽媽病發到死亡的歷程心中充滿恐懼跟遺憾，他必須阻止這一切發生！於是堅持的告訴媽媽：「不，妳一定要定期去做，四個月就要一次，尤其是胰臟癌，這幾年得這種癌的人數都在攀升。」

「開什麼玩笑，我們哪有這麼多錢？」

「用之前你給我存的零用錢。」

「不用啦。」美蘭又把癌症快篩信件收起。

「媽！我晚上多幫妳按摩，衣服都給我曬、碗都給我洗，妳也不必去上班了在家好好休息不要太勞累，我會努力念書讀國立賺錢給妳花，妳就乖乖去做健康檢查好不好？」

「什麼讀書，你身上有菸味別以為我不知道你剛去網咖。」果然還是逃不過媽媽的鼻子。

「好，我以後不去了，下課就回來陪妳喔。」

又雄調皮的撒嬌，每看到媽媽一次就會覺得這是老天給的恩賜。

二〇〇九年 十一月 二十六日

又是新的一天，昨天的爭吵心中的疙瘩難免還在，三人繼續過著日常只是跟孝珉的感情會變淡不會有什麼交集。

又雄跟子恆加入松穎跟士凱的圈子，聊電動、一起去福利社。芷淇仍繼續跟微涵、子璇窩一起聊八卦，很明顯三人刻意避開孝珉。

「妳們看！」芷淇秀出指甲跟女孩們展示。

微涵：「好看欸！他有沒有淺藍色的！」

芷淇：「好像有。」

子璇：「我也好想這顏色，放學我就去預約！」

孝珉默默經過一旁回到他座位坐下，微涵看到孝珉後她馬上轉身回來：「欸欸芷淇，最近你們四人組是怎麼啦?張孝珉他跟你們吵架喔？」

芷淇：「喔……沒啥啦別管他。」

微涵擺出看好戲想聽八卦的臉追問：「怎樣啦?你們不是感情很好嗎？」

芷淇臉色變得有些難看又不知從何說起，通常在這種本身就很好的互有男女的小團體很少會出現這種單一排擠事件除非他幹了什麼得罪大家的大事。

子璇見芷淇面有難色，原本想聽八卦的她也不想隨著微涵起舞趕緊使個眼色暗示微涵別問了。

午休時間大家都在吃便當聊天，落寞的孝珉獨自拿著便當離開教室，中途遇到委柔：

「嗨！子恆在吧？」

孝珉：「喔……在吧。」

委柔：「奇怪你拿著便當去哪？」

孝珉：「沒怎樣，想到外面吃。」

委柔有點尷尬：「喔……好，那我先走嚕，拜拜！」

她並不知孝珉跟其他三人吵架一事只是嗅出一點端倪但她也不方便過問。

一直在關注孝珉的佳芸見到他獨自離開，遲疑了下鼓起勇氣還是上前準備找他。

孝珉來到操場把便當放旁邊嘆口氣並不想吃，低頭將雙手壓住眼睛，這時佳芸從旁緩緩接近內心卻有點小緊張。

「嗨！」

「喔，何佳芸。」

「嗯……我可以坐這嗎？」見到心儀的男生使她謹慎起來。

「可以呀……好奇怎麼會突然想找我？」

「其實……我從去吃星海冰那天就覺得……」

「怎麼了？」孝珉聽到關於發生異象那天的事耳朵像是豎起來般聆聽。

「你們四個人好像跟平常不太一樣……」

「有嗎？我們都瘋瘋癲癲的吧。」孝珉裝瘋賣傻本來想多套些話，不過接下來卻被她一針見血下去。

「我已經知道你們是來自未來……」

孝珉聽聞驚訝起來，沒想過局外人居然知道這祕密。

「昨天我經過樓梯間聽到的……我相信你們。」

孝珉嘆口氣，這祕密被外人知道該怎辦，既然佳芸都問了，眼看已被揭穿也心力交瘁沒心思再說謊隱瞞什麼。

「被妳發現了……我們其實已經是三十幾歲的人，我們來自二〇二六。」

佳芸：「我沒想過未來的世界他們會很辛苦……」

孝珉：「對，他們比我還辛苦，我是一家貿易商的小老闆就是搞進出口的，時間很自由沒什麼壓力……我離高中的學生時代太久遠了，什麼考試讀書啊反而對我來講才是壓力……我算幸運。」

「那？你在二〇二六年的時候有家庭了嗎？就是……結婚……」比起這神奇的穿越事蹟她更在意的是與這心儀的對象有沒有未來？她想套出孝珉的話來預知關於他們倆的未來。

在高中單純女孩的戀愛觀裡是還沒想過要跟男友結婚生子到這麼遠，也許是認為若能跟眼前的人順利交往，那麼要繼續走下去到老「應該」不成問題，畢竟眼中只有對方，用愛能戰勝一切！

沒錯，這就是小孩子初談戀愛的想法，畢竟還沒歷經大人世界的複雜，一段感情、一段婚姻還有諸多要考量的地方。

「我喔，沒有啊，我單身漢……」孝珉無奈的笑幾聲，佳芸似乎沒得到一個完整的答案……

「所以你不想交女朋友嚕？」

「也不是不想，只是……沒特別有動力，可能就像芷淇說的，我當個小老闆很自由沒有拘束。我大學是有交過一任後來也是分了。」

照這樣聽來，孝珉並沒有跟佳芸在一起過，也沒未來，頓時間覺得很失落……

「那你之後還有見到我嗎？畢業之後。」

「沒有……從來沒有……」孝珉想迴避這問題，因為他深知自己從沒喜歡過她。

「那我去哪了？」佳芸那孩子露出再單純不過的雙眼，心底埋藏了許多祕密。

「妳好像考到台南哪間學校，畢業後就結婚了……妳知道……」他想說卻又不敢說：

「其實我到高三才知道妳暗戀我。」

佳芸眼睛為之一亮，暗戀孝珉的祕密被當事人發現了！

她左思右想覺得不可能啊，這件事她從沒跟人說過，下一秒又馬上反應過來眼前的孝珉是從未來穿越而來的當然知道。

孝珉：「妳藏的很好，暗戀我到高三才被子璇發現，只是那時候我沒考慮交女友……讓妳費心了。」

佳芸聽了些許，心情再從訝異回到憂傷，馬上落淚稍微擦拭臉頰。

孝珉：「抱歉……」

佳芸又馬上重新振作擦著眼淚，呼吸有些急促又試著調整回來。

佳芸：「不要緊啦……反正最後你知道就好……」

孝珉尷尬傻笑會，剛剛那些話應該傷了對方的心……，不過現在也沒什麼辦法，佳芸起身快速離去。

傍晚時分孝珉揹著書包獨自來到通往柴山的登山口這準備爬山，這條路跟十七年後沒什麼兩樣，既然三位夥伴都不願回到未來那不如自己回去算了，距離農曆十五還有兩天，姑且上山去看還有沒有其他線索也許根本不須等到那時候隨時都可穿越回未來也說不定。

再次來到柴山登山口，跟二〇二六年一樣，停車場有零散的登山客跟盤據的獼猴，按照原路往上爬後終於抵達天雨洞，他小心翼翼的蹭進洞內沿著狹窄的空間來到露天洞口，放下書包在地孤單的望著四周。

也就是當時發現異象之處，隨著夜色逐漸降臨他打開手電筒照著前方的路並看著手機上的時間跟當時來到這洞穴的時間差不多，不知過多久洞裡只剩手電筒的光亮著，孝珉坐著打盹半夢半醒中又開始思考這一連串的詭異現象，自己究竟從何而來，又該如何恢復原有的生活？

洞內十分安靜，除了手電筒光陪伴外四周只有黑暗與秋季的低溫，尤其在洞內又特別的寒冷使他不得不在單薄的外套下縮起身子。

經過一段時間，手電筒開始閃爍這時已經是晚上的8：28。

孝珉被閃爍的手電筒影響下回神抬起頭，他感覺有把手電筒拿起照射四周，不知哪來的微風慢慢從洞裡湧出，頭髮明顯飄動，接著手電筒又開始繼續閃爍，他神色慌張的只見周圍的小石頭開始微略飄起大概二十公分左右。

隨著手電筒閃爍次數越來越頻繁他趕緊抬頭看洞口，一個略為缺角的月亮正高掛於天上。

忽然間飄起來懸浮的石頭在他眼前瞬間原地落下，小石子發出細小的墜地聲。手電筒不再閃爍，洞內又恢復寧靜只剩他一人還心有餘悸。

這跟上次情況似乎一樣只差沒有藍水晶散發藍光，他拿起手機打開來顯示時間：「8：29PM」，這樣看來他所推斷的農曆十五，石灰岩能量、萬有引力的重力這兩要素就能讓這時空洞開啟，即便沒有藍水晶也能穿越也說不定?!

之後的幾天，孝珉消失的無影無蹤沒去學校，晚間便爬到柴山天雨洞準備好水壺、零食等物觀測這異象。

一到晚上8：29就會出現短暫的異象，且隨著月亮越接近滿月能量越強，如今只要慢慢等待農曆十五的到來。

起初第一天在家裝病，週末連補習班都不去了，週一甚至直接曠課跑出去遊蕩。為了能讓妹妹掩護他還買了許多她喜歡的東西送給她當作封口禮。

關於曠課這件事，林麥璇班導致電給家長，當然孝珉在家換來的是一陣挨罵。

二〇〇九年 十二月 一日

週二朝會時間的操場上國旗正隨著國旗歌飄揚，學生們在司令台的指揮下唱國歌各個望著同一方向敬禮，對於芷淇來說自己不知道多久沒唱國歌了，又雄、子恆看著國旗飄揚心想上次唱國歌大概就是退伍前最後一次升旗了。關於朝會這件事，在二〇二〇年後高中生的朝會升旗活動逐漸走入歷史，未來的高中生也不會有這段記憶，這三人大概也是在穿越後才有機會再次看到學校的朝會。

經過一些老套的各處室主任交代佈達一些校務事宜後朝會終於結束，眾多同學們紛紛往教室移動，又雄跟子恆一如往常的聊天，芷淇則跟子璇、微涵走一起但她無意間看到什麼，將腳步放慢。

一群揹書包的同學零散的留在田徑場後方原地，教官正逐一登記學號中。

芷淇拍拍身旁經過的又雄跟子恆要他們一起看，只見孝珉面無表情正給教官報學號。

又雄：「嘖，那傢伙終於出現了。」

下課時間孝珉又獨自離開座位，子恆、芷淇、又雄三人聚在一起默默偷看他要去哪，表面說不在意心裡還是挺在意孝珉的，十分擔心他還在生三人的氣。

這時微涵跟佳芸正在座位上聊天，孝珉突然走到她們身旁。

「打擾一下，董微涵，我有事找她，可以借我幾分鐘嗎我有話要跟她說。」孝岷一臉認真的說。

微涵看著佳芸有點不知所云就起身離去：「喔……好喔……」就像一個邊緣人被趕跑了。

孝珉向微涵道謝又轉過身來面向佳芸。

子恆他們三人從遠處默默看著講話中的孝珉，只見佳芸的表情在聽完孝珉說的話後面表驚訝。

芷淇：「這幾天他都沒跟我們聯絡，連MSN都沒上……」

子恆：「他還在生我們氣嗎？」

芷淇：「誰叫他這麼白目。」

三人還在猜著各種孝珉遇到他們後的各種可能會有的反應。

子恆：「現在怎麼辦？要我們過去找他嗎？」

又雄：「我們都是好夥伴，我來破冰吧。」

芷淇：「算了啦，我覺得那天我講得比較過份，還是我來好了。」

孝珉跟佳芸講完話後準備回自己座位。

又雄拍下芷淇肩膀告訴她孝珉回來了，這位自告奮勇的同學深呼吸準備上前搭話。

「欸，這幾天你死哪去啦？」芷淇假裝毫不在意的問還撥弄一下自己瀏海，眼神飄往他處。

「喔，我這幾天其實沒做什麼，就是翹課然後耍廢。」孝珉語氣平靜，完全沒有要爭論的意思。

芷淇：「啊翹課也要說一聲啊，這麼好康的事不通知我們喔。」

孝珉勉強笑一下：「我高中從來沒翹過課，這算是體驗到翹課是什麼感覺。」

芷淇：「其實我們是想跟你說聲抱歉，那天……我們都太激動了。」

子恆：「對啊，看你消失好幾天我們都很擔心你。」

孝珉：「別這麼說，我今天是來向你們道歉的，那天是我不好，我從來沒想過你們的處境跟我不同……是我的不對。」

看起來孝珉並無想繼續跟三人冷戰，又雄率先表示善意用好哥們拳頭碰了下他胸口：「沒事的啦，事情過去就好，我們還是好夥伴。」

子恆：「我們罵俳四人組不能少掉你呢！」

胸口印上又雄熱情的一碰，讓孝珉微微退了下腳步笑著點點頭：

「我今天來還有一個目的，就是我可能……要跟你們告別了……那個洞穴真的是一個時空通道。」

三人聽聞又面面相覷收起笑容，不太理解他的意思。

芷淇：「你是說……柴山的那個天雨洞嗎？」

孝珉：「這幾天晚上我都到那，每到晚上八點二十九分那裡就會出現穿越那天晚上的現象，石頭會浮起來，而且一天比一天還強烈，可能就是越接近農曆十五……」
聽到這有點又讓眼前三人震撼不知所云。
孝珉：「如果我的推斷沒錯，今晚就是穿越點。」
又雄轉頭看見黑板日期：「中華民國九十八年十二月一日星期二」。
子恆：「可是你沒有藍水晶是要怎麼穿越？」
孝珉：「所以我也不知道，或許可以，或許不行，就只是試試看，事實是我已經看到漂浮石頭這些徵兆。」
芷淇打斷了他的話：「那你的意思是……要拋下我們？」
孝珉：「我沒有討厭你們，你們喜歡這裡，我尊重你們，我也祝福你們可以快樂，只是我想回到正常生活。」
又雄跟芷淇有些失望，自己的好友還在想著回到未來。
子恆：「不是啊……你如果真的回到二〇二六年那……這世界的你不就消失了？按照邏輯……你等於要十七年後才會出現？」
孝珉：「所以我說不知道但我想試試。」
芷淇：「你就不能乖乖在這裡過這十七年嗎？」
孝珉：「不用了……每個人要的人生不一樣，這十七年我所經歷的不是我想要的……嗯。」
又雄：「好……我們尊重你……」

眼見夥伴這麼堅持，大家都是大人了，退一步為對方想想就尊重吧。

放學之際四人在校門口，他們在離校的學生人群中站著望著彼此，三人認為孝珉想到未來是一件很蠢的事情畢竟未來總有一天還是會到，難道把握這多出來的十七年扭轉人生這難得的機會有這麼困難嗎？趁現在買個台積電、輝達的股票出在去年的最高點，在台北還是新竹買幾塊地、隨便貸款買個房子置產十七年後都會變富翁翻轉人生，非得要犧牲這機會實在搞不懂。

不過他們並不想再跟孝珉多溝通也只能尊重他的想法，這意味著孝珉可能在穿越後會從這世界上消失，直到十七年後他們才會相見。

這樣的邏輯似乎還有哪裡怪怪的，又雄一直在思考著，但現在孝珉要走了，他們也不想再去想是非對錯，子恆甚至認為就算有這些異象沒有那顆關鍵的藍水晶是沒辦法穿越回二〇二六年的。

孝珉：「今晚不管我會怎麼樣，我想說的是，你們都是我的好朋友……」

芷淇：「你也是啊。」

子恆：「等你到了要馬上來找我們喔。」

孝珉：「一定的。」

又雄：「一路順風。」他握手接著拉著孝珉過來擁抱。

這位即將展開穿越時空的人又主動展開雙手跟子恆、芷淇簡單擁抱。

趁天還沒黑得加緊腳步上山，這條柴山通往天雨洞的路孝珉不知已經走幾回，十分熟悉的向目的地移動。

此外身邊還有位不請自來的小跟班女孩，她學校制服裙還不時勾到一旁的樹枝，這是班上除了當事人外唯一知道天雨洞穿越祕密的佳芸。之所以孝珉會選擇向佳芸透露除了是知情人外，其實心底對這位單戀女孩是有些同情跟小愧疚，畢竟對方都這麼喜歡他了孝珉仍對佳芸無動於衷毫無感覺，在離開之際還是跟她說一下比較好。

在這特別的大日子，當事人又是心儀的男生，正確來說是一個單戀最後沒結果的男生，佳芸還是管不了這麼多決定送他一程。

兩人在傍晚時分天還沒全黑時繼續前進，繼續深入山中除了零星野鳥蟲鳴外只剩兩人踩踏木棧道及枯葉的步伐聲。

晚上天氣開始變涼，佳芸大腿有稍感到寒冷仍向前走。

「其實……妳不必跟來啦。」

「沒有啊……只是想說，你今晚可能就會消失不見了想來給你送別。」佳芸帶著惋惜的語氣向孝珉說道：「你回到未來的世界會來找我嗎？」

「可以啊！」

「如果我那時候變得……很醜你不要就不來找我喔。」

「好啦我答應妳，不論如何我都會找妳OK？」
「好……」佳芸就像被大人哄過的小孩般點點頭。
孝珉：「到時候妳可能忙著顧小孩也說不定。」
佳芸：「如果我知道你會來找我，或許我那時候不會結婚……」
孝珉：「傻孩子。」
佳芸：「我……其實是希望你留下來的，可是就像你說的每個人都有自己選擇的路，本來就要互相尊重。」
在已經歷社會成熟男人的面前，佳芸就像一位不懂事的純情小女孩般那樣天真，彷彿把愛情當作世界的唯一……孝珉沉默不語繼續走，畢竟她也只是十七歲的少女，不能把她想的跟大人一樣。
不一會天色已全暗，兩人小心翼翼的躦進洞，佳芸是第一次來顯得陌生。
同時間在市區的丹丹漢堡店，三人望著桌上的餐點沒興情吃飯，神情各個忐忑不安，表面說不在意孝珉心底卻十分在意，彼此臉上藏不住焦慮。
芷淇：「現在幾點幾分了？」
子恆看下手機上的時間：「現在……八點二十五了。」
芷淇眼神又回到手機緊盯希望有任何關於他的回應。
又雄：「妳現在打給他也沒用啦，那裡訊號差。」

芷淇：「唉唷，我就擔心，不知道會怎樣。」

子恆：「妳擔心也沒用啦，就靜靜等待消息……我覺得啦……他是穿不回去的，沒有那個藍水晶是要怎麼穿？」

芷淇嘆口氣又吸幾口飲料，忽然電話聲響！子恆趕緊把電話接起來。又雄、芷淇屏息以待像是等樂透開獎一樣。

子恆：「喂？，嘿媽……我晚點回去。」

這反應過度的兩人聽了虛驚一場翻白眼。

在天雨洞的孝珉、佳芸倆正靜靜等待8：29的到來。手電筒的微光映照兩人總不能乾瞪眼尷尬，於是孝珉開始訴說著關於二〇二六年高雄市的一切。

佳芸：「草衙道？」

孝珉：「對啊，妳會喜歡那裡的，有商城、百貨很棒的地方，到二〇二〇年後在我們騎車的那個碼頭還會多一個流行音樂中心，喔！然後還有輕軌，就是一個在地上跑的電車，總之高雄進步很快的……啊還有義大世界，好像明後年就會開幕了。」此刻佳芸好奇的聆聽卻帶有點不捨的難過，心情複雜。

孝珉：「妳現在很多想不到的事，在十七年後要辦到是很簡單的。」

佳芸：「就像現在……光是你要穿越時空這件事就是想不到的事……」

孝珉：「嗯對……這個應該是例外。」

佳芸：「乾脆以後我們就約你剛剛說的那些地方。」她心底知道這機會渺茫卻還是這麼說著，即便只是微小的可能，這樣美好的幻想也好……

還來不及暢談，手電筒開始閃爍，兩人看著四周開始有不尋常動靜，石頭掉落的聲音頻頻出現。兩人相繼站起來保持警戒。

孝珉：「開始了……」

佳芸潛意識挽住孝珉的手，身旁已有幾顆小石子開始浮起來，無形的力量在這洞內不停產生。

孝珉：「妳該走了，趕快退到後面！」他邊說邊拿起手機揮手示意要佳芸趕緊離開。

時間顯示：「8：29PM」佳芸後退幾步轉身躲到一旁的縫隙中扶著岩壁看著。因能量擾動而起的風在手電筒閃爍下吹著孝珉，藍色一絲絲的光芒無形間道道出現。

佳芸在一旁扶著岩壁難以置信，眼前這一切實在太不真實。

孝珉在環繞細小藍色光芒下望著佳芸，周圍的石子已漂浮近兩公尺高。

這位時空穿越者仍堅信他能回到二〇二六年屬於他所在的年份，孝珉緩緩閉上眼睛，一切將在不久後發生。

忽然間，孝珉感覺到腰部被別人雙手擁抱，柔順的長髮飄逸在他面前讓他的臉頰又刺又癢，睜開眼，本該在岩壁後方掩護的佳芸竟然在此刻緊抱住他並試圖擁入他懷裡！

一時驚慌失措的孝珉根本不明白為何佳芸要如此動作，不斷想推開她：「何佳芸……妳快放手……我怕妳會被我帶走！」

佳芸：「我想跟你一起到未來！」

孝珉：「妳幹嘛這樣?!」

隨著憑空發出的藍色光芒越來越強烈，異象在兩人面前出現，佳芸再也無法隱晦心中的真誠還有那最純真的愛意……

「因為……我愛你！」

孝珉停下推開對方的動作似乎領悟什麼，這刻他感受到一位女孩毫無保留、不留餘地的愛意，這個感覺、這個緣分，人生又有幾次能遇到呢？佳芸抱緊他，當下的感覺是多麼美好……

一切已經來不及。

在寧靜夜晚，天雨洞露天洞口上層位置十分平靜，一陣藍光從洞內竄出，發出像舊式相機閃光燈拍照聲響後就立刻消失。短短一秒鐘又恢復柴山的寧靜。

在丹丹漢堡店三人無奈的等待，眼看都已經快晚上九點店員開始拖地進行打掃作業，眼神裡還隱約透露心想這群高中生怎麼還不離開。

芷淇終於打破沉默：「我們要不要上去看看？都九點了。」

子恆：「拜託，我們那些上山的裝備都沒帶。」

又雄：「走了吧，明天就會知道答案了。」

子恆：「也對啦……我們這兩個禮拜所有小考都爆了，再不回去念書不行。」

見兩人揹書包起身，芷淇也隨他們往店門口準備離去。

這時電話響起！

子恆：「是孝珉打來的！」

孝珉在電話中沒特別說明，堅持見面再說，看來一定是發生什麼事，他將三人約到離學校不遠的市立美術館前，這使他們更緊張。

沒多久三人匆忙來到美術館外面東張西望，四下無人。

芷淇：「人呢？」

子恆：「他說他快到了！」

又雄：「你說他聽起來很著急？」

子恆：「感覺像是出什麼事……」

芷淇：「不能在電話上講要趕快見面？」

子恆：「誰知道。」

在微略路燈照明的不遠處隱約見到佳芸、孝珉奔馳而來。

芷淇：「欸！來了來了。」

兩人氣喘吁吁跑到三人面前還有些狼狽就好像看到鬼一樣，孝珉試圖說話但先稍作喘息。

芷淇：「佳芸妳……？怎麼會在這？」

佳芸：「你們……冷靜點。」她邊喘邊說心情無法平復。

孝珉：「對……你們……你們三個。」他喘氣指著大家，三人面面相覷聆聽。「來自二〇二六年的你們……沒錯吧！」

子恆：「嗯……？」三人並無法理解他表達的用意。

孝珉：「我剛剛都聽何佳芸說了，我才是這個世界的張孝珉……你們不是這世界的。」

又雄：「你在說什麼啊……不懂？」

佳芸：「意思就是還有另一個世界，跟這裡一模一樣的地方。」

孝珉：「我兩個禮拜前跟你們一起騎腳踏車準備要去吃冰……最後的印象就是騎過碼頭的時候，一陣白光我整個人就在一個洞穴裡，還看到你們三個……」

佳芸：「天雨洞！」

第四章　交織在彼端

原來，他們並非在同一個世界的時間線上時間倒轉，而是誤打誤撞將兩個世界另一個自己的靈魂給對調了，但這兩個世界的時間並不同步，兩者存在著十七年的時差。

二〇二六年　五月　一日　前端世界

在天雨洞的四人站著驚恐萬分完全狀況外，地上散落酒罐跟零食只有手電筒的光伴隨他們，周圍伴隨是寂靜的洞穴，他們並不知道為什麼自己穿著登山服站在這，身體不自覺害怕顫抖，更不知道他們為何會身處在這，芷淇害怕緊張的發抖。

芷淇：「這是哪裡啊？」

子恆：「靠……我們的車咧？」

又雄：「奇怪剛剛發生什麼事？」

對這四人來說，前一秒還在白天的碼頭跟松穎、士凱、佳芸等人騎單車還準備要去吃冰，怎麼一瞬間就變黑夜來到這不知名的地方?!更嚴重的是這四名學生並不知道現在身處的年代是二〇二六年，在驚恐之中並無發現自己身體已是三十四歲也沒注意到彼此有些老化的面容與相異的髮型。

二〇〇九年　十二月　一日　**後端世界**

孝珉：「對！天雨洞，然後我們發現自己上一段記憶都在碼頭騎腳踏車，一瞬間就跑到洞穴裡，更可怕的是我們都變三十四歲了！」

子恆：「等等，你有看到藍水晶嗎?!」

孝珉：「我沒印象！倒是有在另一個我的包包裡發現一顆藍色石頭。」

二〇二六年　五月　一日　**前端世界**

黑暗的洞穴，孝珉將眼前的包包拉鍊打開，裡頭有顆藍水晶光芒正逐漸退卻恢復原狀。

眾人撿起地上的手電筒張望照射圍繞身旁的只有岩石與寂靜的夜空，芷淇害怕的想拉住又雄跟子恆。孝岷驚恐的癱坐在地環顧四周，發現大家身旁有些拆開的零食跟鋁罐，還有一些後背包……

「欸，你們看，地上這些東西……」

其他三人也注意到這些物品但不認為是自己的。

芷淇：「這誰的東西？」

又雄：「我哪知道？」他微微顫抖的說。

子恆：「不是……我們的腳踏車……然後……」他轉身望向後方的岩壁著急的問：「委柔？……還有李松穎他們人呢？」

又雄：「打電話……打電話。」

四人下意識的翻找自己口袋卻又意識到身上的穿著不一樣，手機根本不在身上，但大家又從自己口袋中摸到體積大小跟手機差不多的不明物卻又不知道是什麼。

子恆拿著手電筒照著從口袋中掏出的新型手機滿是疑惑，因為他們的認知裡並沒有接觸這種東西。

子恆：「這是什麼？MP3嗎？」

又雄同樣也掏出自己口袋的手機：「這看起來最新出的iPhone。」

芷淇：「我這裡也有……可是這要怎麼用？」

就在這時子恆無意間按出了螢幕：「它亮了！」

又雄：「你怎麼用的？」

子恆：「按旁邊這個鈕。」

其餘三人也對著自己手上的手機照做果然都能點開螢幕。

當大家都在研究這新手機時，芷淇無意間發現自己手機桌布上是一個小女孩的照片感到疑惑，當然此刻的她並不知道這是她的女兒綺綺。

「這個好像是密碼？」子恆看著解鎖螢幕相當不解。

「所以現在是怎麼回事？我們現在在哪裡？要怎麼出去？」孝珉環顧四周幽暗的岩洞緊張說著。

子恆：「這裡有出口！」

芷淇：「不要亂走……確定是那邊嗎？」

她慌張的亂想自己是不是突然來到陰間？但看地上的包包跟零食還有手上莫名的新科技產品也不像是自己死了。

「我聽不懂您的問題，請再說一次。」孝岷的手機傳來Siri的語音聲。

「這三小？」子恆問著。

「不知道，它剛剛自己說話。」

不過四人之中似乎只有一位率先意識到時空上不尋常之處。

又雄看著手機解鎖螢幕，桌布上的照片竟然是一個外貌很像自己的男人，應該說畫面中的人就是自己，然後身旁是一位不知名的女子……他們兩人的合照，關係就像情侶……

「等一下！」又雄滿臉震驚的要另外三位夥伴安靜「你們看！」

他們轉身湊過來看著又雄手機上的螢幕。

「我沒有印象拍過這張照片然後我也不知道這女的是誰。」

「你怎麼看起來有點不一樣……」芷淇已發現畫面中的又雄有點成熟。
這時孝岷忽然拿自己手機螢幕上的光貼近又雄臉龐照著。
「欸，幹嘛啊！你……」又雄試圖閃避，但孝岷又多看了幾眼……
「這就是你啊……」孝岷不可置信又緊張的說。
芷淇瞬間明白意思連忙將又雄手中的手機拿過來看著解鎖螢幕上他與女子的合影，無盡的恐慌從心裡湧來！
「我們……到……未來了……」孝岷顫抖的說著。
「您還有什麼需要服務的嗎？」Siri的語音聲。
大家緊張的說不出話，不知道現在該怎麼做。
又雄吞了下口水顫抖的對著孝岷的手機問：「請問……現在是幾年……還有幾月幾號……？」
Siri：「今天是西元二〇二六年，五月一日。」

二〇〇九年　十二月　一日　後端世界

芷淇：「所以，我還是搞不懂是怎麼了？」
佳芸吞了下口水，神情激動開始想盡辦法比手畫腳：「應該這樣講，假如你們二〇二六年的世界稱作Ａ（前端世界）、我們二〇〇九年的世界稱作Ｂ（後端世界），那Ａ

世界的時間快了Ｂ世界十七年，所以對Ａ穿越到Ｂ的人會誤以為時間倒退回到過去，對Ｂ穿越到Ａ的人也會誤以為是穿越到未來。」

芷淇：「那意思是……兩個相差十七年的平行世界？」

孝珉：「對！平行世界！你們那年代很流行的假設……」

又雄：「相差十七年還叫平行世界？不對吧……」

佳芸：「唉呀，總之就是根本就沒有時間倒退這件事，是穿越兩個世界，你們的靈魂互換，這樣能理解嗎？」她繼續比手畫腳的解釋道，三人點點頭似懂非懂仍難以置信，總而言之作為見證此事的第三者佳芸在親眼見到剛剛天雨洞的異相後，孝珉的肉體並未憑空消失穿越去二〇二六年而是原封不動的留在這，唯一改變的是孝珉就像變了一人對於最近所發生的事毫無印象，反而聲稱他去了二〇二六年的未來約半個月左右。

佳芸向孝珉解釋了這半個月他所消失的記憶才明白，原來是兩個不同世界的意識交換了，一個是時間處在二〇二六年的世界、一個則是二〇〇九年的世界，但這兩個世界所發生的事互不影響。

孝珉：「現在二〇二六年那簡直是一團亂，我突然就變成我爸公司的貿易商老闆，財務報表、進出口那些有的沒的我都看不懂，還有一堆我從來沒看過的東西，就是很多我現在忘記的叫什麼名的科技產品……比較嚴重的是你們，又雄，你媽媽瞬間過世了，你打擊很大，還有你是做房仲的，什麼業績那些的工作完全沒辦法，上班連開車騎車都不會，還是看你自己名片上地址才找到上班地點。」三人眉頭深鎖，似乎有點道理……

孝珉：「還有一個未婚妻，你一直跟我抱怨她長很醜，年紀又大，完全不想跟她結婚……」

又雄心裡馬上想到他即將結婚的未婚妻芊美，心糾結一下。

孝珉：「再來，阿恆，你在南梓的印刷廠上班，機器全部不會操作，工作好像都快不保了……然後你們那個時代有個叫In……什麼的……就是粉紅色方框圖案的一個程式……」

芷淇：「Instagram？」

孝珉：「對對對，還有那個叫Messenger的東西，就是你們手機上的東西，你發現你女友失聯了，去查對話紀錄才發現你們分手很多年了……你也振作不起來。」

子恆存疑不發一語，腦袋還有點轉不過來。

芷淇：「那……那我呢？」

孝珉：「妳搬到左營跟老公住了，在客運站上班，狀況還好，妳有一個女兒好像是國小二年級吧？妳完全不知道怎麼帶小孩還很沒耐心把她鎖在門外，她還會尿床，喔對，還有妳有一個不負責任的老公，一個像大叔的人只會出一張嘴管很多，常罵妳，然後會嫌妳什麼都不會，因為妳只會煮火鍋跟煎蛋其他都不會，每天都煮一樣的東西所以被妳老公罵，公婆嫌，最後躲回娘家一陣子又被趕回去。這些通通是你們告訴我的。」

芷淇也皺眉不大相信。

孝珉：「真的啦，妳手機密碼是〇三一八，那是妳女兒的生日，這還是妳老公猜到的，而且裡面有一張我們四人在洞裡面拍的合照……然後阿恆的手機現在密碼還沒解開……只能接不能打。」

剛剛皺眉不信的人，現在有些反悔了……孝珉貌似說的是正確的？

子恆：「我密碼就……唉算了……」他想想如果真的是靈魂意識調換，高中時候的他怎麼可能知道十七年後自己的手機密碼……畢竟密碼是他大學的學號。

又雄：「那你呢？剛剛最後的記憶是什麼？」

孝珉：「我剛剛跟你們在一起，我們在看精神科……白天！」

二〇二六年　五月　十九日　前端世界

在高雄市立醫院孝珉像是被點醒一樣突然有精神，坐在候診室的椅上不知所措望著四周，子恆、芷淇、又雄十分沮喪，嘉政在旁不耐煩的講手機，芊美在旁安撫未婚夫。

對於孝珉來說，上一秒還在黑夜中的天雨洞被佳芸擁抱下一秒則是白天在醫院，身上的穿著也從高中制服變成大人的衣著，身上的錢包手機的確都是二〇二六年代的，種種跡象都表明了穿越成功！

孝珉：「你們……大家都在？」

子恆：「又怎麼了？」

孝珉：「我們都回來了！」

子恆：「什麼回來？」

孝珉：「所以現在是西元幾年？」

子恆：「二〇二六年啊，不是講過了，你有想起什麼嗎？」

還在狀況外的孝珉還沒來的及詢問，一旁的護士突然告知大家：「各位給楊醫師看診的朋友，往這邊請，家屬也請一起來。」

眾人起身隨護士而去，孝珉仍不知道現在是什麼情形但看起來真的成功回到二〇二六年而且情況似乎怪怪的。

狹長的走廊上，又雄、芷淇的家屬都在身邊表情都很差，芷淇的丈夫脾氣似乎不好一直催促著要她想起來什麼東西，又雄的未婚妻芊美同樣的表情但十分憂慮也同樣的在問你想起來了沒？真的還是什麼都不記得？之類的話，只見又雄跟芷淇滿臉猙獰又拍打自己腦門拚了命想要想起什麼事卻什麼都想不起的表情。

在場唯一只有子恆眼神空洞，陪他的家屬也滿臉無奈，從子恆眼裡他只有絕望的拖著身軀行屍走肉……

後面有個熟悉的女生聲音呼喊他的名字，是佳芸！還來不及高興起來，大腦馬上反應這其實是自家妹妹的呼喊聲，妹妹已是成熟的女人，她揹吉他進家門那稚嫩的臉跟老愛搶電腦的記憶彷如昨日。

張妹：「哥！」她加快腳步試圖跟上前面人群的步伐。

孝珉：「是妳喔……」

張妹：「對啊，怎麼了嗎？你別跟我說妳忘記我喔？」

孝珉：「嗯？妳在說什麼啊……是說這裡是怎麼回事？大家都在問什麼想起什麼事的？」

妹妹還來不及再跟他說什麼護士就引導大家進到一小間會議室，孝珉仍納悶為何自己會在醫院，然後另外三位夥伴看起來怪怪的，大家紛紛找位子入座，主治醫生、主任醫師、副院長三人已坐好排一列等待大家。他皺眉頭跟著大家入座，只見一位看似資深的醫生前來向大家簡報。

楊醫生：「各位好，這次的個案很特殊，所以我們就在這邊跟大家統一說明，先跟各位介紹，這位是李主任還有我們的方副院長。」

李主任：「這段時間各位都辛苦了，相關的抽血檢驗報告還有核磁共振的結果也都出來了……我們並沒有發現任何異常，腦部沒有退化，上禮拜也請台大醫院那幫忙做一些邏輯測驗包括測謊那些的也完全沒問題，各位都能把十幾年前……」他看了下病歷繼續說：「也就是〇九年的十一月十三日當天所發生的事情，口徑一致鉅細靡遺這樣說出來……不太像老年癡呆、阿茲海默那種患者，也不像腦部受創失憶的狀況，就是中間整整十幾年的記憶完全斷片消失讓各位有一種瞬間穿越時空的錯覺。依照各位的用藥紀錄除了馮子恆先生膽固醇有在服用降血脂的藥外，大家都沒有相關用藥紀錄更沒有精神方面的病史，也沒毒品反應。」

在場的大家仔細聆聽想知道答案，孝珉打開手機看現在日期是二〇二六年五月十九日，他用手指稍微算了下，他在高中時代歷經十八天，如果五月十八日往前推十八天就是五月一日，就是他們相約去天雨洞發生異象的那一天，穿越到二〇〇九年當地時間是十一月十三日，加上十八天就是十二月一日就是剛剛離開高中時代的日期，時間都剛剛好吻合……

李主任：「所以關於國內首次這種集體失憶的狀況我們目前沒有確定的答案，能做的就是像楊醫師平常開給你們的抗憂鬱的藥，要不然就是轉院看有沒有更進一步的治療方法……」

方副院長：「我能體會各位的無助感所以今天我特別在這跟大家說明，我身為醫師一向都只採信科學方法，如果……」他停頓下深表認真：「如果各位失憶都是真的屬實不是串通好的，現在唯一能推斷的是你們去的天雨洞；那石灰岩洞裡可能有一些天然的化學物質，讓你們吸入後可能產生幻覺再加上當天有喝酒進而造成失憶。」

嘉政：「這樣就失憶十幾年？」

方副院長：「是的，事實就是如此。我們已經盡力了……之後我會向上面提出申請成立專案小組到天雨洞裡面採勘採集那裡的樣本。」

芊美激動從座位上站起：「拜託醫生一定要救救我老公……我們準備要結婚了……」

嘉政也隨之在這氣氛中開始拜託：「醫生，拜託一定要幫幫忙，我老婆連她自己小孩都忘了該怎辦……」

方副院長還沒給大家提問的機會馬上說：「那還有最後一種可能！」

大家屏息以待，期待最後一絲希望是好的答案，安靜下來仔細聽。

「就是超自然現象，可能就像國外那種被外星人綁走記憶空白之類，還是魔神仔那些的……這些已經超出我們的範圍。」

嘉政：「這……」

方副院長：「坦白說，我有位朋友是他們社區的登山社成員，很巧的是在各位失憶的那時間點，也就是這個月一號晚上八點多的時候準備要從柴山下來，他們一起看到有一束細細的藍光從地面噴發出來很漂亮還有像是火星塞發動的爆炸聲，大概只有幾秒，那個方向就是天雨洞。」

眾人又開始竊竊私語，該不會是真的什麼超自然現象？難道是幽浮？

孝珉吞口口水似乎被說中事實，事到如今他跟夥伴早已被當成患有失憶症的人，但他在這世界明明只消失十八天，卻被醫生及其他夥伴家屬說他們四人是整整失憶快十七年；六千零十三天，共同記憶都停在二〇〇九年的十一月十三日的碼頭要去吃星海冰的路上，回過神後都在天雨洞。

又雄忘記自己有未婚妻、芷淇驚覺自己變成媽媽還有個女兒跟一個不認識的老公，子恆忘記自己幾年前已分手，三人都因為這些生活劇變喪失動力，連工作都陌生也變得不會開車，十七年的記憶完全空白……

他左思右想，這消失的十八天他並沒有消失反而是有另一個人代替他的生活，也就是二〇〇九年版的自己。因此得出一個結論；這並非時光倒退，而是穿越兩個不同的世界，一個相差快十七年的平行世界……，現況就是只有自己跟另一個世界十七歲的自己靈魂交換了！

二〇二六年　五月　一日　前端世界

就在孝珉在醫院等待精神科醫師簡報前的十八天，也就是五月一日藍水晶晚上發生異象的天雨洞，事發的當下他們四位高中生並不知道自己的意識鑽進另一個世界的自己身上。

Siri：「今天是西元二〇二六年，五月一日。」

又雄眉頭一皺，心中不好的猜想真似乎應驗了……

子恆：「它這是在說啥小？」

芷淇：「二〇二六？」

孝岷這時雙手冒出冷汗，他與又雄一致的認為，他們穿越時空了。

「看起來……我們掉進什麼時空裂縫……我們到未來了。」又雄凝重的說著。

子恆與芷淇無法相信，可他們看著眼前不可解釋的現象也馬上認清事實。

「我們剛剛在騎車……就一個……一瞬間，就是像一眨眼一樣……」芷淇驚慌的說著。

子恆：「對……就眼前突然就黑了。」
芷淇：「等等，李松穎他們呢？」
孝岷：「我們先確定我們自己在哪，這地方不太像我們剛剛騎車的地方。」
眼前螢幕上的Siri圖示仍在轉動，大家直覺的認為這個女性罐頭語音還在運作。
子恆趕緊對著螢幕問：「請問我們是怎麼穿越時空過來的？然後這裡是哪裡？」
大家屏息以待盯著手機螢幕，幾秒片刻後。
Siri：「很抱歉，我聽不懂您的意思，以下是我在網路上搜尋到的結果……」子恆無意間拇指碰觸到螢幕見畫面有反應，大家頓時明白這支未來手機是用觸控式螢幕，這跟印象中剛問世的iPhone一樣，無奈手機有密碼根本無法點開Siri給的資訊。
芷淇：「所以我們在哪？」
但接下來的問題Siri並沒有反應。
大家面面相覷，芷淇又再問了一次螢幕卻暗掉，這時大家又開始慌了瘋狂按著手機上的按鈕希望這個女性語音能再出現。
子恆：「有了有了！」螢幕終於在亂按之下開啟。
Siri：「您好，請問有什麼需要服務的嗎？」
子恆：「請問這裡是哪裡？」
Siri：「這是您所在的位置。」隨後秀出Google Map並定位。他們隱約看到了圖中高雄的海岸線，這才確定他們在柴山。

芷淇：「所以我們不只穿越時空還跑到山上？」

子恆：「請問我們為什麼穿越時空？」他緊張的對手機發問。

可想而知Siri又將頁面導向瀏覽器秀出無關的內容，不過此時孝岷又有了新想法：「如果我們是掉進時空裂縫……照理來說我們的東西都還在，可是你們看……我們穿的衣服都不一樣……」

又雄也認同這說法，他看著手機上顯老的自己與陌生女子合影的照片更加覺得不是穿越時空這麼單純。

「會不會……我們已經……經歷過這段時間？」又雄顫抖的望向大家。

孝岷用著手上的手機螢幕亮光照向又雄的臉，又反覆照了子恆跟芷淇……的確外貌都有些改變……與其說變的更像一個成年人不如說大家都變老了，尤其是芷淇的髮型還不一樣。

「嗯……我們的確已經有點年紀……」

子恆：「意思是……如果這裡是二〇二六，那……就是十七年後……」

芷淇：「所以加十七……」她腦中心算了下。

「我們三十四歲?!」

又雄用手機光線照著自己的雙手：「對……按照這樣講……我們三十四歲……」

子恆：「幹真假?!」

芷淇：「什麼?!……那這十七年我們都幹嘛去了？董微涵他們人呢？」

子恆：「不……不知道啊……我現在連委柔都不知道在哪……」

正想再問手機問題時他們發現手機的電量正在減少。

又雄：「先等等，先想想我們為什麼會掉進這個時空裂縫裡面……」

芷淇：「有辦法回去嗎？」

孝岷：「我想我們現在應該要做的是……看看外面現在是怎樣，我剛剛看到這裡有路。」

子恆：「我們既然出現在這，是不是回去的方法也在這？」

四人頓時安靜了下來想想這麼說也有道理，他們看著自己手上的手機滑動這款新科技但無奈解不了鎖。

又雄：「待在這邊好像也不是辦法……單靠這手機說二〇二六也沒辦法證明什麼。」

大家心底其實還在掙扎希望這只是一場整人節目之類的。

芷淇：「那……張孝岷，你來帶路？」

又雄：「那地上的東西，應該就是我們的東西。」

他們同意了孝岷的建議決定離開洞穴，並收拾了身旁的東西，大家包包裡不外乎就是外套跟水壺，子恆發現自己包包裡有香菸盒跟打火機。

大致翻了內容物確認可能是誰的物品後陸續躦過狹小的隙縫踏出天雨洞。

他們用手機的螢幕光順著小徑往山下走去，彼此攙扶著小心翼翼踏過枝葉，他們逐漸看到市區的燈火心裡不停想著這究竟怎麼回事。

走到了一般的木棧道後下去就容易許多，當踏到平面的那刻他們發現這裡其實就是學校後面的步道，周邊的民宅跟記憶中沒兩樣看不出有什麼未來感，但眾人來到校門口微弱的路燈照映在學校人行道上的外牆，牆面的布條寫著一一五學年度繁星上榜人數……校門口還多了一排從沒看過的黃色車殼腳踏車上面寫著YouBike的字樣。這種種陌生的跡象只使他們更加不安……

芷淇：「你們有看過這東西嗎？」她指著眼前的公共單車。

又雄：「沒有，我們剛剛放學出來的時候沒看到。」

子恆：「那……那現在要怎麼辦？我們隨便找一個路人問現在是西元多少年？」

走在最前頭的孝岷提議：「我想我們先回家看看好了。」

大家默默跟著孝岷繼續向前走，路過一旁的公共單車，他們深知接下來路上可能會看到更多這些沒見過的東西。

若要回家大家不是搭火車不然就是捷運，只有子恆他是騎單車上下學。

子恆：「可是我的車……我不知道它在哪？」記憶中他的車稍早還在碼頭載著委柔。

芷淇：「等等我們的卡片呢？」

她最先發現若要搭車一定得拿出一卡通，又雄跟孝岷也趕緊翻找身上那陌生的錢包，掏出來看裡面多了幾張信用卡跟金融卡並沒有找到搭車用的一卡通。

芷淇仔細的從她皮夾裡的各種信用卡中發現特別之處。

「欸欸找到了！」她向三人展示其中一張信用卡左下角有一卡通的圖示。

「應該就是這張。」

但她也馬上察覺又雄跟孝岷疑惑望著自己手中那疊卡片上。

芷淇：「怎麼了？」

只見又雄跟孝岷拿出自己的身分證、駕照，甚至還有印有自己名字的名片。子恆見狀也趕緊摸著自己口袋，馬上摸到一個皮夾卻怎麼翻都找不到自己的名片，芷淇也是如此。

又雄：「所以我在當房屋買賣的？」他翻了又翻印著他西裝筆挺的大頭照的名片。

孝岷：「我看起來是我們家公司的負責人……」

芷淇：「靠，這啥。」

三個男人轉身望向芷淇，見她緊握著身分證背面難以置信的臉。

芷淇：「我已經結婚？」

她身分證背面的配偶欄已多一位不認識的男子名：嘉政。

男人們連忙掏出自己身分證檢查看看，好在配偶欄都沒名字，證明他們都還單身，心裡想著這到底是好事還壞事。

孝岷：「我們還是趕快回自己家比較好。」

他們往市區走，一些從未看到的店出現在他們眼前，一列看似捷運列車的輕軌駛過車道旁，而路口處的荒地莫名多了一座站名為「美術館站」的火車站。

芷淇：「我想我這邊就能搭車回家了……」原先靠公車轉火車通勤的她，對於這個新車站的出現有些意外。

三個男人目送她離去後也互相拍拍對方肩膀，接下來他們都要回各自家面對這突如其來的劇變……

芷淇在刷票口前翻著這陌生的信用卡看著火車時刻表，這時包包裡突然有東西震動原來是手機響了，看來電顯示是嘉政，也就是她的丈夫。

看著這新科技產品的圖示要她滑動解鎖，芷淇下意識的想呼叫那三位男生們幫忙但這時只有她一位，接電話應該不需要密碼吧？她心裡這樣想著，隨著手指一滑動真的接起電話了！

芷淇：「喂……？」

嘉政：「妳大概幾點回家？我已經好了要不要我載？」

芷淇：「我……我正要回家」

嘉政：「那妳在哪？」

芷淇：「我在美術館站。」

嘉政：「好我過去接妳。」

又雄來到他的家門口外，本應該在門口的豆餅還有牠放飼料的狗碗消失了，但他並不感到意外只是一陣心寒，畢竟十七年後的世界豆餅早也不在了……

從窗戶望向裡面微弱的光，不知道媽媽是否真的變老了？

他熟悉的拉開家門，跟以前一樣只要有人在家就沒上鎖。廚房裡傳來了切菜的聲音想必是媽媽，但又不敢去看十七年後的媽媽。

又雄緩緩的接近，出乎意料的是一位陌生女子的背影！那名女子聽到動靜轉過身，又雄馬上認出是他手機桌布那位合照的女子，由於身分證配偶欄並沒有人，她大概是女朋友之類的？但這名女子明顯不是他喜歡的類型。

芊美：「喔你怎麼這麼早回來？不是說要去開同學會？」

又雄啞口無言不知該怎麼面對眼前的女子，當前他也覺得解釋穿越時空這件事只是徒勞。

芊美：「你吃飯沒？我正好要熱點青菜明天給你帶便當，還有你明天是跟客戶約幾點？又要帶看哪的房子？」

又雄心裡一陣尷尬又想起他唯一的家人媽媽：「喔……那個……我媽呢？」

芊美眉頭一皺放下手邊的工作：「嗯？你說什麼？」

又雄：「我說我媽呢？她去哪？」

芊美搖搖頭滿臉訝異，完全不清楚又雄怎麼突然提起已逝去的母親。

子恆回到家後發現家裡沒人，第一時間從包包裡找到鑰匙，還好鑰匙過了十幾年還是沒換，進門後他走進自己房間內跟記憶中的擺設沒太多差異，他望向抽屜尋找的先前委柔送給他的定情物手環，當然在這時空抽屜裡的東西本來就會不一樣，好在跟委柔的定情物並沒有不見，看來經過十七年他們小倆口依然在一起，他心思念念著女友想打電話給她無奈手機解不開，但他馬上想到還有市內電話，懷著緊張的心撥通打她手機，只聽到話筒傳來是門號暫停使用的語音……

　怎麼會這樣？子恆心中有些疑惑。接著他目光望向角落那台不曾見過更新的主機迫不及待的想看看跟委柔的近況，好在自己電腦並沒有設密碼，查看電腦桌面已不是以前的Windows系統連瀏覽器都不一樣，熟悉的MSN跟即時通這些程式也不見了，點擊進入網站後立刻搜尋無名小站但卻顯示這網站早已停用。

　按自己平常的風格一定會把常用網頁加在我的最愛，果然裡面有些沒看過的網站，他點了第一個「Facebook」的連結，點進去後不知道該從哪找尋委柔的資訊。

　畫面上的對話圖示直覺讓他要點這，進入頁面後有許多使用者的對話，但沒有像委柔的帳號不知道從何找起，甚至很多使用者名稱是用英文命名的，滾動著滑鼠向下滑一陣子赫然見到其中一位用英文命名的帳號，她的大頭照是笑得燦爛帶點韻味的委柔……這真的是她嗎？

　孝岷在家望著筆電積極的上網搜尋該如何解開手機，他找到可以用人臉辨識解開，可能剛在洞穴內太暗無法偵測臉部，於是他好奇對著自己的臉，不一會這未來的科技產品馬上解開，從裡面的簡訊還有諸多的通訊軟體的聊天對話可得知，內容大多數是關於生意往來的訊息，另外還有些內容是公司裡的高階主管來的訊息，原以為是什麼可怕高壓的工作內容但意外發現裡面對方傳來的訊息都是畢恭畢敬的尊稱，這才想到自己是公司負責人，爸爸已經把公司交給他管理了。他不曾想過一直都對他嚴厲管教崇拜升學主義的父母最後會把公司交給他管理，只不過他又想想這事情不知是好是壞，畢竟裡面的對話看起來都是需要有專業歷練的人才能應付。

火車站外頭芷淇獨自一人東張西望，她在等一個根本沒見過的丈夫，她不時點開螢幕看著手機桌面上跟小女孩的合照，心中已有預感這就是自己女兒，她等等該怎麼面對這些「陌生人」？

眼前一名機車男騎士對著她喊幾聲，她以為遇到怪人，直到那名怪人叫了她名字她才反應過來這是她丈夫。

「喂！我在這邊叫妳，妳怎麼還在那邊發呆？這邊警察會開單欸！」嘉政不停的揮手叫著她。車上還有一名女童，芷淇意識到這就是她的家人，女童見她走過來馬上開心地揮手，安全帽下藏不住她的笑容。

欣綺：「媽媽！」

二〇〇九年 十二月 一日 後端世界

孝珉：「還好我爸媽還不知道我失憶這件事，我只讓我妹知道而已。」

三人聽了鴉雀無聲，又雄跟子恆心中仍懷疑這是否是孝珉跟佳芸自導自演的戲碼……

孝珉：「剛剛何佳芸跟我一起在那洞裡只有我穿越，代表只有屬於二六年的人才能穿過去，〇九年的人不能穿，按照二六年版的我跟何佳芸說的，只要你們在下一個農曆十五再去天雨洞就能把身分給換回來，這樣問題就解決了！」

芷淇：「你說換回來？」

孝珉知道自己夥伴被困在另一個世界的二〇二六年心急的接著說：

「對，換回來，二六年的你們回到二〇二六，〇九年的你們回來二〇〇九！」

芷淇：「喔……」

三人聽了並沒很開心不想說話，這讓剛回到二〇〇九年B這的孝珉不解。

孝珉：「怎麼了？」

「我不要！」子恆低著頭語氣低沉很認真地說，嚇到了孝珉。

「為什麼不要？」佳芸拉著孝珉試圖阻止他問但來不及。

「我說不要就是不要！」子恆語氣更加堅定的回絕，又雄也透露出些微恐懼：

「我……我也不要……」

芷淇：「我也是，我不要……」

孝珉：「可是這……這裡不是屬於你們的世界啊？」佳芸繼續拉著他揮手示意要孝珉別再問。

子恆：「你就這麼想回來？你本尊還期望可以趕快回到二〇二六呢，你想回來二〇〇九年每天考試嗎？」他氣憤推孝珉胸口一把。

孝珉：「我……我二〇二六是過得還可以啦，只是那不是我啊，那是另外一個張孝珉的人生啊……重點是你們啊……」

子恆：「你閉嘴好嗎！」

語帶生氣的更加驚動了孝珉：

「我到底說錯什麼……？你們……你們這些大人真的很奇怪欸！」他仍不理解這些成人們為何還想賴在本該就不屬於他們的軀殼內呢？

「張孝珉！你怎麼兩個時空的你……都這麼白目啊！」芷淇不滿的大聲說對孝珉咆哮還語帶顫抖，佳芸雙手揮一揮頻來幫忙緩頰：

「芷淇，好了啦……你們冷靜，他才剛從未來回來還搞不清楚狀況……」

又雄：「孝珉……你有沒有想過如果我們二〇二六要面對的是什麼？就是你剛剛說的那些鳥事……」

芷淇：「反正我是絕對不會回去的啦！」在旁子恆轉身淡然地離去：「走吧，這件事就當沒發生過吧！」

「對啊對啊，明天考試又一堆早自習還要考英文……」又雄也避重就輕的轉身說著並隨子恆離去，芷淇緊跟在後還語帶輕佻提醒孝珉關於學校考試的東西：

「對了，明天要考英文第八課、歷史三之一、數學二之二，還有〈始得西山宴遊記〉默寫，快回去準備吧……」

孝珉在佳芸攙扶下一臉茫然，這三位大人表明了就想繼續佔據他夥伴們的青春肉體不願回到二〇二六年想繼續在二〇〇九年生活下去，並無打算把身分交換回來。

回去的路上手機聲響起，又雄掏了下書包，剛才一陣慌亂把手機給塞到前面的袋子去……一塞不小心塞太深還不好掏……費了一點勁才把嗡嗡作響的手機掏出，一不小心就把包包裡已經遺忘的佛珠給一起抓出來，又雄愣了一下但還是先接起手機。原來是媽媽打來的，問這麼晚怎麼還不回家，沒事先報備。

「啊好啦，我馬上回去，我在美術館這附近……，媽妳要先睡就先睡喔，好……好。」簡單回應後結束通話。

望著手中的這串木質佛珠想起那天在西子灣遇到的擺地攤賣佛珠的老人，跟他說過的話：

「年輕人啊，時間過去就回不來嚕。如果錯過什麼，失去什麼要懂得放下，不要為發生過的事執著，因為我們不能改變過去，只能改變未來。」

這句話讓他不寒而慄……沒錯，時間過去就回不來，我們不能改變過去……如果按照佳芸跟孝珉這樣形容的A、B前後兩端世界這個觀點的確就是符合現在的狀況。A已經發生過的事，B再怎麼改變最終也無法改變A的結果。

二〇二六年 五月 十八日 前端世界

簡單把妹妹打發走後孝珉回到家中房間裡看著擺設都沒什麼動過，翻著自己當天帶的包包裡面空無一物但還是拿出一串自家車鑰匙，話說回來，剛從醫院回來後就沒看到自己的車過，如果按照剛剛兩世界交換身分的概念，那另一個自己肯定不會開車。

他在書桌上找到藍水晶仔細一看，藍水晶表面約四分之一已破裂損壞，看起來像是被摔到，至於為何藍水晶會出現在這想必是另一個世界的他從天雨洞拿回來的，不過現在還有一個令他掛心的事；他曾在二〇〇九年那世界答應過佳芸一回到二〇二六年就要去找她，當時的佳芸在最後一刻表達自己的愛意感動了他於是決定要去找佳芸。

終於回到有智慧手機的年代，一切又變得很方便。

手機上FB搜尋「何佳芸」跳出幾位共同好友並仔細的滑手機找尋線索，畫面顯示佳芸的生活照並點擊貼文，裡面是關於「鹽埕風涼麵」的店鋪介紹。

他隨即拿起車鑰匙跟藍水晶，內心有了些期待。但是車到底去哪了？打電話給妹妹她也完全不知道，記得最後一次看到車子是十八天前，出事那天。

簡單換上衣服，準備動身前往當時停在柴山登山步道附近尋找當時遺留的汽車，如果真是這樣那台車就會留在那。

他叫了車，Uber司機馬上載他到他遺留在柴山附近停車的地方，嗯，在二〇二六年有Uber真方便。

下車後他拿出車鑰匙走去，一按下按鈕他愛車頭燈閃爍，好在車子還有電，經過兩週的時間車身被沉積已久的灰塵與樹葉覆蓋住，好在沒鳥屎滴在上面。

從後車廂取出羽毛刷清理乾淨，進入駕駛座充滿幹勁發動引擎。果然駕駛的手感還在！

他不知不覺來到西子灣風景區試圖尋找那位神祕的賣水晶老頭，搖下車窗駕車，向路邊張望，緩緩接近兩位走一起的路人：「請問一下，你知道這附近哪裡有賣貝殼的人嗎？或是水晶的？」

經過的路人聳聳肩表示：「不知道欸。」

孝珉：「大概六十歲賣貝殼的阿伯……」

沿途詢問的路人沒有一個見過孝珉所述的人。他再次來到星海冰店，這間店彷彿不久前才進來用餐過，在這時空已十年以上沒進來但在記憶中只是兩週前以高中生的身分在另一個世界走進來，老闆娘也從原本的年輕瞬間變老而滄桑，他走進店內找上一位服務人員。

孝珉：「請問一下，你有在這附近看過賣貝殼或是水晶的一個阿伯？」
服務人員：「沒有欸……」
孝珉拿出藍水晶問用餐的客人，一桌又一桌，得到的答覆都是搖頭。

二〇〇九年 十二月 二日　後端世界

教室內大家正寫著小考考卷，又雄皺眉頭不知道怎寫，子恆望著考卷發呆玩筆，芷淇寫一寫又拿立可白塗改，看來考卷上的題目對這些許久沒讀過書的大人們是有難度的。

下課期間三人不約而同的一起走出門外，只剩一旁的孝珉在座位默默望著他們離去。

這微妙的關係真耐人尋味，三人先是跟前端世界的孝珉鬧翻冷戰，好不容易復合現在又跟後端世界的孝珉鬧翻，這囂俳四人組要囂張都囂張不起來了，以往上課最喜歡吵鬧搞怪的四人組現在都變得安分起來，連老師都有點訝異還慶幸最近上課可以好好安靜台下不會有人偷講話了。

佳芸看著孝珉在座位望著夥伴離去，深知對方還在生孝珉悶氣便到他身旁陪伴，眼前這位心儀的男生是原來的那個人，也就不會如前端世界的孝珉知道她暗戀他的祕密。

在天雨洞的那晚還以為孝珉就要消失在這世界上直到十七年後才會再出現，不料現在是兩個世界的概念，所以只是把原本就在這世界的孝珉給換回來而已，這讓她有些欣慰。至於那晚為何她緊抱著孝珉最後調換靈魂過去二〇二六年的只有孝珉一人而她自己仍保持原樣沒有跟二〇二六年的她調換靈魂，這又是另一個謎了。

既然知道前端世界的他們最終是沒有結果，現在又面臨同樣的問題，若知道未來沒結果，到底該不該繼續戀著他？該放棄還是冒著重蹈覆轍的結局，為一點可能的變數來努力？

又雄他們三人走在學校走廊上有些煩悶，事情怎麼會變得這麼複雜，現在不是單一的世界在進行而是牽扯到另一個世界的自己，孝珉執著穿越回二〇二六後反而把事情的真實全貌給扯出來。

又雄：「剛剛根本沒心情寫……」

子恆：「我也是，直接放棄，寒假準備重修了。」

芷淇：「唉……好煩喔……為什麼會搞成這樣。」

走沒幾步路，就感到內心無形的重量拖著他們步伐……

子恆：「你覺得他是在騙我們嗎？把自己裝成另一個世界的高中生？」

芷淇：「我也這麼想過，他到底跟佳芸在搞什麼？可是……他前後講話的方式的確有落差。」

子恆：「是這樣沒錯……之前他比較成熟，現在就真的很屁……真的是他裝出來嗎？」「白目這點倒是沒變。」芷淇還是要在這種沉重的氣氛下開點小玩笑，數落這傢伙。

又雄：「那他幹嘛騙我們？他要回去就自己回去就好啊？為什麼還要回來說服我們？」

子恆：「會不會是因為他失敗了？他一人回不去，一定要我們四人同時都進去天雨洞才會成功？」

打從孝珉聲稱兩個世界的概念那晚起，三人都在懷疑他跟佳芸自導自演的可能性，還想過孝珉為了要博取三人的信任而故意編造還有另一個世界的事情，讓他們想起二〇二六年的家人來增加說服度，就目前狀況班上也只有佳芸那個單戀女孩最能無條件配合孝珉的要求演出這戲碼。

芷淇：「……我手機密碼……他可能猜得到，可是後來我想想感覺他不是騙人欸，因為我從來沒跟別人說過我女兒會尿床這件事……而且我高中真的只會煮火鍋跟煎蛋，什麼都不會。」

又雄：「的確……如果是十七歲的我，那我未婚妻根本不會是我的菜，我高中喜歡可愛型的奶大皮膚白的，不會去喜歡那種外表普通內涵型的。我當時只是膚淺的屁孩……」不禁低頭慚愧說著。

子恆：「算了，不管是不是真的反正我們過好現在的生活就好。」話還沒說完委柔興沖沖的過來。

子恆：「嘿我的寶貝！」

委柔：「小聲點啦，叫這麼大聲。」說起來有些害羞。

子恆：「好啦等等中午一起吃飯喔。」

委柔：「我有帶你最愛吃的炸蝦！」

子恆：「我等著吃。」

幸福的小倆口又不顧旁人眼光放閃，完全把剛剛嚴肅沉著的氣氛一掃而空，留下芷淇、又雄兩個無言以對的夥伴。

今天又過了充實的一天，又雄回到家後媽媽跟豆餅不在，有聽媽媽說今天要帶豆餅去鄉公所辦的免費寵物健檢，這樣也好，不然平常可是不會花這個錢帶豆餅去寵物醫院。

來到房間將書包放下，剛好看見那串放在書桌上的佛珠，不知道為何這串佛珠又讓他想起了那個穿袈裟擺地攤老人說的話：

「要知道，宇宙中存在的大千世界都是意識的集合體，心存善念，迴向給世間，這樣心靈就有所成長，靈性才能跟著提升。」

意識的集合體？心靈成長、靈性提升？這老人家在暗示什麼？又雄滿臉認真的開始思索，原以為他們四人這樣時空穿越是單純一條時間線上時間點被改變，腦海裡不斷重現在子璇被蜈蚣嚇到那天孝珉曾告訴他松穎從課桌上把蜈蚣給抓到幾公尺外的花圃這例子，現在狀況不只把蜈蚣抓到花圃這麼簡單，而是把蜈蚣裝到箱子然後帶牠搭車到山上野放，同時在山上那頭的蜈蚣也被人抓進箱子坐車來學校花圃野放，這路程對人類來說只要十分鐘就能辦到，但對兩隻互換的蜈蚣來說牠們已經來到另一個世界，沒有人跟車的幫助下以蜈蚣自己能力根本不可能在十分鐘內到達遠在幾公里外的地方。

人是三維度的，難道天雨洞那晚藍水晶是觸動更高維度的空間，搭上某輛高維度的車傳輸到這的嗎？

宇宙中存在的大千世界都是意識的集合體。

上網查了下「大千世界」這總掛在佛教徒嘴邊會說的四個字，它內容深奧但最終是想表示宇宙中不只我們一個世界，而是同時存在上千億個可能跟我們一樣的世界在運行，又曾聽說過人無法輕易穿越世界的障礙就是因為質量，那麼現在兩個世界的靈魂交換……是意識的穿越，不是肉體的穿越，意識沒有質量可言，這或許就說得通。

二〇二六年　五月　十九日　前端世界

「芷淇，妳在幹嘛啦！就跟妳講這個月的折價券有收到要登記上面的編號！」

在客運進站的倒車聲伴隨引擎嘈雜聲下，芷淇的同事正一旁臭臉的責怪她。

「妳看看這樣怎麼對帳？到時候我們都會被課長搞死耶！現在……我們都還要一個一個找哪個是昨天收的券。」

這天又跟過去十幾天一樣工作上屢屢闖禍，就算同事知道她失憶但還是公事公辦，畢竟職場裡闖禍不只自己遭殃還會連帶影響別人。

每當哪個地方的據點嚴重誤點或是其他因素公司都會發給乘客折價券作為些許補償，當櫃檯在日後收到客人使用折價券購票後就必須在當天的報表上登記券上的編號才能給會計核銷對帳，這是每位櫃檯人員都知道的常識，只不過在這位需要短時間就要恢復到老手的「新人」得學習的事情可多的很，這並不是很容易。

奇怪的是關於高中的事都還記得，以前晚上只留一小時看書隔天的小考照樣能拿到班上平均成績不會太爛的等級，但現在學習職場新的事物卻沒辦法跟上。同時她也發現自己的體力有落差，以前就算晚睡讀書準備段考就算只睡幾個小時第二天照樣爬得起來，現在只要早起就好像沒睡飽再拖著疲憊的身軀上班。

從值班台看到轉運站外車水馬龍的景象，長大後出社會是多麼複雜，在人群間看到兩位鼓山高中的女學生，對她而言這應該算學妹了吧……她們頭髮染的鮮豔穿著那幾十年都不變的學校制服加上自己的便服外套。

芷淇懊惱的想，她本應該是個高中生穿著制服上著學怎麼就在這忙碌的值班台了？唯一跟記憶中不同的是，現在的高中生並沒有穿齊全的校服，聽同事那些婆婆媽媽的日常聊天講自己上高中的孩子才知，早在多年前高中的服儀就已解禁，大家頭髮除了可以染自己喜歡的顏色還能穿著自己喜歡的便服上學，只需部分校服有穿在身上就好。

另外高中生已經沒有早自習跟小考，取而代之的是學習歷程檔案著重在做報告還要寫類似大學的簡單小論文跟專題，就連學校都有所謂的跑班上課多元學習的內容能跟其他班的同學湊一起上課，聽起來感覺很有趣，更重要的是沒有第八節課這種東西，大家四點就能放學，而且聽說過去這十七年少子化非常嚴重，學生少到大學閉著眼睛考都能上，連私立大學都有補助不必擔心學費問題，真羨慕現在的高中生可以這樣自由自在的。

當芷淇思索到一半看著下班時間到，她嘆口氣收拾個人物品準備離開，因為回家後又是另一個挑戰。

自己已在大人世界生活半個月，現仍無法適應身為媽媽應盡的責任，除了在客運站的工作得重新學習，面對突如其來的劇變等各種挑戰，每天生活瀕臨崩潰很想逃避卻只能默默接受自己「失憶」的事實，甚至只要女兒吵鬧她便會把女兒鎖在門外對待來處罰，就好像不是自己親生的一樣。

不過這樣說也對，因為她的記憶還在十七歲，根本就不存在有生小孩這回事。

她坐在餐桌前看著那陌生的女兒吃著剛買回來的便當又望向角落的鏡子，一個身材走樣、頭上有十幾根白髮、臉上帶著雀斑的自己那阿姨樣……始終不解這來龍去脈。

滑開手機，慢慢適應現代手機操作模式後找到了相簿，裡面有著與孝珉、子恆、又雄三人的自拍照還有其他更久以前那些沒印象的家庭照片，出事當天時間顯示都在二〇二六年五月一日16：00～20：30間拍的，看時間軸就能得出他們四人在當天去了學校後再去校園後面的柴山，除了上次忽然出現在那外她這輩子從沒印象有去過那地方。

最後一張照片的時間是晚上20：27拍的，四人在洞內快樂的合照，就在大約這時間點……再到二〇〇九年十一月十三日……中間的近十七年記憶完全沒有了！可是上個記憶明明就是在碼頭那騎車記得一清二楚，這種失憶法……實在沒道理啊？

這看似陌生的女兒已許久沒吃到媽媽做的菜，也經常看到她六神無主彷彿不是自己媽媽。

女兒默默吃著外帶便當不免小抱怨著近期的改變打斷芷淇的思緒：

「媽媽，妳怎麼最近都這麼晚才來接我……火車好慢好擠喔……」

芷淇：「媽媽現在還要練習騎車，再等一下喔……」

現在的她就像失憶忘了怎麼騎機車的大人，突然有點後悔怎麼高中就不學壞點跟那些學長一樣無照駕駛偷騎機車呢？

「然後我也好想再吃妳做的三色蛋……」女兒說著說著拿筷子戳著便當裡面的滷蛋。

芷淇：「等我之後恢復記憶了再做好嗎，媽咪現在忘了，妳先吃完。」

欣綺：「我不想吃……」女兒面露無奈，看著自己買回來的晚餐被小孩嫌棄使芷淇再也忍不住而動怒。

芷淇：「妳不要再煩了好嗎！叫妳吃就吃！」

女兒被媽媽的大聲嚇一跳趕快把滷蛋塞進嘴裡。

嘉政走過來不耐煩的對著坐在椅上的芷淇講話不客氣：「妳喔……沒事去跟妳那些高中同學去什麼柴山，搞的連妳都瘋了！」

一旁的欣綺看父母準備吵架就默默的繼續吃剩下的飯菜。

「我就說我已經失憶了你就不能好好體諒我嗎？我現在根本不知道我為什麼會跟他們出現在柴山。」

嘉政不客氣的拍下桌子：「失憶到連我是誰，妳孩子叫什麼名，妳家在哪都不知道?!還把妳孩子鎖在門外是什麼意思？」

芷淇：「就說連醫生都沒遇過這件事，你到底想怎樣啦！」

嘉政：「妳先搞清處狀況喔，你們出事的那個洞穴明明有公告進去要申請而且現在這個月份沒開放，你們是非法進入也沒人知道你們在裡面發生什麼事，我們要找人幫忙都站不住腳。」

欣綺默默的吃便當不敢在父母吵架中有動靜深怕被砲火波及。

芷淇：「啊事情都發生了還能怎樣，你嫌我飯煮的難吃，我現在重新學，啊你呢？連煎蛋都不會還在那嘴。」

嘉政：「妳現在搞到連工作都危險了，我現在可是兩份差在身上我就不累嗎？妳有想過我們的貸款怎麼辦？孩子怎麼辦？妳連這些都忘了嗎？」嘉政轉頭看著小孩不耐煩的大聲喝令：「綺綺，吃完把紙盒收好！不要讓我再唸了！」

欣綺默默的把紙餐盒拿去回收。

芷淇在旁不發一語感覺當前不論說什麼都不對……

嘉政：「走，上去了，快去洗澡，你媽真的瘋了！」

老公把欣綺給帶上樓，女兒懵懂無辜的臉微略看媽媽一下，芷淇不甘被嘉政罵，小孩子氣馬上顯現：「對啦我都忘了，我還忘了我是怎麼嫁給你這種人！講話這麼狠！」

照這樣看來芷淇的老公脾氣似乎不怎好，口氣挺差的還有點大男人主義，不知道是因為工作壓力太大還是本身個性就是這麼糟，當初到底是怎麼嫁給這男人的令芷淇自己都無法理解。她仍停留在高中時候的擇偶條件，要像日本偶像劇裡面的男生說話溫柔浪漫，現在或許是流行韓劇？但不管怎樣就是不能理解怎會嫁給這種粗暴的人？

一家三口歡樂的合照放在手機中的一個相簿裡說明與嘉政跟孩子也不是一直都處不好，這個家還能回到這照片中天倫之樂的時光嗎？

錢錢錢……貸款到底是什麼東西？為什麼大人的世界裡錢這麼難賺呢？養一個家子為什麼比想像中難這麼多?!

在又雄這也面臨了同一種狀況，他拿到醫生的診斷證明後總算可以向公司請假休養，目前三人的工作都有點不保了，請完假回去上班仍面臨一樣的問題也只是在拖延時間罷了。

不過很幸運的他有個賢淑的未婚妻，即便他失憶仍不厭其煩的照料更是不離不棄，自從母親過世後又雄繼承了這個家並與未婚妻同居。

這晚又雄在房裡發呆，家中的物品沒增加多少跟高中時候的印象沒差距很大。

他不時滑著手機研究其功能，對於智慧型手機這玩意兒在他眼裡還是有點陌生的科技產品，點開相簿裡面都是跟未婚妻的親密合照可見自己以前跟這老老醜醜的女人是有很多甜蜜的回憶，自己怎麼會喜歡上這種女人？

可現在又不能說人家老，因為自己年紀又比她大。

芊美從後面進門來到又雄身旁坐下：「阿雄，還在擔心今天醫生說的呢？」

又雄：「沒有……只是我不知道接下來怎麼辦……公司只准我請假到禮拜二。」

她將身子靠近想倚靠在又雄身上但又雄有些抗拒，就像不熟的人一般有點想把身子往旁挪……

她伸手想倚靠他肩膀卻被又雄反射性的撥開，芊美見狀只好尊重。

「接下來就一起面對啊……只是我爸媽那我不知道該怎麼交代……他們還不知道。」芊美有氣無力的說著。

又雄眼神看著桌上兩人的婚紗紀念小卡片十分焦慮，自己才不想這樣隨便跟一個沒興趣的女人訂終生啊。

又雄：「這婚禮能延期嗎……還是取消？」

芊美：「都已經說了，怎麼能說取消就取消呢……」她無奈微嘆息將頭撇一邊。

又雄無法體會即將結婚的女生聽到取消婚禮這件事會是多難過。

「因為，我現在這狀態可能不適合……我……好像才認識妳幾天就突然就說要結婚了？」

「我能理解，沒關係的，你已經很堅強了。」芊美故作鎮定起身離開並把門關上。

就在這時芊美內心再也止不住悲傷，她緊摀住嘴開始無聲崩潰大哭雙腿癱軟緩緩沿牆蹲地，自己心愛的未婚夫不只徹底忘記她還想悔婚，兩人的感情婚姻究竟還能再繼續下去嗎？這段感情為何到最後關頭這麼坎坷？

又雄打開衣櫃，裡面有著媽媽的遺物跟一些衣服，他將衣服擁入懷裡就像小時候躺在媽媽懷裡般幻想著媽媽還活在這世界上用溫暖的手心撫摸他的頭頂，在這時空下美蘭已過世七年，無助的他此刻只想對著天上的媽媽哭喊他到底該怎麼辦？

在這個家還有其他人，又雄壓抑住自己情緒馬上把思緒轉回手機上翻閱Line的對話紀錄試圖轉移注意力，從聊天紀錄複習現在的交友圈還有工作上的客戶，這些內容有助於他進入現在的狀況，在訊息欄頂部跳出新聞的推播：「一一五國中會考自然、數學科題目偏難、預估總平均估落二十二至二十四分」。

國中會考是什麼東西？原來是現在的高中入學考試；記憶中去年考的基測，沒想到過了這麼多年連國中基測還有計分方式都改了……現在的處境寧可重考基測十次也不要處在這奇怪的大人世界……又雄腦海中這麼自嘲著。

另一方面，在一間手機的維修部，子恆正跟櫃檯人員交談中，他對自己手機的解鎖圖案完全忘記，試到手機都鎖住以至於許多資料都在裡面無法讀取只好跑到該手機廠商的維修據點請求協助。

「來，這是你的身分證，還有診斷證明先還你。」好在有醫生開的失憶症診斷證明廠商才願意幫忙解鎖，櫃檯人員將相關資料還給子恆，手機螢幕終於解鎖了。

子恆：「好，謝謝……終於解鎖了。」

櫃檯人員：「你是真的都忘記怎麼操作嗎？」

子恆：「對……現在都只看過人家滑而已，我想先看看Line，聽說現代人上班都用這個。」他認真盯著手機。

櫃檯人員：「好，這兩個鍵是螢幕保護跟解鎖，你看這桌面，這個綠色的應用程式就是Line……」

這名櫃檯人員大概作夢都沒想過有一天會要跟一個大人介紹手機怎麼用，就像教幼兒園的小朋友那樣……

過去兩週的日子在失戀的悲痛中還有接踵而來的工作不適應問題，各種壓力讓子恆痛不欲生，在二〇二六年的生活唯一能讓他多少轉移注意力的只有畫質更好更豐富萬能的手機，就連遊戲也能用手機進行。

看到有這種通訊軟體，人手一機甚至連現代高中生都有的情況下真的很羨慕，要是在以前有Line這種東西上課就不必跟委柔傳簡訊浪費這麼多錢，哥兒們聊天打屁或是考試作弊傳答案也不用在那邊開藍芽的，雖然聽說在二〇二六年的高中生也不怎把Line當主要的聊天工具而是用其他五花八門的聊天程式，但自己現在已是三十四歲的大叔也不必再探討高中生了……因為聽門市人員說Line是大人們常用的程式，無論是上班還是日常都很仰賴這個程式。

而且聽說有些手機有內建AI的聊天機器人，這部分還得找時間慢慢研究……

隨著App開啟，裡面跳出各種封塵已久的未讀對話，看這些聯絡人姓名、綽號，像是「廠務組許德榮」、「梓官左營炮哥有事電話」之類的可以判斷出這應該是工作上的訊息，還有群組名稱「夜市戰隊牌咖團」、「印刷三線」這類不論公私的群組訊息數量多到連櫃檯人員都有點傻眼直搖頭，覺得眼前這人怎麼未讀訊息可以這麼多。

要是當年有Line這種行動版的MSN，上面的訊息將會是跟委柔的對話；那些噁爛到不行的肉麻對話。

看現代人手機都能任意拍照還有自拍功能，然後拍完照無需用傳輸線連結到電腦就能馬上用手機直接上傳網路，以委柔那種愛玩拍照機的個性一定是拉著他瘋狂用手機拍照拍到爽為止，接下來一定會把每張都傳到無名小站的相簿，可能會再挑幾張拿來寫網誌放閃的文章給班上同學看。

想著想著，子恆意識到想再多這些都無法成真，因為委柔在兩週前就離開他的世界，更正確來說是在九年前就分手了，她人應該還在澳洲吧？現代有這麼方便的網路卻也連絡不上了……因為之前他從家裡打開自己電腦發現瀏覽器裡面有一個名叫Facebook的社群網站並沒登出，隨著滑鼠游標到處探索順利進入到對話資料夾，找到委柔的帳號裡面的對話已經交代分手的起因後果，時間就停留在九年前，往後只剩子恆偶爾主動密她的簡單關心詞語，但對方沒再回應，上網查這些狀況後才知道對方可能已經將他的對話通知給關閉了……

為什麼當時的他要這麼魯莽跟委柔吵架，為什麼委柔要出國……各種無奈的為什麼又再次腐蝕子恆殘破不堪的心。

二〇〇九年　十二月　三日　後端世界

下課時間孝珉拿著數張考差的考卷一張張檢閱，身旁的佳芸在身旁陪他一同翻閱考卷：「唉……這傢伙居然給我翹課跟遲到……剛剛我被林麥璇叫到導辦罵慘了……然後考試全爛掉，我爸媽一定會把我給罵慘。」

孝珉看著二〇二六年版的自己幹的好事只能無奈搖頭，自己上學以來從沒裝病逃學更沒翹過課，操行成績都保持的很好現在都被另一個自己毀了。

現在還有另一個問題就是該怎麼面對有著十七歲的身體又裝著三十四歲靈魂的那三位是夥伴又不是夥伴的同學們……

佳芸：「我覺得你應該主動去跟他們道歉。」

孝珉：「唉……我得想辦法把他們給救回來。」

「走啦去廁所。」子璇從旁經過對佳芸說道。

「叫微涵陪妳啦，我沒空。」

「喔？沒空？你們兩個……？喔──」子璇馬上開始亂點鴛鴦譜竊笑暗指她在跟孝珉搞曖昧。

「妳少在那邊。」佳芸害羞伸手作勢攻擊，子璇繼續擺出欠揍的竊笑臉快速後退閃躲：「喔！好啦不打擾你們嚕。」然後輕盈跳步的離開教室。

待子璇走後孝珉疑惑的問佳芸：「欸！何佳芸，我在跟妳交往喔？」

孝珉開始懷疑二〇二六年版的自己該不會用他名義跟何佳芸有什麼戀愛關係？

被說中的當事人瞬間滿臉漲紅，不自覺得撥弄臉龐的頭髮至耳後：「哪……哪有，別亂講！」

孝珉：「喔……我還以為我的分身在這給我亂把妹……是說……為什麼那天我身分換回來的時候妳會抱著我？」他指的是十二月一日在天雨洞穿越回來的那晚。

佳芸：「這個說來話長啦……」她拿外套來遮住自己大部分的臉掩飾心中悸動的心。孝珉還是十分疑惑搔著頭不知是真是假。

操場上吹哨聲響，一顆排球飛來，由士凱、孝珉防守，士凱試圖把球打回去但沒成功，使排球在球場上來回彈跳著跑出界外滾到一旁正休息的子恆、又雄、芷淇身邊。

士凱：「欸球！你們不打喔？」

子恆撿起球起身，士凱身旁的孝珉有些喘的等待排球。

子恆：「你們打啊，我們等下一輪。」他接著刻意將球往遠處拋。

士凱、孝珉見球飛很高，抬頭眼睛盯著球嘴巴不禁張開往後跑，球在遠處落地彈跳，無奈的孝珉瞪了子恆他們一眼然後又動身往球的方向追過去。

眼看刁難成功，子恆微微冷笑一下又回到原地跟又雄、芷淇坐一起。

芷淇：「故意的齁。」

子恆：「可能吧。」

看來子恆對於孝珉現在是充滿敵意，還在為他講的話過意不去。

在體育課結束後又接著是一門無聊的英文課，在課堂上三人分別收到傳來的紙條：是孝珉善意的邀請，既然是對方主動提出的也許能談出什麼好結果？應該說這小屁孩真大膽居然主動找大人談判？這樣的結果可想而知，孝珉除了跟他們談和之外其實沒有什麼可以談判的餘地了。

「下課來學校通往頂樓的樓梯間談談。」

紙條這麼寫著，於是三人也就赴約。

到了下課時間孝珉跟佳芸已在那等候，見到三人來了孝珉神情又更加緊張，尤其看到昔日的好友；子恆這個大隻佬現在的樣子就像黑道大哥一樣可能隨時揍人，眼神充滿不懷好意的訊息。

孝珉：「我聽何佳芸說了……二〇二六年版的我曾經在這裡白目說了些蠢話，而且好像整件事的起因是因為我，所以我特別向你們道歉，還有何佳芸，對不起莫名其妙把妳捲進來。」

佳芸：「對不起，上次你們跟孝珉在這吵架我剛好經過……都有聽到穿越時空的事……」

芷淇：「沒關係啦，佳芸，這些事妳沒跟別人說吧。」

「沒有。」她搖搖頭。

芷淇：「那就好，孝珉，不用太介意啦！我們還是好朋友。」

又雄：「我們還是囂俳四人組喔！」

子恆：「你應該沒忘記吧。」

孝珉：「對，囂俳四人組……林麥璇認證的囂俳四人組……你們都是我的好朋友……」他呆呆的望著他們腳邊傻笑。

芷淇：「當然，你永遠是我們的好朋友。」

孝珉把視線又回到三人前：

「就因為是好朋友，所以我會盡全力把我的好朋友救回來……」

三人臉色轉為納悶並收起笑容，場面瞬間變得尷尬。

孝珉：「畢竟你們現在是占據他們的身體還有他們的生活……不是我認識的芷淇、

子恆還有又雄……」

面對他默默的指控三人有些慚愧默不吭聲，孝岷接著說：

「你們以後的生活會很辛苦，不管是〇九年還是二六年的我可能都沒辦法體會你們的苦，我也沒資格說什麼，只是……我現在唯一能做的就是說服你們再回去天雨洞把身分換回來，把我朋友給換回來……」

芷淇望著一旁、子恆抿下嘴、又雄則是面無表情發呆，原本期待來個和解沒料到這嚴肅的話題再次被拿來討論。

孝珉：「你們要打我罵我要我做什麼都好，只要你們能答應讓他們三個可以回來，拜託……」

芷淇：「要是另一個時空的你也把我們看這麼重，陪我們留下來那就好了……」

子恆上前向孝珉握手貌似表示善意：「孝珉，你講的話真的讓我很感動……謝謝，我還是會留在這。」

講完這句才知道子恆只是在數落他，三人轉身默默的一同走下樓離開。

孝珉：「你們大人真的就這麼自私不負責任嗎?!」

子恆：「你懂什麼，小屁孩！」他帶著嘲諷的語氣邊下樓梯邊背對著回嗆，留下錯愕的佳芸跟孝珉。

二〇二六年 五月 二十日 前端世界

早上十一點，孝珉將車停下見對面「鹽埕味涼麵」店鋪有一位男子在抓麵應該就是這間店的老闆？這是一間簡單的店面看似剛開門，孝珉來這無非是要找佳芸，他曾在二〇〇九年的世界答應過佳芸一回到二〇二六年就要去找她……

記憶中，在天雨洞滿懷少女心的佳芸抱住他使他第一次感受到這真誠的愛意……

「歡迎光臨！」這位老闆看孝珉這位客人上門馬上熱情招呼。

「你好，請問一下何佳芸在嗎？」

「你哪找？」

「我是她高中同學。」

「喔，你稍等一下。」老闆轉頭望著室內叫：「芸呀！」

孝珉有些緊張，內心有些期待又有些猶豫想見到佳芸。

「有人找妳喔！」

「誰啊？」佳芸已非以前的可愛，外貌已些許成熟，她穿前揹式揹巾揶動身子揹著孩子，額頭還有一點點汗水感覺剛從忙碌中抽身並從室內走出來。

孝珉見到她緊張的吞幾下口水不知該說什麼。

老闆：「妳高中同學。」

佳芸望著孝珉微笑慢慢走上前，前幾天還是個青澀少女現已變成一位上了年紀的母親。

佳芸：「你是……？」

孝珉：「張孝珉，還記得我嗎？」

佳芸：「喔，記得呀。」轉身向他簡單介紹身旁的老闆：「這我丈夫，叫阿坤。」

老闆：「你好。」

孝珉：「妳剛生孩子啊？」他客氣的詢問。

佳芸摸摸懷中嬰兒的頭：「快一歲了，這第三胎。」一會抬頭接著問：「怎麼會來這？」

孝珉：「我在FB有看到妳推廣這家店，昨天來的時候沒開。」

佳芸：「昨天剛好公休啦。」她想好好跟這多年不見的老同學多聊就找個理由支開老公：「阿坤，幫我去裡面把芝麻醬調好拿過來。」

「好。」老闆二話不說轉身離開先去忙了。

「真的好久不見……我畢業後就沒看過你……」佳芸稍微回想下：「……十幾年了。」

孝珉：「我也是……」他搔搔頭傻笑：「我有答應妳要來看妳。」

佳芸疑惑的皺下眉：「有嗎？」

孝珉：「另一個妳……說來複雜，不管怎樣，我今天只是來跟妳說謝謝。」

佳芸：「謝什麼？」身為人母的她稍微捧下手中的孩子調整她姿勢。

孝珉：「謝謝妳喜歡我……高中的時候。」

這簡短的一句話深深的打動對方的心，佳芸發愣一下面無表情望著手中的孩子。

「……喔……你一直都知道？」

孝珉：「不知道，現在才知道，妳高中暗戀我……而且還蠻久的……」

佳芸面無表情只是微略擺動身子搖著孩子。

「那時候的妳可以願意為了我付出全部，是我自己沒發現。」孝珉語畢慚愧低頭顯得懊悔。

佳芸：「嗯……現在說這些有什麼用……」

孝珉：「沒用了，我只是想跟妳說，謝謝妳……」他沉默片刻，這刻感覺是全世界都靜止了，最後鼓起勇氣：

「我愛妳……妳要幸福喔。」

孝珉緊閉嘴眼眶泛淚說了這三個字，對佳芸來說「我愛妳」這三個字要是能出現在高中該有多好，無奈昔日的感情早已淡，這句話晚了快十七年。

佳芸眼神望著孩子呆滯不動聲色，心中的思緒想起了高中關於孝珉的一切。孝珉在出發前來找佳芸時就深知二〇二六年這時空無論再如何後悔也挽不回錯過的愛，趁著淚水落下前孝珉趕緊簡單告辭掩飾他不堅強的一面，留下佳芸望著他往對面跑去的背影。

回到車上繫上安全帶，九點鐘方向便是佳芸在店鋪的身影，孝珉頭也不回泛著淚表現堅強往前行駛。

寬廣的道路，旁邊的路燈一根根的從駕駛座前掃過，猶如逝去的時間還有記憶不會再回來，也許這就是人生吧。

再見了，何佳芸。

就這樣孝岷失落的回到自己辦公室後想找點事情做轉換一下心情，他盯著電腦一手喝咖啡，心情還隨著剛才見到佳芸而有所複雜，業務處組長拿著報表進來給他看，處理公事或許就是轉移注意力的最好方法，孝珉翻幾頁面有難色：

「為什麼六月表現這麼差？工業器材這類還少過上個月的？」

業務處組長：「因為您月底都不在，沒有指示，再加上您知道的……上禮拜美國又對中國第二類產品調高六個百分點關稅，有些單我不敢貿然簽……」

「你自己不會判斷嗎？我不在你就不會自己想辦法嗎?!你是組長不是應該要有自己

的判斷嗎？還有你是怎麼帶下面的人的，我看你這組的組員每個平均談成的案子都沒達到你上次跟我說的預定目標！」他有些憤怒，也有一大部分是因為見到佳芸而複雜的心情來遷怒員工，他氣得放下咖啡杯。

「是是是……」業務處組長連忙道歉。

孝珉的下屬卑微禮貌的道歉，此時他又回想起二〇〇九年的世界，學校樓梯間的回憶畫面；又雄說道：「我就是個業務，如果業績沒達到你的要求，你會怎麼對他們？」

這段記憶歷歷在目，這是他第一次產生同理心，換位思考，在責罵自家業務的時候感覺就像在指責同為房仲業務的老同學，於是趕緊改口態度鬆軟：「好啦，算了，你七月份盡量把業績拉回來，不要勉強，對下面同仁簡單提醒一下就好……目標可以調整，你們討論完再跟我說……」

「好的……我會繼續努力的……」業務員繼續謙卑的點點頭眼睛不敢正視老闆。

眼前那顆藍水晶正放在辦公桌前靜靜躺著，自從上次回來後便把它放在辦公室，看這神奇的水晶是否會讓他做生意更順利，以前在家裡還有公司擺的各種水晶好像都沒啥用。

穿越時空，穿越時空，孝珉不禁覺得當時想這麼多幹嘛？待在二〇〇九年，現在就不會這麼懊悔錯過佳芸這女孩……

身為生意人更蠢的是居然沒想過留在二〇〇九年，擁有未來約十七年的預知能力，善用這些年興起的投資工具的話從二〇〇九一路過到二〇二六的話老早就賺翻了，更不用說可以帶領公司閃過一波接著一波國際貿易戰的深淵之中……又雄在逛夜市的時候就說過若能記下樂透號碼回到過去那該有多好，當時意識交換時候的我到底在想什麼……不過要是他真的這麼想了恐怕自己也不會想回二〇二六了，孝珉自嘲說著。

但他又想到，若按照邏輯來說只要在農曆十五號拿著這藍水晶返回天雨洞或許就能把這三位惶恐不安的孩子送回二〇〇九年，並強制把二〇二六年版本的三人從二〇〇九年交換回到現代了。如果說自己也進天雨洞那麼是不是又能再次回到二〇〇九年找到佳芸呢？

倘若這樣再穿越回二〇〇九年，那豈不就會再次調換靈魂讓二〇〇九年的自己又跑來二〇二六年這個世界然後搞得一團亂？就跟芷淇他們三人的狀況一樣？

他大概能稍微體會子恆為什麼想賴在那不肯走的原因了……如果自己又回二〇〇九年那他就更沒資格譴責其他三人不願回二〇二六年的心態了。

他伸手拿起藍水晶，望著因不明原因毀損的表面，少量的晶體從它的裂痕滲出，感覺變得比之前買到時脆弱許多，不知道他不在二〇二六年這段期間這水晶經歷了什麼事？

同一時間，在一處宮廟內乩童拿手搖鈴、法旗揮舞著，又雄、子恆緊張的看著乩童。那位乩童將臉貼近，又雄偷睜眼有點害怕向後傾，乩童又把臉接近子恆，像隻小貓見到一樣新奇的物品一樣，宮廟人員與宮主在旁謹慎看乩童哪需要協助，乩童看了會又退回去吶喊些聲音並說了簡單幾串聽不懂的話。

在旁圍觀的人都覺得不對勁議論紛紛，經常出入這的信徒們都覺得乩童的表情怪怪的，面色凝重，而且時間特別的久。

這樣簡單的法事持續一陣子，可以感覺得出這是一個看似不難但實際上又使神明棘手無法給出答案的問題。

乩童又講了些在地口音凝重的台語，這兩位來求神的人顯然聽不懂他在說什麼。沒一會，乩童甩下頭擺下身子貌似神明退駕畫下句點。一旁的宮廟人員隨後給滿身大汗的乩童備好水擦擦身子。

宮主從旁走來將又雄、子恆帶進一間簡陋的辦公室，剛請示完乩童的兩人趕緊坐下焦急的詢問宮主看是如何？剛看的感覺好像連神明都解決不了……

「這要安怎解釋呢？」宮主皺眉頭說道。

又雄：「十六年多……大概十七年欸，連醫生都沒看過。」

子恆：「是啊是啊。」

宮主：「剛剛神明的意思是說你們靈不附體……身體裡面住別的靈魂……」

又雄：「啊?!是說我們這十七年被鬼附身了？」這答案讓兩人十分驚訝。

宮主：「不是被附身……是你們附身別人的身體……」

子恆：「什麼?!我們什麼時候變鬼啦?!」

兩人再度緊張起來，這件事情怎麼越變越撲朔迷離?!

「不過說也奇怪，如果你們是鬼，附身別人，早就被我們玉皇大帝鎮住，你們連踏都踏不進來……」就連宮主都納悶不已，無法解釋。

子恆：「那神明還有沒有指點什麼？我們該怎麼辦？」

宮主：「也沒什麼，只說時機成熟就會自然化解。」

又雄跟子恆聽完撐著頭在辦公桌上束手無策，焦慮持續，到頭來仍無解，這時子恆電話響起，手指滑動無法接起大概又是不熟悉手機操作，好在又雄馬上協助說要按哪裡這才把電話接通。

子恆：「喔喂?!」

是孝珉打來的，電話那頭透露出充滿希望的訊息。

孝珉已經解開謎團，準備讓大家重回二〇〇九年！他欣喜若狂的告訴又雄這好消息，兩人雀躍不已。

芷淇滿臉倦容疲憊從客運站下班，聽孝岷說今晚有重要事情要說還在想是什麼事就見孝珉開車前來迎接她，從搖下的車窗可見又雄、子恆也在車內等她，芷淇看著他開車驚嘆不已，這是她第一次看到孝珉開車。

芷淇：「孝珉會開車欸……你記憶回來了？」

又雄：「不是回來了，事情比妳想的還複雜。」

子恆：「他要帶我們回家了！」

上車後，孝珉把穿越的事情娓娓道來並承認是自己不好，當時自己隨便亂買這顆藍水晶導致大家的靈魂身分跨越兩個世界對調，現在的情況是，孝珉自己一人成功回到二〇二六年，三位夥伴仍留在二〇〇九年，而大家身上的肉體並非自己的，這些肉體本尊的靈魂現在正占用你們的肉體然後在二〇〇九年那世界不願回來。

不過這三位孩子來不及對這些來自前端世界自私的自己氣憤，而是迫不及待希望孝珉帶領他們回去原本的二〇〇九年世界，他開著車將他們三人載往燕巢一座山上，很明顯的這裡並非柴山。

又雄：「我們這是要去哪？」他望著窗外景色知道這並非前往天雨洞，孝珉一邊掌舵一邊輕鬆的說：「別急，不是今天……」

接著他們到一家簡餐吃飯，看夜景。

孝岷似乎對這家餐廳熟門熟路，一進來老闆就熱情的招呼：

「張董！好久不見！」

孝岷老練的開始跟餐廳老闆聊天搏感情，表現相當自然，從對話中可知孝岷常帶商業夥伴來這吃飯。

芷淇他們這幾位高中生見孝岷穩重成熟的應對，完全相信他已經調換回來。

孝珉慷慨的拿菜單給三人看：「來！各位！別客氣，盡量點，今天我請客！」

他們看著菜單隨意點幾樣，心裡仍掛念著孝珉口中的藍水晶祕密。

隨著幾樣佳餚端上來，大家看著他臉色，只見孝珉一派輕鬆開始夾菜，當大家吃幾口之際他終於打破沉默：「你們不必著急，我已經研究出來了！只要在農曆十五晚上八點二十九分到天雨洞，你們靈魂就能調換回來。」

又雄聽了緊張的問：「這是什麼意思?!」

孝珉吃幾口飯繼續說：「你們看看我，不就調換回來了嗎？」三人面面相覷。

「我想你們應該都知道我的狀況吧？希望這段時間我沒做什麼蠢事……」孝珉淡然的說。

又雄稍微回想了下告訴他：「你是一個生意人……然後好像問題不大，頂多是啥公司營運的事情，還有一些我們聽不懂的商業東西……主要都是你聽我們在抱怨……」

「那另外一個我有喜歡二〇二六年嗎？」孝珉愣一下的問。

又雄接著說：「你喔？應該還好，是有聽過另一個你說至少不用考試讀書的很爽之類的……」

孝珉：「跟我想的一樣……我是搞貿易的，遇到的困擾跟你們不太一樣……你們三個的另一個你們在〇九年過的挺不錯，會一起逛街、聊天、然後傳紙條……就跟以前一樣……囂俳四人組。」

芷淇聽了冷笑了會，叉叉筷子心不在焉於晚餐中：「哼……我能體會為什麼另一個我們不想換回來，大人的生活真的不是人過的……」

子恆嘆了幾口氣也接著說：「一想到我在這邊當單身的失戀男子搞那些加班加的要死的工作，另一個自己在那陪我女友，肚子就火大！想扁他！」

孝珉心裡有些哭笑不得聳聳肩的回他：「你們兩個，不管在哪個世界都想扁人的說！」

又雄：「那傢伙……居然把我留在這個沒我媽的世界……我還得跟那老女人結婚？我簡直無法相信另一個我眼光這麼差?!」

「齁！對啦你只喜歡那種漂亮溫柔可愛的。」芷淇不免揶揄了下又雄。孝珉又豪邁喝了一口酒：「又雄，另一個版本的你啊，已經長大成人，對事情的看法會不一樣。」

芷淇：「是說，我們有透過聊天紀錄去聯絡我們班那幾個，就是當天跟我們騎車的李松穎、董微涵他們。」

孝岷想了下：「他們喔！我是有在你們那裡遇到，至於你說現在二〇二六的他們，我本來就沒什麼跟他們聯絡，是有聽說董微涵在台北的什麼外商公司上班之類？」

芷淇：「對，我有看她那個叫什麼的……」她皺起眉頭想了下「就是一個粉紅色框框的網站……」

孝岷：「粉紅色框框？」

芷淇：「就是只能發圖片的網站。」

孝岷：「妳是說IG？」

「啊對啦，IG……董微涵有時候還會出國去玩拍很多漂亮的照片，然後我傳訊息給她……她就沒怎麼回我，連聊天紀錄都沒怎麼互動。」

又雄：「我們幾個也有傳訊息給李松穎跟江士凱還有鄒子璇想問他們那天騎車的事情，有沒有發生什麼奇怪的事情……只不過他們不是沒回就是……回一下就不回，感覺就是變陌生人那樣，如果再跟他們解釋我們穿越時空這些事情他們一定會把我們當瘋子。」

「對，後來我們就不敢再去聯絡他們。」子恆搖搖頭苦笑的說。

孝岷：「這個問題我可以理解，因為在大人的世界你隨便去密一位很久沒聯絡的同學，大概就是要推保險、直銷，要不然就是借錢……當然會引起別人的戒心，這些我們看多了。」

說到這芷淇疑惑的問著孝珉：「欸，為什麼你會想當大人啊？特別跑回來？」

「你說我喔？」孝珉想了想：「就單純只是因為我想當大人吧。」

他表面上是這麼說，事實上就如現代版的又雄說的，「因為過得比以前好的人不會想回到過去，只有過得比以前差人的才會懷念過去。」

眼前這位二〇〇九年版的又雄外表雖然已是成熟的男人內心仍是年少的小男孩，或許這三個孩子有天會明白自己真正想回來的原因是什麼。

「對了，孝珉，那我們什麼時候可以回去？我們回去了另一個我們又會怎樣？」又雄抱著期待心去問。

「另一個你們應該就會像你們當初在碼頭騎車一樣，莫名其妙被置換時空換回來了吧？至於什麼時候回去……」

「什麼時候?!現在可以嗎？」又雄已經不想在二〇二六年多留，孝珉拿起手機查詢行事曆：「如果沒錯，下個農曆十五是……五月三十一日……」

二〇〇九年 十二月 三日　後端世界

又雄剛從外面回來，晚餐已跟松穎他們到西子灣附近吃過，豆餅跟往常一樣汪汪迎接，回到家後沒看到媽媽的身影，經過廁所聽到門內有沖澡的聲音就知道媽媽在洗澡。

走到客廳看見桌上擺著媽媽吃剩的飯菜已包上保鮮膜，大概是要等菜涼掉再放冰箱吧。

後面水槽擺了少量用過的碗，他很主動的開始洗碗想在媽媽出浴前就洗好，別再讓她動手操勞。

拿起海綿沾上洗潔精開始擦拭用過的餐盤，又雄的觸感馬上發現盤子表面變得比以前稍微光滑，油變少了，不像以前要擦拭很久才能洗乾淨，這說明媽媽已經在改變做菜習慣，聽了他的話，少鹽少油，吃的變清淡。

看著水槽的碗筷不自覺得笑著。

果然，就在美蘭出浴後看到自家兒子把碗給洗乾淨了。

「真乖喔。」

「媽，我幫妳洗好了，以後都留給我洗就好。」
「三八！又在想什麼花樣。」
「沒什麼花樣啦媽。」
「是說你要不要先洗澡？」
「我想先念書再去洗，最近我考試都考爆了。」
「好啦好啦，你先忙你的吧，讀書重要。」
「那我先上去嚕。」又雄拿起椅上的書包，輕盈豪邁的往身後甩。
回到房間後又雄看著這串佛珠，老實說這幾天他有自己去西子灣想找看看那老人，但打聽周圍攤販說那個賣佛具的老人好像又回去修行了，找不到人，原本還以為可以問到些什麼線索……
他無意間將目光往其中一面牆看去，那面牆在前端世界裡是掛著與芊美的婚紗照，還記得是在大東生態濕地公園忘憂森林拍的，現在這年代連那裡都還是荒蕪還沒整治的廢地。
要是媽媽能親眼看到他結婚那該有多好？
不知道在前端世界的芊美現在過得如何？
不行不行，現在已經決定要在後端世界好好生活，不要再想前端世界的事來牽掛。
現在，我會把書讀好，把媽媽身體照顧好，然後就跟原始路線一樣在二〇二〇年遇到芊美，穿著禮服給媽媽看著我娶媳婦的樣子，又雄這樣告訴自己。

心動不如馬上行動，又雄從書包裡拿出課本跟資料夾，裡面有國文、地理、英文小考考卷，每個分數都滿江紅慘不忍睹……真的得加把勁了。

他發現在書包的角落有張被壓爛蜷曲的考卷，撈出來攤開滿是皺褶的紙，是上次數學複習考拿四十一分的考卷，這張考卷已經消失很久還以為是回收掉了，不過沒差，近期應該不會再考這種跨章節的複習考。

就在準備把這張殘破不堪的考卷處理掉時，看到上面其中一題：「在複數平面上可以描出下列複數的位置，並求其絕對值。」在題目旁還有複數平面圖跟相對應的A、B、C、D幾個點跟數字。

又雄將目光停下，這道題目不知為何可以讓他停留？

二〇二六年　五月　三十一日　前端世界

天色已暗四人揹著裝備搖搖晃晃的走著木棧道，僅領頭的孝珉有一盞微弱的手電筒照明。

子恆：「我實在不想回到這邊……」

芷淇：「等我回去後我可能再也不敢去爬山了……」

又雄：「還有那個什麼天雨洞的……」滿心抱怨著。

孝珉：「對了，你們有沒有想過，為什麼那天晚上二〇二六年的你們會聚在天雨洞開同學會嗎？」

芷淇：「為什麼？要辦同學會怎麼會找這麼詭異的洞穴……」

孝珉：「哼哼……還不是因為雄哥。」

又雄：「我？」

孝珉：「對，你！在高二的時候，下學期，你說要體驗山頂洞人生活不知道是看了什麼書還電影的在那嘴砲，結果我們大家都陪你來這。」

「我……？我會幹這種事？」又雄指著自己滿臉無辜。

孝珉：「對，後來我們就把這當祕密基地，放學偶爾會來這，然後在這抽菸喝酒的……都是我跟子恆在那帶壞你們。」

子恆：「什麼？扯到我？」他有點心虛，因為不可否認他自己的確可能會做這種事。

芷淇：「我們……到底是哪根筋壞掉會跑來這裡……」

前方隱約出現另一隊人馬，有五人左右各持手電筒身分不明，孝珉把燈熄掉，並舉停止腳步的手勢，後面三人隨之壓低身段。

「隱蔽！」孝珉小聲說著深怕被這些不明人士發現。

四人迅速離開木棧道躲進一旁的樹叢內神色緊張，在夜色及樹叢掩護下幾乎看不到彼此的臉龐。

不明隊伍在夜色下拿手電筒沿木棧道緩緩接近，看起來像是柴山管理單位的人，那些人的腳步從在樹叢中的四人面前走過然後朝著下山慢慢遠離，這下才使他們鬆一口氣，緩緩離開掩蔽物撥開樹叢站起。

又雄：「呼！剛剛真的好險……」

子恆：「唉呀差點起不來……」拖著胖胖的身子勉強站起。

孝珉：「記得，我們是非法闖入的，不能再被發現。」

四人有些狼狽地繼續前進。

一輪明月高掛於天上。

終於又來到天雨洞的入口，四人將裝備卸下僅有手電筒照明。

又雄：「又是這裡。」

子恆：「我已經等不及要回去了，成人的世界很難待，雖然我才剛學會用這支手機。」

又雄：「對！手機遊戲超多的還有Line跟FB！連網路都吃到飽！更厲害的是那個ChatGPT，這東西早點出我就不用在那邊拿考卷問老師問題。」

子恆：「IG跟Threads比較猛！現在的妹很敢露，上面很多照片看了都讓你受不了，我到現在還是不太會用那個Threads，好難用喔！」

芷淇：「你們是忘了嗎，我們回去沒幾年又會是成年人了。」

子恆：「喔不！」一想到終究躲不過成人階段還是一臉失望，經過這次事件恨不得永遠停在高中年代。

這時孝珉小心翼翼拿出藍水晶，即便已破損但在夜光中顯得唯美。

又雄：「這就是傳說中的藍水晶？」

孝珉：「沒錯，我們就是靠這顆水晶穿越到你們的世界。」

又雄：「另一個你從來沒跟我們說過有這個東西。」

子恆：「難怪之前宮主會說我們附身在別人身體……原來是兩個世界身分互換。」

芷淇：「所以等等我們身分就可以換回來了嗎？」

孝珉：「我們那時候是農曆十五穿越的，我也是從那邊農曆十五穿回來的。」

又雄已等不及回到媽媽的身邊，期待的心早已寫在臉上：「喔！我真想念我媽……還有我家的豆餅。」

芷淇：「我發誓我再也不要結婚生小孩了，小孩跟老公好難搞喔！而且……我的身材整個毀了！簡直不敢相信。」

子恆：「哈哈妳這老阿姨。」

又雄：「我也不想結婚了！我會再找一個更漂亮的女生！」

子恆：「你還挑啊！小宅宅！」

芷淇：「等等，孝珉說我們的小考都被考爆了，我最強的國文，乾……沒有一次拿及格！」

子恆：「對耶，到時候我們寒假一起重修！」

芷淇：「孝珉，我們那邊是幾月幾號了？」

孝珉：「已經十二月了喔。」

又雄：「哇……看來我們註定沒寒假了，都被當光光。」

時間來到晚上八點二十八分，時間已經不多。

孝珉：「各位！只剩一分鐘，請聽我說一下。」

三人停止動作望向孝珉，似乎有什麼事他要宣布。

孝珉：「等你們回去後請對我的另一個分身……好一點，別欺負他喔。」依照這些臭小子們的個性一定會責怪這藍水晶的始作俑者分身。

子恆：「安啦！」

孝珉：「還有啊，告訴他……要好好珍惜何佳芸。」

頓時間孝珉有些感傷，支支嗚嗚的說著看來嘴裡吐出遺憾的氣息。

芷淇：「何佳芸？你喜歡她喔？」

二〇〇九年 十二月 十四日　後端世界

在另一個世界中，這天是稍有寒意的傍晚，太陽還沒完全隱沒，放學後的孝珉跟佳芸兩人坐在市區裡一處公園。

孝珉：「妳還沒有說，那天為什麼妳會在天雨洞裡抱著我……？」

想起孝珉從二〇二六年歸來的那晚，佳芸滿臉通紅將臉撇一邊，表面已藏不住害羞：「我講了也沒用……你確定要聽？」

孝珉：「我聽。」

二〇二六年 五月 三十一日 前端世界

孝珉：「我高中的時候沒好好珍惜她是我的損失，別讓我的分身再損失一次了……」

三人停止身旁的動作望著孝珉，沒料到他會喜歡教室裡那位看似沒交集的女孩。

孝珉：「其實我本可以自私一點，就跟你們這具身體的本尊一樣，拿著這個水晶再穿回〇九年去找她，找……我該挽回的人……只不過這樣就會讓另一個我到二〇二六面對他不該面對的事。」又嘆了口氣：「芷淇，你最懂女人心，再麻煩妳多多引導他，讓他多看見何佳芸的好。」

芷淇聽聞點點頭，記得這項任務。

子恆：「你放心的兄弟！」他也過來拍拍孝珉肩膀。

孝珉拿起手機看時間顯示：「PM20：29」

二〇〇九年 十二月 十四日 後端世界

佳芸：「因為……我喜歡你。」

孝珉聽了訝異不知道該說什麼只是抿嘴。

佳芸：「因為我知道我們最後沒在一起，所以我想跟你走，到二〇二六年的世界，這樣就不會錯過你……」

二〇二六年 五月 三十一日 前端世界

四人靜靜的待在洞穴裡無任何動靜。孝珉納悶看著手機，很明顯已過了十多分鐘，一旁子恆與芷淇失望的坐在地上發呆，又雄則在一旁發呆丟眼前的小石子。

這下尷尬了，任何一點異象都沒發生，那顆藍水晶沒發光，在夜色下十分暗沉就跟普通的水晶沒兩樣。

孝珉：「怎麼會……不可能啊……」他把水晶舉高擺出各種角度，就像尋找wifi訊號一樣想喬出它應有的功能。

又雄：「你確定現在時間是對的嗎？」

孝珉：「沒錯啊……農曆十五……是因為它破掉了嗎？……不對，那為什麼我就能回來……」

又雄：「會不會……這顆水晶只能帶人穿過去對面的世界，沒辦法召喚對面世界的人回來？」

孝珉聽完這番話呆滯了下，突然想起什麼：「啊！」

三人視線再次轉來注視孝珉。

孝珉：「如果是這樣，那……可能沒辦法，你們如果要回去，必須是另一個你們主動在農曆十五站到這裡才有辦法穿越……我就是這樣回來的！」

又雄：「那意思是，不管我們做什麼都沒用是吧？」

孝珉：「可能吧……決定權在……另一頭。」

芷淇：「如果真是這樣，那我們就永遠回不去了……因為換作是我，我也不想回二〇二六年。」她淡然默默的說。

子恆：「真該死……」

又雄：「乾……馬的。」難掩失望的抱頭，原來這一切都是空夢！

三位孩子十分失望，以高中生的心態現在應該是很想哭吧……畢竟承擔了他們本就不應承擔的事。

孝珉：「抱歉！孩子們……」

子恆：「沒關係……如果是我，也會這麼自私。」

芷淇：「我現在終於知道，以前那些親戚長輩為什麼會說當學生最幸福……考試就考試，讀書就讀書，重修就重修，這些鳥事也比出社會簡單很多。」

孝珉滿臉無奈聽著這些孩子的苦衷……

又雄：「好吧……現在就只能當作我們是失憶了，那十七年被偷走了。」

子恆：「被我們自己偷走的。」

又雄：「日子還是要過……明天我就要上班……該走了。」說完便起身準備收拾回去。

孝珉：「對不起，都是我的藍水晶害的……」

又雄：「不要緊的，現在只希望他們能珍惜我們的十七年，他能好好照顧我媽。」

孝珉：「他們一定會珍惜的……」

眼看無果，芷淇、子恆隨後也拍拍身子站起，似乎不想在這久留。

又雄：「唉……孝珉，載我們回家吧。」他搖搖頭示意在場唯一的那位靈魂對上身體正確還會開車的人領他們下山……

此刻的孝珉難以想像，這些外表成人內心是高中生孩子的夥伴們對這種不應由他們承擔又不公的事是如此豁達，比自己身體上的主人還要來的負責，這讓本是成年人的孝珉不禁有點慚愧……

究竟為何孝珉推斷會失準？明明今天就是農曆十五啊？莫非是藍水晶有損壞而失去功能？還是就如自己剛才所說的決定權在二〇〇九年那端，非得要當事人進到天雨洞，藍水晶才能發揮作用？

第五章　迷途

二〇〇九年　十二月　十五日　後端世界

放學時間已過，學校的學生大部分都已離校只剩少數高三準備夜自習的同學還在校內走動，在黃昏下映照的生科教室空無一人，趁總務處還沒來鎖門前三位學生偷偷溜進去。

芷淇跟又雄從教室鐵櫃裡拿出地球儀，放到前方講台。

兩顆大球聳立在台前有些礙眼，子恆跟芷淇隨意找張桌子一屁股就坐在桌上。

又雄從兩顆大球中走出在台下兩人的視線內，開始在講台上拿粉筆寫字：

「好……我稍微整理孝珉那小子的解釋，在他穿越前其實就有跟我討論過這些事，昨天我想一整晚理出一些答案。」莫名其妙的瞬間當起這門課老師的又雄寫下「平行世界」這四個字。

不過此刻的又雄卻有些忐忑不安，他心中正有個大膽不利的猜想，而他想阻止這件事發生。
「平行世界……芷淇，妳以前有常看什麼Netflix韓劇嗎？有的話應該懂吧？常用的梗。」又雄這麼問道，芷淇點點頭「嗯……對。」
「只是孝珉他說的是真的嗎？」子恆仍抱持懷疑的態度，揉了下眼睛打呵欠跟大家分享他的看法：「我有上網找了一下關於平行世界，的確在這年代網路上沒啥討論，都是什麼時間倒轉還有穿越未來的東西。」
芷淇：「對耶，〇九年網路上沒什麼人在討論這些，都是什麼回到過去改變未來的……然後還有什麼光速啊……那些看不懂的東西。」
子恆搔搔頭告訴她：「廢話，這年代的電影動漫都是這些題材的……」
又雄把他們兩個話題拉回來，在黑板畫出一條垂直的線：
「好，聽我這，我們有新發現了，這年代的人還停在同一條時間軸來回移動的概念，只會想怎麼回到過去或穿越未來。」拿著粉筆反覆對著線條上下畫箭頭，接著從板擦溝拿出一條塑膠磁鐵條充當指揮棒分別輕輕敲在面前兩顆地球儀上：「可是，到我們二〇二六年，大家已經有平行世界的概念。我大學念過一點微積分有提到虛數，教授就有講過這問題……」又雄轉過頭面對兩人這樣說道：
「虛數？你是說上次考數學有考到的喔？」芷淇開始往回想。
又雄：「對，虛數，i平方等於負一（$i^2=-1$）這個公式。」
芷淇：「我好像想起來了，那題我一定寫錯的。」

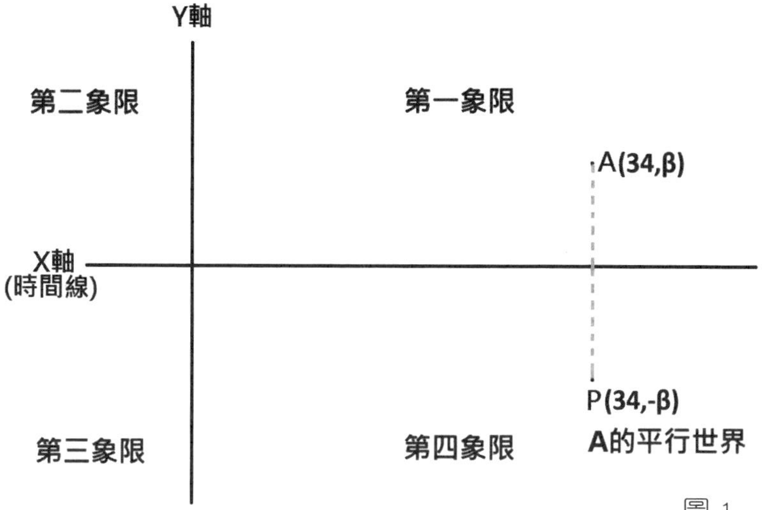

圖1

又雄轉過身再次拿起粉筆畫出一個十字，切出四格，又寫上X跟Y建立一個四個象限的平面圖，在第一象限點一個點並註明「A」還寫下座標：「（34,β）」又在第四象限點一個點並註明「P」寫下座標：（34,-β）兩點距離（β）都一致只差在不同象限。（圖1）

他拿磁鐵條指著上面的A、P兩點：「我們原本的世界二〇二六年的世界是A，P就是A的平行世界……就像你照鏡子一樣，會反射另一個你……一個虛擬的你……這就是虛數的概念。」

芷淇：「啊那個三十四是什麼意思？」她不明白座標中X值是三十四的意義。

又雄：「X軸是時間軸，越往左就是越久的年代，三十四就是我們的歲數，就是二〇二六年的意思，Y軸它貫穿兩個世界的連結……」

子恆突然插嘴：「不對呀，虛數就是一個假設的數根本不存在啊，那只是一個假設，讓考試變得更混亂的東西。」

又雄：「你不能因為虛數是假設就說它不存在……」眼看子恆的表情就是表示不認同於是又雄試著繼續溝通：「阿恆，你在科博館打過工當過導覽，你應該知道海王星也是用假設理論來推才被發現的對吧?虛數同樣是這樣的道理。」

子恆：「是沒錯啦……那這樣我們是跑到虛擬世界?這眼前你看見的都是虛數世界?」

又雄：「對這個世界來講，我們二〇二六那頭才是虛的……」

芷淇又提問：「可是……可是……你剛剛說照鏡子，我們再怎麼照鏡子也照不出十七年前的我們吧？」

「芷淇，妳有看過韓劇平行宇宙的劇情對吧？」台上這位瞬間變成小物理學家的老師這樣丟回問題給台下的芷淇。

「對對對，而且這概念跟有一個韓劇很像……忘了叫什麼名字……」芷淇皺起眉頭努力回想：「好像是主角他可以穿越兩個不同世界，然後什麼他在兩個世界有不同身分背景那些的……」

又雄：「對！這就叫平行世界！」轉身指著第四象限的P點：

「平行世界的概念是兩個一模一樣的世界，注意喔！兩個世界時間是一樣的！你們

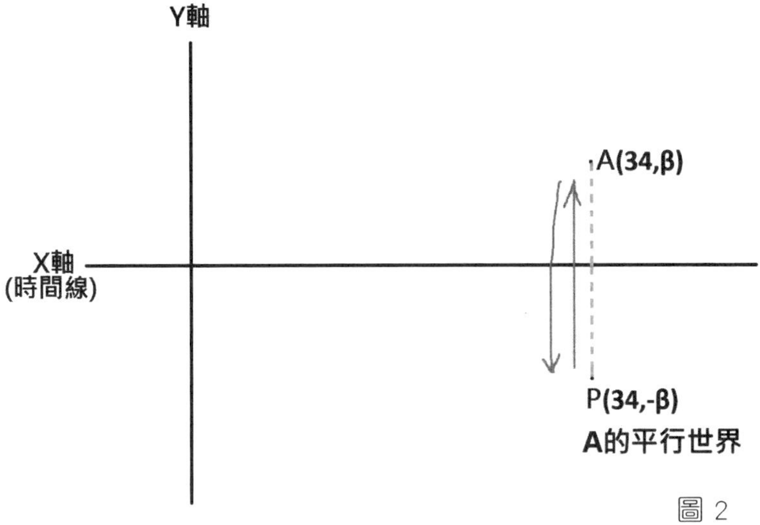

圖 2

看，X都等於三十四沒錯吧？就是妳說的照鏡子，鏡中的妳跟妳年紀都一樣對吧。」

又雄在黑板上的A、P兩點中間來回畫著箭頭（圖2）：「那些劇情是這些主角在那兩個世界跑來跑去的，這樣理解嗎？」

芷淇聽聞點點頭表示認同。

不料又雄把黑板上「平行世界」四個字給畫個大叉叉！

叉叉畫下那刻台下兩人擺下頭疑惑。

又雄：「可是，我們這已經不是平行世界了，比這更複雜……」在被畫叉的「平行世界」旁寫下另外四個字；「多重宇宙」。

「因為我們在這！」（圖3）

又雄在P點往左平行橫移幾公分處畫上一個點，標註為「B」座標為（17,-β）

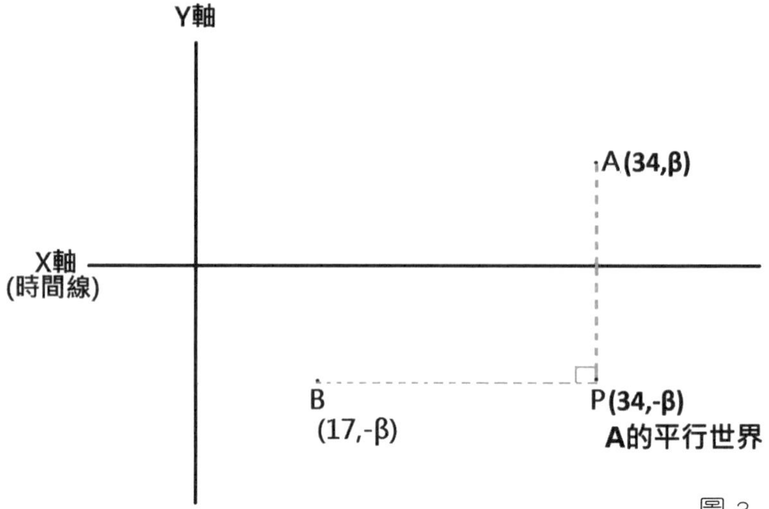

圖 3

「這個叫多重宇宙，這兩個世界有時間差……X等於十七，就是我們現在待這世界的年紀。」

子恆忽然想起了什麼：「啊！對！時差！……就像我們那時候從A過來明明A是晚上，到這邊B就變下午……還有那邊是夏天，這邊是快冬天！」

「沒錯，你對照兩個世界的時差準確來說……我有用網路上的換算器算是……六千零一十三天然後……三小時……」又雄左思右想也不知自己有沒有算錯又從口袋拿出自備的便利貼，分別寫上A、B兩字於便利貼上。

子恆看的目不轉睛感覺這個房仲怎麼搖身一變，變成科學家一樣。

又雄：「就先當作孝珉他說的是真的，所以這是兩個不同世界，按照何佳芸的說法，這個二〇二六的世界叫做A。」

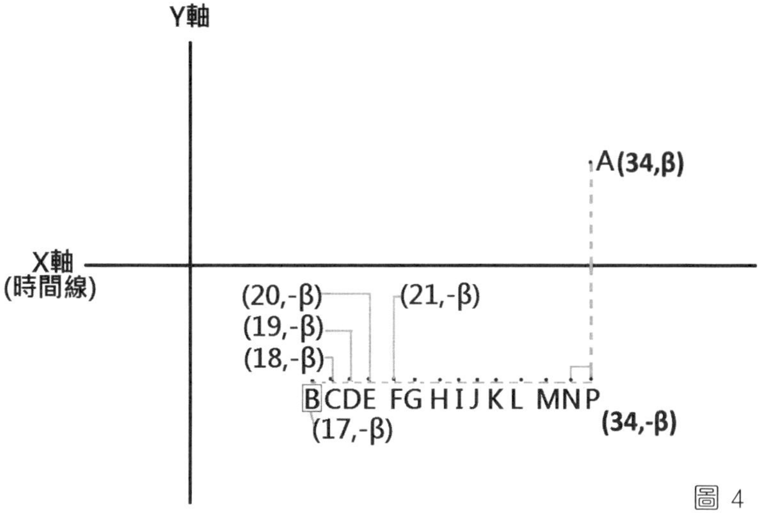

圖4

他將寫著「A」的便利貼黏在左邊的地球儀上：

「二〇〇九的叫做B。」同樣將寫著「B」的便利貼黏在右邊的地球儀。

「我……我還是不懂……」芷淇像個小孩一樣舉手發問。

又雄又在「A」的便利貼上寫上「二〇二六」，「B」的便利貼寫上「二〇〇九」。

芷淇看到這樣的解釋頓時張大嘴一目了然！

「A跟B相差六千零一十三天，B慢了A六千零一十三天，大概十六年半，所以B，也就是我們現在處的二〇〇九的世界……這已經超越……平行世界的概念……」

又雄在P、B兩點直線間（圖4）又點出代號C、D、E、F、G、H、……L、

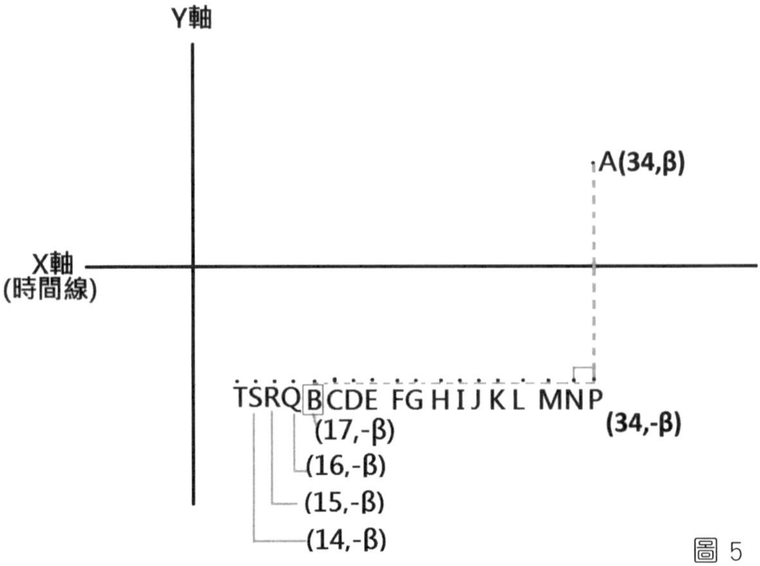

圖 5

M、N十二個點：「其實中間還有很多個宇宙，有代表我們十八歲、十九、二十、二十一歲那些無窮多的世界。」他分別在C、D、E、F分別標上（18,-β）、（19,-β）、（20,-β）、（21,-β）：

「甚至B的後面還有Q、R、S、T那些我們十六、十五、十四歲的虛數世界，也就是二〇〇八、〇七、〇六年的世界……」他從P點左邊橫移畫出Q、R、S三個點（圖5）分別在點旁標上（16,-β）、（15,-β）、（14,-β）：

「搞不好平常我們作夢看到的東西就是多重宇宙的你正在發生的事，只是往往跟我們世界的背景會有差距。」又雄在圖上隨意點了幾個紅色粉筆點出的

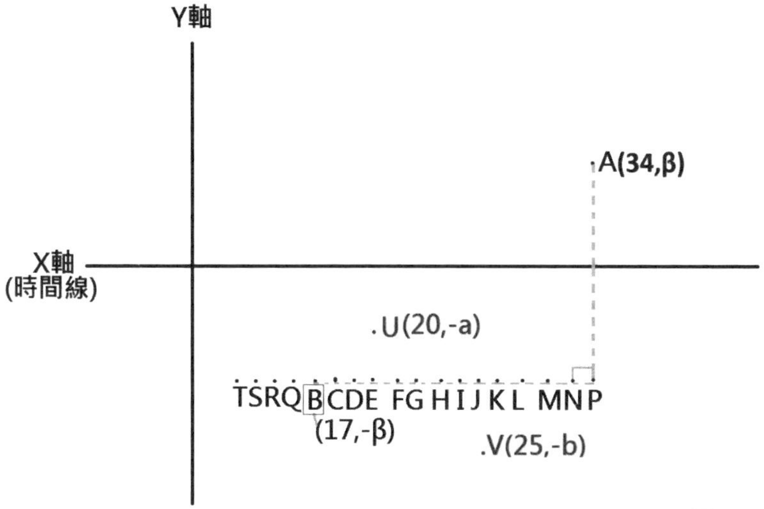

圖 6

點：

「你可能夢到二十歲的你被追殺。」在紅點處畫上U點並標註（20,-a）（圖6）。

「夢到二十五歲的你掉到懸崖……之類的。」在紅點處畫上V點並標註（25,-b）。

「那是因為Y軸的值跟我們的世界不同，時空背景當然跟我們生活的世界不一樣。現在這顆藍水晶用超能力把我們帶到一個Y值相同的世界；就是-β這個頻道，就是意識飄移到這個B點來。」又雄指著B（17,-β）這個點，並拿起紅色粉筆把A、B兩點直線連起（圖7）：

「紅色這條線，就是我們穿越的路徑，從A穿到B。」

子恆：「可是沒道理啊……明明A

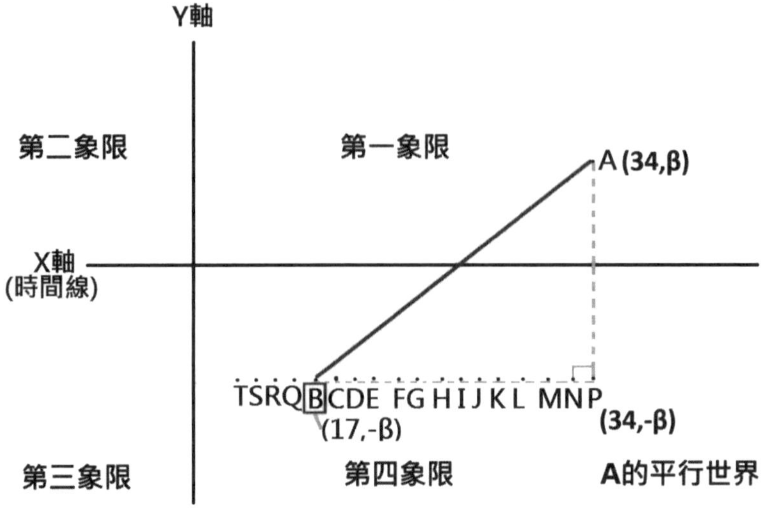

圖 7

到P的距離比B還近……怎麼會彈這麼遠？」

又雄：「因為你看到的只是平面，宇宙是4D的甚至到5D、6D的，是比立體還複雜的概念，空間會扭曲，孝珉的水晶就是打開這通道把我們送來這裡的，平行時空我們3D世界是沒辦法穿越的，只有2D的東西才有辦法，我們能穿越的是時間不同的多重宇宙。」

芷淇眼神又望著黑板：「那第二、第三象限又是……？」

又雄：「是空的，因為X小於零代表我們還沒出生，對我們來說是不存在的，所以來自A世界的我們只會跟第四象限有互動。」

芷淇聽了點點頭：「那就是我們是A的靈魂占用B的肉體就是了？按照孝珉說的話？」

又雄：「更正確來說是A、B兩個靈魂互換，我們來自A，另一個我們來自B，按照他說詞，陪他的何佳芸沒有被穿越時空就是因為她不是當事人，在藍水晶發光的那一瞬間她不在場，所以沒辦法感應穿越……可能有一去就有一回……宇宙就是這樣平衡的，孝珉就是這樣回去的，之前也這麼說的。」

台下兩人將屁股移開桌面對著兩顆地球儀看了看。

芷淇似乎已經理解其中道理手指比劃著地球儀：「我們是來自A，現在我們在B……」「對……妳現在眼前看到的東西，都是B，人事時地物都是B……包括妳的身體。」又雄將手放在自己胸膛繼續說：「只有這裡，我們的靈魂、記憶是A。各位……我們已經見證人類對多重宇宙的認知，這已經顛覆我們想像……有人在幫我們承擔二〇二六的世界……就是另一個世界的自己，孝珉他說的兩個世界的觀點應該就是這樣了。」

子恆看著眼前A、B兩顆地球儀：「那……就是說，已經發生的事就是發生了，沒辦法去改變了？就算我們改變的事情在A世界來講還是一樣沒改變？」

「這就是為什麼X軸會被叫做是實軸……就是時間軸，它是不可逆的，不像Y軸，我們還能用它去改變別的跟我們同樣Y值的虛數世界，如果這個邏輯成立的話就是無論我們怎麼在這個B世界怎麼改變終究只是改變B世界的未來，跟我們的A世界的後續發展無關……在A世界裡你的女友還是分手的，芷淇妳也還當媽媽有個小孩，然後我媽媽還是過世的，這些都是發生過的事，無可逆的……所以那些科幻電影關於時間的那些設定是不成立的，什麼想要改變過去跟未來，只是改變到另一個世界的結果罷了。」又雄認真的說。

芷淇：「那……就沒祖父悖論的問題了……」

又雄：「對，祖父悖論是不存在的，因為妳幹掉的是另一個世界的爺爺跟妳誕生的世界無關……所以幹掉爺爺妳也不會消失。」說完後內心有種可以得諾貝爾物理獎的幻想自豪。

芷淇：「你應該選理工組的……下學期要不要考慮轉組？」

又雄：「呵呵還是免了……昨晚我研究這個腦袋都快燒壞，而且這只是我個人推論……」

「雄哥，你對另一個你感到愧疚嗎？」子恆認真的問，手還不停的轉動其中一顆地球儀。

「乾我屁事，我也是莫名其妙被孝珉那顆藍水晶跑到這裡的，既然來到這世界過的比原本世界好還能挽救我這個世界的媽媽我有什麼理由要回去？」又雄斬釘截鐵的說。

「對呀，我也不想回去，反正已經在這世界活得很好，二〇二六那也有我的分身幫我頂著。」芷淇在旁也同樣表示意見。

「現在只剩他說的天雨洞的能量跟萬有引力的重力還有藍水晶這三個奇特的物力現象還沒找出真正理由，我物理不好……這超過我理解範圍……現在只知道虛數的公式是

i平方等於負一，會產生穿越的異象就是開根號的結果……不過是說，既然我們靠水晶來卻不用靠水晶回？孝岷為什麼不需要靠水晶就能穿越回二〇二六把自己身分給換回來……？」又雄皺眉頭話說到一半，子恆早已起身來到他身邊拍拍他肩膀，對於這些深奧的理論早就不耐煩也不想去深入了解真相。

「雄哥，我們不是什麼……奧本海默還是愛因斯坦……這些真相我們不必知道，我們三個就在這好好生活著，別再去想二〇二六的世界怎樣了，那裡沒有我們好留戀的……忘記A，留在B！這樣！」

又雄：「阿恆，我們今天之所以要搞懂這套穿越邏輯就是因為另一個我們在二〇二六那個年代；一個比現在發達的年代，在那頭網路上關於平行世界、多重宇宙的假說還有資訊絕對比我們現在這個時空還多，難保他們比我們先找出真相然後再用那顆藍水晶把我們換回來！」此刻又雄終於說出他所擔心的事情。

子恆：「對齁……現在這裡還在用奇摩知識家這些以後會消失的東西……那裡問ChatGPT還比這裡快……」

又雄：「正是因為這樣，如果他們善用那裡網路還有AI去發問這些問題，那蒐集資訊的速度絕對比我們快！」

芷淇：「前提是孝珉告訴他們穿越的真相……」

又雄：「孝珉如果真的回去出現在醫院裡那一定會說真相吧！」

芷淇：「那這樣一說不就……」

又雄：「既然我們都能從二〇二六穿越了，那他們如果農曆十五再帶水晶去天雨洞把我們換回來也不無可能，所以我們要搞懂這個原理才能找出阻止二〇二六那頭穿回來的辦法！」

三人靜默了下，如果另一個自己，他們真找出方法再穿越回來那可真就麻煩了！好不容易得來的青春；更正確來說是「奪」來的青春又要被換回成人的世界！

子恆：「雄哥，往好處想，另一個我們還只是十七歲的孩子，十七歲的我們很屁，不見得會有能力去網路搞這些東西，而且那顆藍水晶能發功一次並不代表就能發功第二次。」

又雄思緒被打斷，暫且認同子恆的說法：「好啦，謎題今天就先解到這吧。」

他們不約而同搔著頭又有些無奈，心裡不免擔憂著關於被換回去成人的年代這個可能性，只是三人心中還是有被換回二〇二六年的隱憂。

在二〇〇九年的又雄並沒留意到二〇二六年那頭其實已經度過一個農曆十五了，早在不久前，二〇二六年那頭的孝珉就已嘗試過用藍水晶帶三位夥伴穿越回來但沒成功。

這時窗外一個熟悉的身影接近，她禮貌性的跟大家問好：「哈嚕大家好。」

委柔在教室外招手，見可愛的女友出現子恆馬上卸下剛才嚴肅的臉龐開心向前迎接。

「你們在幹嘛啊？約生科教室？」這位剛到的局外人這樣問。

「唉呀！討論作業啦，寶貝，我今天想妳想整天了！」子恆馬上露出喜悅的臉，講出這些噁爛話讓在旁的又雄、芷淇兩人聳聳肩無可奈何。

「……那我們現在去會很趕喔……」委柔看下手錶。

他們小倆口等等還在想要不要去看電影。

「那今天討論結束了？」子恆在渴望約會的心情中這樣問。

又雄：「對啦。」

子恆聽了馬上揹上書包拉著一樣雀躍的委柔快步往教室外走，急著一起約會。

芷淇在旁笑著搖頭嘆氣：「阿恆喔……還是那樣三八。」

又雄也收拾書包準備離開之際赫然發現子恆揹錯書包，趕緊抓著書包衝出教室想追上他，芷淇也跟著他跑出生科教室。

又雄：「欸，你拿到我的了！」

才剛衝出去不久就撞上一位年約五十的工友，看著他拿著水桶跟塑膠水管等工具就知道剛從花圃整理完花木的，水桶還被撞到地上。

工友：「喔，這個死因仔！跑什麼跑！危險呢！」

又雄剎住腳步：「拍謝啦阿伯，我要拿回我東西……」

工友撿起水桶揮揮手表示他不計較，轉身緩緩離去又繼續碎碎念。

又雄見狀況排除便馬上往子恆離開的方向追去，後頭的芷淇緊跟在後：「欸！等我啦！」

繼續碎念的工友晃著水桶朝剛那兩人反方向移動，才剛來學校報到第一天就被這些學生撞到心想真衰消：「現在的囝仔，沒大沒小的，走路都不看路就愛跑來跑去……」

工友從走廊上往他們剛離開的生科教室裡看，兩顆地球儀還擺在講桌上，他把水桶拿到另一手，伸手打開門望著教室的黑板，上頭寫著「平行世界」然後被畫個大叉叉，旁邊還有「多重宇宙」四個字跟看似複雜的象限圖。

工友看了後停止碎念反而露出一個詭異的微笑，並搖搖頭的把門關上。

這位工友正是孝珉在西子灣遇到的那位賣水晶的老頭，只差在這老頭現在還沒這麼的老，不至於這麼多白髮。

這一切似乎都有關聯……

結束了燒腦的推論後他們將剛才的討論暫時放下，沒多久的時間四人已經騎著單車在愛河旁的濕地公園奔馳，委柔被子恆載著與又雄他們一同行駛。

又雄：「我們來比誰騎的快！」一邊騎邊說然後超前子恆。

「喂！我有乘客呢！」子恆加快腳步奮力騎已不顧委柔尖叫：「欸！慢一點啦很可怕欸！」

他散發青春洋溢的笑容載著委柔遨遊，又雄騎車揮舞汗水快樂呼喊，芷淇看著兩個大男孩開心也跟著吶喊，心中的幸福感超越所有可以語言所表述的。

休息時間，委柔拿衛生紙貼心微略幫男友擦額頭汗水，子恆仰首喝瓶裝水。芷淇與又雄坐一旁草地看著不遠處子恆與委柔親密的兩人。

芷淇：「機車騎習慣了就覺得騎腳踏車好累。」

又雄：「真的，我光出門買個東西，機車一分鐘就到，現在都要騎五分鐘……」

芷淇：「這小子，就喜歡在我們面前放閃。」

又雄：「哼，他以前也沒這麼誇張。」

芷淇：「不意外啦，他失而復得嘛。」

又雄：「如果孝珉在的話一定會嗆他這個馬子狗。」

說到這敏感人物芷淇沉默了下摸摸地上的草：

「他喔……不知道他現在在幹嘛……」

「你說孝珉喔？現在還是未來的？」

「嗯……都是吧，隨便……」

「未來那個喔，他回去應該很爽吧，如果現代版的沒給他出亂子的話那就是回去做他富二代小老闆吧，現代的喔，不知道，不想了解……就一個普通屁孩。」

芷淇把坐姿喬正：

「你說屁孩？老實說我們以前也挺屁的……跟這些孩子相處久了連我們都開始被影響了，變屁。」

又雄：「我可沒變屁，剛剛是誰在解釋多重宇宙的？」

芷淇：「欸！你超強欸！我剛剛聽的都驚呆了！」

又雄：「會不會我們用的是十七歲的腦袋去思考大人的問題？我聽說青春期的孩子腦袋很適合學習，反應也比大人快……我在之前的世界應該也不會這麼厲害用虛數去解釋多重宇宙……」

芷淇：「搞不好喔，像我現在都覺得我沒老年癡呆……」

又雄：「嗯，回來是回來了，可是我們四人組少一個人還真有點不習慣……」

芷淇：「放生他吧……我們的確在過別人的生活，沒資格說什麼。」

的確，事實上這三位大人正在霸占本來就不屬於他們的青春肉體，得知真相後心裡難免會怪怪的。

又雄：「其實，有時候我會想到我未婚妻，不知道她現在過怎樣，另一個我有沒有好好照顧她……我猜應該是沒有。」皺眉頭在那東猜西猜。

芷淇也開始認真思考這個問題：「我也在擔心另一個我有沒有顧好我女兒，床墊有沒有洗，垃圾有沒有準時倒，衣服有沒有幫我收好，藏的私房錢有沒有被我老公發現……」

又雄：「呵呵人就是這樣……總是看失去的。啊對了，我們不該再談Ａ世界的事了，忘記A，留在B！」

芷淇大笑了一下，覺得又雄學子恆的樣子很白癡。

轉過頭來看到眼前的委柔與子恆繼續調情捏臉頰。

又雄跟芷淇當電燈泡已當習慣了。

又雄：「只要能找到關閉那時空穿越通道的辦法……我們就能永遠留在這了！」

芷淇：「應該說……如果能解開這些謎團，掌握穿越時空的技能……那等我們老的時候……或是變大人的時候……我們再穿越回高中的時候怎樣？就可以……一直重頭來過……永遠年輕?!」

又雄眼睛一愣想不到芷淇更狠，意思就是多重宇宙，一個穿一個，A世界先穿到B世界，然後等B的自己年老時再穿越到C世界，以此類推，不斷占用其他世界自己的身體，這想法讓又雄哭笑不得。

又雄：「那……那這……不就代表我們永生了？」

芷淇：「嗯……對耶。」

看來芷淇自己也沒想過，剛剛她所講的這個邏輯，自己就能永生了。

不遠處一個熟悉的身影出現，光頭穿袈裟揹著麻袋包身上還握有一串佛珠，又雄一眼就認出這是在西子灣擺地攤賣佛具的老人，還帶著之前裝滿佛珠的暗紫色的小箱子，今天看他身上沒很多東西，應該不是要去擺地攤的。這老人朝他們慢慢走來。

芷淇：「欸欸……他不就是……」

又雄：「嗯對……我知道。」

上回又雄心中有些疑惑還特別去西子灣那想找那位老人還找不到，居然會在這出現。那慈眉善目的老人從他眼神就可看出他認得又雄與芷淇倆，也許是因為都是穿制服的學生特別明顯。

一時間又雄不知道該怎麼跟這老人打招呼：

「嘿……阿伯……好久不見。」

「剛放學喔你們？」

「是啊，來這跟同學騎車，出來逛逛。」

芷淇在旁同樣禮貌性的打招呼心想又雄幹嘛沒事跟老人打招呼，等等他該不會又來推銷佛具吧?!

通常一般的高中生看到這種地攤老人來攀談，即使有一面之緣也不外乎都是點個頭趕快閃人不會想留一秒在這種人身上，但眼前兩位學生已歷經大人的世界多年，遇到這樣和善的長輩仍會反射性的留在原地傾聽對方想說什麼。

老人：「是說，你們學生經常動腦讀書，出來走走也好，有空可以靜下心冥想，讓頭腦休息一下。」老人慣性的撥弄手上的佛珠：「教你們一個方法……每天花十分鐘拿佛珠默念佛號……讓菩薩保佑你讀書順利……」

又雄心虛，自己並非什麼佛教徒沒在念這些佛號……只能傻笑敷衍下：「有啦有啦，你看，你送我的佛珠我還帶在身上。」又雄從書包裡掏出佛珠展示給他看。

老人看到又雄有把佛珠隨身攜帶，心滿意足笑著點點頭。

又雄忘了自己身為業務的本能，接著跟老人寒暄：

「啊是說，我之前有經過西子灣那好像都沒看到你？附近的攤販都說你去修行了。」

老人收斂下喜悅，吞下口水微微指著又雄手裡的佛珠：「你沒遇到我不要緊，現在不就遇到了嗎？就像我給你的這串佛珠，有緣自然會遇到。」

又雄：「是是是。」

「記得，多念佛號、多做好事、心存善念、記得要把功德迴向給自己還有一切眾生。」老人輕拍又雄手上的佛珠，示意他以後多加利用，又向芷淇表示：

「妳也是喔，沒事就多念一下佛號保佑保佑。」

芷淇簡單應對笑笑點頭本以為跟老人的對話可以結束了，沒想到又雄突然問了一句：

「阿伯，請問，你之前說的，意識的集合體，這是什麼意思呢？」

老人停頓一下停止撥動手中的佛珠，目光移向又雄認真的看著他：

「人誕生在這裡就是來修的，世間遇到的困難都是佛菩薩給你的考驗，你都要保持善念解決問題，才能提升整個宇宙的靈性，因為在廣大的宇宙裡存在各種大千世界，數不盡的世界，每個世界的意識是互相連結的，若是說遇到困難不去面對，選擇逃避，那這項考驗最後又會回到自己身上，這是因果的必然，就是這樣宇宙才會平衡……」他語帶緩慢又試圖想解釋一切，有點口齒不清的伸手比劃。

「就是這樣宇宙才會平衡」這段話讓又雄再次愣住，剛剛在生科教室自己也講過這句話！此刻他腦海裡閃過另一個世界的自己，他現在正承擔自己原本該承擔的事，當個房仲業務，頂著業績壓力穿梭在市區大街小巷……自己不願面對的考驗就由另一個自己去承擔……跟老人所說的話不謀而合。

芷淇在旁皺眉頭仍難以理解這老人在講什麼佛學？好像答非所問的……

又雄：「那我想問的是，如果菩薩或是耶穌之類的那些神……就是比我們更高維度的……生命？那祂們有沒有可能去把……人類的意識從宇宙兩個地方互換？就像我把兩隻蜈蚣一個從花圃、一個從十公里外的深山互相交換，來觀察牠們的生活習性一樣？」

老人思索下笑了會：「呵呵……佛菩薩把人放在地球這個修道場就是在考驗人，你說的那個蜈蚣……你不也是在看看這兩隻蜈蚣的適應力，在考驗牠們？看看蜈蚣面對環境的新困難……會怎樣挑戰……怎樣成長？」

又雄腦海裡似乎出現什麼想法，但又一時想不起。

老人微微轉身準備離去：「好啦，我也要去作我的修行了，有緣遇到你們真好。」

又雄：「別這麼說，謝謝你的這個結緣品。」

老人：「記得，心存善念，祝你們平安喜樂！」

兩人簡單跟老人道別，他背著麻袋包拿著暗紫色箱子，悠哉的擺動身子緩緩離去。

芷淇：「所以……你問他這個幹嘛？」
又雄：「沒什麼……就是想搞清楚點什麼東西。」
芷淇聽了剛才的話還是一竅不通，真搞不懂男人間總愛講的深奧話題……

晚上又雄回到家，推開再熟悉不過的紗門：「媽，我回來了！」出來迎接的是豆餅汪汪叫搖著尾巴前來，又雄彎下腰摸犬頭安撫牠內心的激動，豆餅吐舌搖尾巴給又雄摸頭，享受其中。

廚房內美蘭正忙著洗手作羹湯：「你回來啦，喔跟你說今天我去做健檢，排隊有夠久。」

又雄：「他給你檢查什麼？」豆餅在旁仍興奮喘息一起跟進來。
美蘭：「沒啊就做一些X光攝影、觸診那些啊，來我打包回來的。」她使勁端菜上來，又雄順勢幫忙鋪盤墊。
又雄：「剛剛才去騎車，肚子真餓。」
美蘭：「天氣變冷了還騎車？」
又雄：「傍晚還好啦。」
美蘭：「衣服脫下來我拿去洗。」戴上布手套繼續端菜。
又雄：「免啦，我來就好。」
美蘭：「啊晚上你被子不夠要說喔。」

能被媽媽嘮叨，絕對是世界上最幸福的事。

又雄：「對了媽，以後煮飯不要吃太鹹口味太重的，這樣對身體不好。」

美蘭：「怎麼？嫌我菜做不好喔？我已經有聽你話少用油跟鹽巴了。」

又雄：「沒啦，提醒你一下而已，這樣吃比較健康，以前人種田會流汗，鹽巴要加的多補身體，現代的人不種田這樣吃對腎、胰臟還有很多器官不好。」

記憶中胰臟癌奪走了母親的生命，這讓又雄為之恐懼，現在用慢慢引導的方式來改變媽媽的飲食習慣或許還有機會能扭轉結果。

美蘭想了想將桌菜夾進碗裡：「也是啦，我都這樣吃長大的，我阿母以前怎麼做我就怎麼做……」

又雄：「現在改吃清淡一點然後多運動試試看？」

美蘭：「運動？你嘛拜託，我現在膝蓋都痛。」

關於媽媽膝蓋為何會退化得這麼快，又雄到她過世後聽別的阿姨話家常的對話裡才明白，這可能是早年媽媽蹲在地上洗菜或在田裡工作，長年累計造成的後遺症。

又雄：「我知啦！不然做什麼伸展操，甩手那些的也不錯啊！」

腦海裡瞬間冒出他在接待客戶時，那些阿姨手機裡Line的老人群組裡都會分享這些資訊還有影片。

如果可以還真想從A世界隔空抓些平板、手機來這給媽媽用，最好連Switch都搬來，裡面有很多運動健身的遊戲，這些媽媽一定會很喜歡，能的話最好叫下Uber Eats把晚餐送到家裡那該有多好？

又雄望著眼前的晚餐竊笑著，胡思亂想。

美蘭：「快吃飯啦！在笑什麼！」

二〇二六年　六月　三日　前端世界

又雄照鏡子打理襯衫繫好領帶，芊美將自己切的水果放進保鮮盒：「老公，水果好了。」

又雄：「喔好，謝謝，放我包包裡吧。」

芊美上前望著鏡子裡的彼此，又伸手幫又雄把領帶調整好：「你這樣穿看起來帥多了。」

又雄吐口氣有些緊張，又是新的一天，不知道那個主管是不是又要盯他業績了。

又雄：「以前我是怎樣穿？不都一樣嗎？」

芊美：「是沒錯，所以你天天帥啊。」

又雄：「喔……」他只是冷冷的回，心中並不在意這莫名冒出的未婚妻。

二〇〇九年　十二月　十五日　後端世界

剛吃飽飯又雄拿鑰匙準備出門遛狗，豆餅已迫不及想出去，外頭的路燈已亮起。

又雄：「媽，我帶豆餅出去走走！」

美蘭：「你還沒幫我拖地咧。」
又雄：「一下子就回來。」
美蘭：「啊等等幫我帶一罐豆漿回來。」
又雄：「好啦。」
不一會豆餅已跑到外頭路面地上四處聞，又雄遷犬繩邊鎖門，準備出發。

二〇二六年　六月　三日　前端世界

頂著陽光又雄拿著安全帽來到機車旁，芊美不放心的跟出來，在這時空又雄明明有駕照卻完全不會騎機車只能一臉尷尬笨拙的牽著機車坐上去。
芊美：「你確定你可以嗎？」
又雄：「可以啦，跟腳踏車一樣簡單。」他自信的戴上安全帽。
發動引擎把油門催下去往馬路上爆衝，搖搖晃晃左右腳搖擺想著地，最後緊急剎車停在原地，芊美在後面緊張追上去，看樣子仍無法安全上路……

二〇〇九年　十二月　十五日　後端世界

又雄拉著犬繩自在的走到超市，那裡的店員阿姨熱情的跟又雄打招呼，印象中那位阿姨人和藹可親，表面上超市不能帶寵物進來店員阿姨卻會特別通融，簡單點下頭打招呼後馬上就可以讓豆餅一起進來逛超市，還記得媽媽很喜歡喝豆漿，無糖豆漿，以前都是叫又雄去扛總覺得不耐煩，不過現在心智長大了不會不耐煩變得更懂事。

二〇二六年　六月　三日　前端世界

芊美載著又雄在繁忙的早晨騎機車穿梭在市區，在這種情況只能厚臉皮給她載了。路途中，又雄望著身前的駕駛背部還有那有點唯美的側臉，再看看機車後照鏡映照著她下顎那角度……看來看去是沒有像理想中的妻子美麗，不過這是大人的世界，大人要結婚不就是要找個可以互相扶持的伴侶？會不會是這原因使另一個自己；這身體原本的主人去選擇芊美這女人呢？

經過幾個路口就抵達房仲營業分部外的騎樓，又雄摘下安全帽從後座下機車，芊美幫又雄抓頭髮整理乾淨。

芊美：「上班加油喔！」

又雄：「謝謝。」一勉強微笑準備去上班，不知道今天又要面對什麼了。

芊美依然露出笑容向又雄道別。

一進門，同事們打招呼，又雄陌生禮貌點頭回應，他坐到自己座位簡單稍做整理後把筆電拿出來開始整理資料，請病假請一週終究躲不過該面對的上班。

好死不死那可怕的店經理也在座位上，又雄隱約看到經理有點不太情願的從座位起身朝他走來。

「又雄，現在有好點沒？」

「應……應該吧。」

「那你有想起什麼嗎？」

「應該有，我還在摸索。」

「那你先把這個月的市場概況月報整理出來，這個月輪到你了。」

所幸這時代有ChatGPT這東西只要輸入疑問它都會幫你歸納統整，經過簡單整理下當前市場狀況，原來在二〇二〇年全球曾爆發一個很嚴重的疫情，台商都從國外將資金撤回本土，房價也就不斷攀升到今天反而有點飽和，再加上一連串政府的信用管制措施跟一堆像是央行利率調升幾碼等聽不懂的經濟理論，這也難怪為什麼現在業績掉一點經理就很緊張，因為對比幾年前那房市熱絡的年份中，現在六都中的台中、台南、高雄房市的成交量並不怎麼樂觀，說到這，原來現在已經沒高雄縣了，台灣很多地方的縣都合併為市了，統稱六都。

雖說現在凡事可以問ChatGPT來解答但若有經歷大學這段記憶或許課堂上會學到這些東西吧？只可惜對又雄來說是有大學文憑卻根本沒讀過大學的尷尬人，才想到他那位難搞的主管果然經理又馬上來找他，只是今天似乎更格外關心又雄的狀況，故作親切地來到又雄身邊：

「你還可以嗎？月報今天下班前一定要弄出來喔。」

又雄：「我盡量，我就先從基本的開始好了。」

經理：「醫生沒給你治療？有沒有給你開藥？」

又雄：「嗯……他們沒辦法啦……」想也知道，這種穿越時空的事情就算是醫生也沒辦法救。

經理：「那……你現在能騎車嗎？」

又雄：「應該快可以了！我在練習。」

說完客套話後的經理臉色開始轉為嚴肅：「好……總之呢我六月份的業績要看到你把苓雅區的目標達成，最起碼凱旋路那三戶，還有三多二路那間店面要成交。」

他給又雄幾份資料使又雄面有難色尷尬的笑：

「這樣可以嗎？因為現在大環境就是這樣，你不能勝任我就只好抱歉了……找其他人。」

又雄：「好……我努力……」

現在他再次明白這個社會不會給人第二次機會，是這樣現實殘酷的。

二〇〇九年　十二月　十五日　後端世界

又雄剛溜完狗回到家將剛買來的豆漿冰進冰箱，來到一旁沙發跟正看電視的美蘭一起坐。

「媽，看這麼專心喔！」

「嘿啊，這超好看的。」

「來腳給我。」

美蘭聽到兒子要來孝順就不客氣地將腳伸出來讓又雄按摩。

才稍微按一下就按的哀哀叫：「唉呦！小力點！」

又雄繼續按摩，豆餅跳到又雄身旁的沙發坐下。他一手摸犬頭，一手按摩，能跟媽媽這樣互動當然是無比的幸福。

二〇二六年　六月　三日　前端世界

此刻，芷淇喘著氣奮力騎單車載著準備上學的欣綺，只見一旁的機車一輛輛超越呼嘯而過，很明顯的現在時間已經不早，第一節課早就結束，這天她才剛值完大夜班根本來不及送小孩，偏偏嘉政一早又出去工作，殊不知「忘記」如何騎機車的老婆該怎樣送小孩。

無奈的芷淇只能騎著單車拖著下班累壞的身體，奮力地踩著腳踏板往學校移動，每前進一步欣綺就像重一斤一樣更難前進。

適逢夏季，才一早天氣就比想像中的炎熱，身體動沒幾下早就汗流浹背，這樣也好，反正這走樣的身材也很久沒這樣運動不如趁這次當運動，不然就像那些不修邊幅的大媽一樣……芷淇這麼安慰著自己。

二〇〇九年　十二月　十五日　後端世界

同樣的，在另一個世界的芷淇正在自家房間翹著腳，看著電腦螢幕滾動滑鼠看MSN

對話，嘴巴沒閒著並抓著話筒講市話中，大概又是跟柚子講點八卦。

「欸我同學都說我指甲不錯看欸，現在都在問我哪裡做的哈哈哈！」不時拿起桌上的小鏡子照自己「……嗯……欸所以禮拜六約那？欸靠，我又長痘痘了……」

她把腳放下，臉靠近小鏡子仔細看這青春的標誌。多少年沒長痘痘的她看著鏡子中的自己摸幾下青春痘，這段時間芷淇放下了大人平常用的口吻盡可能的把自己幼稚化成為一名真正的高中生，不拘泥小節也不用再像上班時在客運站那邊對客人或是見公婆時卑躬屈膝的請、謝謝、對不起。這樣的生活相當自在，這才是年輕人該有的灑脫。

在柴山情人觀景台上，子恆挽著委柔的腰看著市區的夜景，在子恆記憶中這裡是交往八年來總來約會的地方，分手後他就再也沒來這地方甚至刻意避開這裡，倒也不完全是想避開關於委柔的回憶而是想把曾經美好的回憶都保持在那不曾改變，就像一個盒子裡面裝滿關於這裡甜蜜的一切。

再次來到這裡，就像打開那個本以為再也打不開的盒子，甜蜜的味道從盒中釋放，記憶中的那些往事在腦海裡打轉，跟現在結合起來。

「怎樣，覺得這裡不錯吧？」

委柔：「還不錯，你真的是……越來越浪漫嚕，有進步！」

子恆：「當然，我可是你的王子呢？」

委柔：「你臉皮真的很厚，跟你的肚皮一樣。」

子恆：「呃……趁機說我啤酒肚是不是。」
委柔：「對啦，怎樣。，欸問你喔，你怎麼知道這裡的？感覺你很熟？」
子恆尷尬的笑一下：「有嗎？還好吧？」
隨後又被委柔開玩笑的質疑眼追問：「以前你是不是偷偷帶別人來過？」
子恆：「怎麼可能……就妳一個而已啊，等上大學以後我們還會常來這。」
委柔：「真的嗎？」
子恆：「真的，我發誓。」
委柔靠近子恆懷裡，十分安心，兩人緊緊相依。
這就是子恆想要的。

二〇二六年 六月 三日　前端世界

不過在另一個世界的子恆可沒這麼好命，白天忙碌的工廠，水泥牆及鐵皮環繞四周只有機械運作的聲音，印刷機在那震動彷彿所有的員工都像是生產線上的螺絲一樣。
就在剛休完病假復工的子恆正翻閱說明書在機器旁仔細閱讀，視線內師傅走來，子恆馬上挺起身子謹慎。
師傅：「是看完沒有？」明顯感受到他有點不客氣。
子恆：「有……有正在看。」
「這邊沒這麼多時間給你慢慢摸，我再講最後一次！」師傅走到機器旁比手畫腳：

「這台，是海德堡XL七五，印雜誌傳單的，一小時一萬五千張，這個，這邊印平面的，那邊印包裝的……」手伸向遠處繼續指點。

子恆趕緊拿筆記本開始寫下筆記。

師傅：「每個禮拜一辦公室那會有需求單，上面色號都寫在這……」將手中目錄秀給子恆看「你拿到一定要先對過一遍……錯一個色號整個就毀了……客人很龜毛的。」

子恆深感壓力聽著師傅的教導，之前腦中還會抱怨這些東西怎麼比學校的考試還麻煩，只是現在他沒分心的餘地，為了生活必須快速上手。

二〇〇九年 十二月 十六日 後端世界

又是嶄新的一天，下課期間孝珉望著教室某個角落，看著子恆拿著利樂包向大家講解，這讓幾位班上同學懵懂的聚集在他身旁。

芷淇跟又雄知道子恆他在前端世界是印刷廠的員工，後端世界的子恆穿越過去想也知道是根本無法上班的，什麼機器操作那些的完全一竅不通……孝岷很難想像他的夥伴；子恆後端世界是該怎麼在前端世界生存。

「你們打開來看這個角角，是不是有六種顏色？」子恆展開利樂包，眾人紛紛打開自己手上的利樂包。

「……這就是這紙盒上會用到的顏色。」

廷佑：「還有這回事……」陌生的繼續摸索。

一旁的芷淇馬上湊熱鬧指著利樂包邊緣：「這個標籤是色號。」

松穎：「怎麼連妳也知道?!」

芷淇：「我已經聽他講過很多遍了。」

眼前跟班上同學打成一片的孝珉只能在旁默默望著他們，隨後佳芸來到身旁。

佳芸：「馮子恆他是印刷廠師傅，感覺蠻厲害的。」

孝珉：「我知道，其實他們都是比我認真踏實的人。」點頭肯定的繼續說……「只是他們沒有像我有這樣的家境……所以過得很辛苦，對他們很不公平。」

佳芸：「難怪他們想逃來這邊……」

孝珉：「嗯……未來世界就是這樣……因為網路很發達，資訊流通快速，競爭就比現在激烈很多，普通人十分耕耘能不能求到一分收穫都不一定……這是我短暫在未來世界待過的感想，那裡對他們來說真的不好待。」

佳芸：「就只有未來的你願意把身分交換回來。」

孝珉：「另一個我喔……他可能想顧他的事業吧？」傻笑了一會。

佳芸：「那現在？你打算拿他們三個怎麼辦？」

孝珉：「沒拿他們怎麼辦……可能就真的這樣定局了。」

佳芸：「不過你說的未來還有什麼流行病毒那些的？會比SARS嚴重嗎？」

孝珉：「這個我也不知道，因為我到的時候也沒聽說這件事，忘了是幾年爆發的，感覺過了好一陣子，是我看公司裡面的業務報表有提到幾次疫情，一個叫什麼Co開頭的後面有個十九，我猜是二〇一九年爆發的流行病，然後……」孝珉想了又想：「好像整個世界比現在還亂，動不動就是哪國用經濟制裁哪國，看我商業夥伴的聊天群組裡面常常會講一些很難的東西，什麼像是關稅、匯率、報關行那些跟進出口有關的……那些有的沒的，反正看不懂就用ChatGPT整理一下。」

「ChatGPT？」佳芸疑惑的問。

孝珉：「喔，沒什麼啦就是未來不知道哪年誕生的東西，還是我妹告訴我的。但是那個不重要啦……現在沒這個東西。」

光聽孝岷這樣敘述大概就知道在未來的世界比想像中還要複雜許多，感覺大學學測就像一座具有挑戰的高山，翻過這座山未來還有更艱難更高的山要翻越，似乎可以理解這些大人們為什麼這麼想留在學生時代逃避。

他們目光回到班上討論鋁箔包的那群人。

子恆哈哈大笑，享受被當老師的樣子。

松穎開心的推子恆一把：「欸，印刷大師欸你！師傅！」

在眾人起鬨下，子恆不免得意的向大家炫耀：「我以後就開印刷廠收你們當徒弟！」

二〇〇九年　十二月　十九日　後端世界

時間來到週末，距離他們造訪這世界已過一個月，三人每天都能踏實自在的享受高中生活。

柚子與芷淇走在假日人來人往的蓮池潭旁講著女孩們的日常：

「……然後那個男的就下課的時候跑來我們班，還帶了他一群同學。」柚子衝動又興奮的說著，不料芷淇卻毫不意外的淡然回應：「該不會是告白吧？」

柚子：「對！妳怎麼會知道！」

芷淇：「我好像以前聽妳講過?!」

柚子：「怎麼可能！那是昨天的事欸。」

芷淇又犯了老毛病，腦海中在前端世界的記憶帶過來變成先知了：「那可能是我記錯哈哈……」

柚子：「總之他就突然當我朋友面告白，旁邊的就瞎起鬨說在一起、在一起。」

芷淇：「呵呵，那女的會直接拒絕他……」

柚子：「又被妳猜對了！我朋友就直接說，喔，謝謝，然後搖搖頭走進教室整個超尷尬欸！」她作出話中女主角的動作模仿給芷淇看。

此時一顆玩具球往芷淇與柚子那滾去，一對小姊弟追著球跑過去，芷淇與柚子停下腳步看滾到她們腳踝邊的球怕踩到它，滾著滾著球停在她們腳邊。

芷淇彎腰撿起球，小姊弟倆腳步緩緩停下，他們莫約六歲，後方他們母親跟上前叫那位小妹妹說：「夢真，跟姊姊說請把球球還給我。」

芷淇看著姊弟倆擺出和善的笑容，那位名叫夢真小女孩害羞靦腆向芷淇說：「姊姊把球球還我。」

母親：「要說，請。」

小妹妹：「姊姊請把球球還給我。」

芷淇看著可愛的小女孩將球遞給她，彷彿見到自己孩子：欣綺的身影。

母親走上前望著孩子：「要說什麼？你們一起說！」

姊弟倆異口同聲的說：「謝謝！」

兩個小朋友馬上在陌生人面前展現很有家教的風範。

母親：「真不好意思呀。」

芷淇：「不會啊，孩子多大啦？好乖喔。」

母親：「老大六歲，老二剛五歲。」

芷淇：「哇，跟我女兒差不多大。」作為一個母親馬上就會聯想到自家孩子欣綺，不小心又脫口而出這世界不存在的人事。

「妳女兒？」那位媽媽皺眉頭疑惑的問，一旁的柚子也有同樣的表情看著芷淇。

她驚覺說錯話趕緊辯駁：「我是說……我表姊的女兒啦……哈哈！」擺出一臉尷尬的傻笑試圖掩蓋這誤會。

柚子：「嚇死我，想說妳怎麼會有女兒。」雖然偶爾會聽說十七歲少女未婚懷孕的事但沒人想這樣意外當媽媽。

芷淇發現夢真小妹妹頭髮有著麻花辮子正跟弟弟互動中，目光由小妹妹的頭移到她母親身上：「妳也幫她綁麻花辮子呀？」
母親：「對啊，我還特別去學的。」
這使芷淇目光又繼續注視著，小妹妹的麻花辮子被她母親順手輕盈撫摸。

二〇二六年　六月　六日　前端世界

在前端世界這頭，晚上剛忙完家事在房間幫女兒綁辮子，已綁出一半的麻花辮子。芷淇不時轉頭伸手按一旁桌子的手機影片，一手緩慢的顧好女兒的髮型，芷淇還不太會用手機播YouTube，點起來有點生疏，女兒想轉頭看媽媽到底在看什麼影片。
芷淇：「等等……我看影片怎麼綁的……」
她不斷將影片反覆撥放又暫停，試圖把每個步驟都給做到位，滑一滑又會跳出廣告來亂。
芷淇：「靠！YouTube廣告為什麼會比以前多這麼多！」
費了一番功夫頭髮終於綁好，母女倆一起照桌上的小鏡子。
芷淇：「之前妳媽是這樣綁的嗎？」欣綺照鏡子左右兩側瞧瞧「不對，以前綁的比較像Elsa。」
芷淇：「Elsa是誰？」
欣綺：「就是Let it go那個Elsa。」
聽完Elsa這陌生的英文名，芷淇搖頭表示不懂，大概是什麼女明星吧？

「算了……我自己查……」轉頭按下手機。

「Let it go……這是什麼偶像團體嗎？……E……L……S……A」按著又把這英文名輸入手機中「……冰雪奇緣?!那啥鬼？而且明年還要再出第三集？是有這麼紅？」

欣綺轉頭看手機興奮的告訴媽媽：「對！就是她！Elsa！」正是迪士尼《冰雪奇緣》動畫片裡頭的公主女主角，在後端世界中這部動畫還沒誕生，也難怪芷淇不懂女兒說的Elsa是什麼。

芷淇：「原來是公主頭……當妳媽真是折騰……難怪她想回到過去……」她幫女兒解開頭髮重綁。

此時嘉政經過停下腳步偷偷把頭往門縫看母女倆綁頭髮的互動，欣綺繼續看著鏡子中正被綁頭髮的自己，芷淇邊綁邊跟女兒聊起：「欣綺……還是綺綺，妳媽以前怎麼叫妳的？」

欣綺：「妳都叫我綺綺。」

芷淇不時看手機影片撥放又暫停的跟著步驟幫女兒綁頭髮：「好，綺綺，之前我把妳鎖在外面，還有……妳尿床可能不耐煩，對妳很兇，我要跟妳說聲對不起……我現在是新手媽，很多東西都不會。」

欣綺：「爸爸說妳忘記我們了。」

芷淇：「可以這麼說啦，所以我現在要好好學。」她無奈嘆口氣但還是打起精神散發樂觀的能量。

嘉政緩緩從門縫離開視線，回頭默默的離開，不知道身為丈夫的他心底在想什麼，平時不耐煩的他可能覺得芷淇有在改變跟進步也不好再對她大小聲，畢竟還是自己老婆。

沒花多久時間芷淇就綁出跟Elsa一模一樣的麻花辮子，馬上與女兒一起照鏡：「妳的Elsa頭！這樣沒錯吧！」

欣綺露出笑容點點頭十分滿意，這是芷淇來到大人世界後最有成就的事。有那麼一刻，芷淇感到眼前這孩子也蠻可愛的。當個媽媽或許不是完全這麼糟？

二〇〇九年 十二月 十九日 後端世界

風和日麗的池潭邊，芷淇的手摸著小女孩的麻花辮子，微笑的面容卻有點惋惜，似乎想起了自己在前端世界的女兒，簡單跟姊弟倆還有他們母親道別後芷淇與柚子繼續向前走。

柚子：「我都不知道妳這麼有媽媽緣，跟媽媽蠻會聊的，以後妳搞不好適合當媽媽喔。」

芷淇：「是嗎……」

回到家後芷淇若有所思看著電腦螢幕。

無名小站相簿裡擺著「囂俳四人組」昔日出遊打鬧的合照，一張又一張。

芷淇看了抿下嘴。畫面跳出無名小站，來到相關頁面「Yahoo奇摩新聞」新聞子分頁標題：「高雄衛武營都會公園預計明年全區完工」並搭配公園縮圖，文章日期：（二〇〇九／十二／十一）。

腦海中的記憶想起她與嘉政牽著孩子在那座公園，一家三口和樂融融的畫面。她曾在那高舉自拍棒想為一家三口拍照，在那手機可以方便拍照的年代，嘉政把欣綺抱起來，面對鏡頭，這燦爛的笑容，這張照片還印出來放在前端世界家中的客廳。

回想起這些家庭往事，不禁感嘆。

二〇二六年　六月　七日　前端世界

週末的傍晚在旗津碼頭上，四人在海風吹拂之際相互加油打氣。

孝珉指導坐在機車上的芷淇如何騎車，比出油門跟剎車的位置，又雄與子恆在旁觀看。

可笑的是這些穿越時空的高中生有著成年人的軀體跟駕照，除了已經身分換回來的孝珉外，其他人記憶中沒有一個騎過機車，更別說開車了，再不練好車真的就沒辦法繼續上班了。

孝珉：「妳就把它想成騎單車一樣，轉彎妳就把重心往下壓。」他身體傾斜向三人描繪動作：「來試試！有狀況就剎車。」

芷淇啟動引擎還有些緊張，心想萬一暴衝掉進海裡可就好笑了，猶豫了下鼓起勇氣出發，沒想到要上手機車並沒這麼困難，難怪那些高三的學長一滿十八就趕快考駕照來載女生。

芷淇得意騎著機車在寬敞的碼頭奔馳，沒多久就將機車騎回來，又雄跟子恆故意在旁做出歡呼迎接的樣子。

又雄：「唉呦！車神芷淇！」

她拿下安全帽拍打又雄的肩膀：「你少在那邊！換你！」

又雄接過安全帽：「來就來！」

他帶著微略的緊張坐上，深知這不只是練車這麼簡單，他想起家裡的芊美，就算對未婚妻沒什麼感情可莫名的責任感驅使他必須要往前走。

踩下油門平穩的往前衝，未來的路無論再艱難都要克服，也許這一刻母親在天之靈還有豆餅都在這麼看著！

孝岷：「不錯不錯！」又雄真的把熟悉感抓回來了。

當車子騎回來後，又雄彷彿征服了什麼萬難，這刻露出許久不見的舒暢！

緊接著準備換子恆練習，又雄遞了安全帽給他，一旁的芷淇又再那鼓舞著互相嬉鬧。

孝岷望著眼前的三人即使外表已是大人，但他們這刻就跟高中時候一樣打打鬧鬧就像在學校那樣美好，也就在這刻他才深刻體會原來他們另外不願意回來的那三人追尋的不外乎就是這份青春的美好。

二〇〇九年 十二月 十九日 後端世界

這天晚上平時本該在這時在上MSN的芷淇，蜷曲雙腿坐在牆角的床邊默默看著遠處的電腦螢幕發呆，雙手抱緊小腿更加緊縮面容十分焦慮，然後默默的移動身子躲進被窩裡像是在畏懼什麼又在擔心什麼，無盡複雜的心情在腦海裡起起落落。

媽媽：「吃飯了！趕快下來！」

芷淇：「好啦！我在念書！」

她隨便找個理由應付著，心裡嘆息忐忑不安。

二〇二六年 六月 八日 前端世界

一早又雄又要準備出去上班只是這次會騎機車真是托孝珉的福，經過兩天的訓練機車都能騎了，這天他沒直接去公司而是前往一處大廈。

騎車趕到迅速下車熄火摘下安全帽，一對夫妻已在此等待。

這算是他第一次親臨接洽客戶，看著過去的歷史紀錄，好在這塊肉體的主人「前輩」的業績還算勉強，上個月談成的件數比較多，不然照這樣情況這個月這樣請假沒案子早就被開除。

又雄：「陳先生、陳太太，不好意思讓你們久等了。」

陳先生：「不會，我們才剛到。」

又雄帶著陳氏夫妻倆上樓，進入屋內後又雄小心翼翼的對照手上的資料確保沒問題，對他來說這可是第一次跟客戶打交道，前兩天又雄還特別來這間屋子勘查過。

陳先生：「我是有先用VR三六零看過覺得還不錯，實際來看看比較保險。」

又雄：「VR？你說的是？」

陳先生：「就是你們網站上可以看全景的。」

又雄：「喔對！有這種東西。」他尷尬的笑著，這個叫VR的東西肯定又是什麼未來沒見過的科技產品，看來回家得Google一下這是什麼玩意兒。

陳先生：「那我問一下，這邊的坪數是有含公設的嗎？因為我看網站上好像沒特別寫。」

又雄趕快翻資料袋：「我找一下，有……三十六坪有包含公設……」

陳先生：「不是四十三坪嗎？」

又雄再翻一下資料面露尷尬：「……我看……啊不好意思我看到別棟了！」

沒想到第一次接洽客戶開頭是這麼失敗竟然犯這種低級的錯誤。

二〇〇九年　十二月　二十三日　後端世界

三人坐在操場的跑道旁表情十分嚴肅，似乎有大事使得他們這麼不自在，只見又雄有如晴天霹靂的對著芷淇質問：「妳要回去？不是說好一起在這嗎？」

芷淇面無表情，任憑兩個男人指責。

子恆：「妳是吃錯藥？妳說妳想孩子？想要以後再生就好啦?!」

又雄：「我也是會想我未婚妻，可是以後還是可以遇到啊?!」

芷淇捧著臉嘆口氣：「如果是還沒發生的事我當然沒意見，可是事實就是……我的孩子在另一個世界確實存在啊！」

子恆、又雄面色凝重不知所云，這的確是事實無法辯駁。

「她現在一定覺得媽媽很奇怪，另一個世界的我現在也一定很辛苦，可能把家搞得一團亂……」從語氣中可以知道芷淇是多麼的擔心在前端世界的家庭……

又雄：「那這也是另一個世界的事……」

「唉呦！你們男人不懂做母親的是怎麼想的啦！」子恆、又雄原本想繼續辯但在此刻被芷淇的這番話卻步。

「我喜歡這裡，我喜歡年輕時候的我……可是，我不能這樣拋下我女兒，還有我的家庭，當一個不負責任的媽媽……」

她起身望著又雄、子恆表現意志堅定。

原先兩位男人還以為是孝珉那死屁孩去煽動芷淇改變她想法回去前端世界，但又雄跟子恆沒多久就撇開這個可能，畢竟在另一個世界裡的確有人在為他們被迫承擔那些大人世界的生活，芷淇只是想回去承擔罷了。

又雄：「媽的！」他想大叫卻又沒底氣吼出來。「都是孝岷……他如果不先回去……我們就不會知道事情的真相……然後我們大家就能在這重頭一次……」

芷淇在旁不發一語，子恆原本想再多說幾句但自己也沒什麼立場說。

這天晚上的又雄家裡，豆餅在家門口吃著碗裡的食物。

又雄蹲著撫摸犬頭若有所思，對於芷淇所做的決定跟當時三人講好的約定截然不同，明明當初斬釘截鐵的要留在二〇〇九年怎麼讓芷淇動搖了呢？

突然聽到不明聲響引起又雄目光，豆餅吠了幾聲望向聲響處並快步走去。

美蘭提著裝七分滿的水桶重心有點不穩，這水桶的水是洗菜水正提去廁所要來當馬桶水用的以此節省水費，又雄趕緊上前幫忙接手，總算分擔了媽媽的苦勞，一旁的豆餅跟前跟後想湊熱鬧。

又雄：「媽！我不是說我來就好……」

美蘭：「沒想到這麼重……老了。」

又雄：「就跟妳講不要逞強。」說著說著把水桶往廁所提去。「水現在很便宜，不要為了省水以後花更多錢顧身子……」

美蘭腰痠背痛面有難色緩緩坐到沙發上，又雄趕緊到她身邊捏肩膀，一個孝子就在美蘭身邊。

看完電視後又雄跟美蘭一起擠在水槽洗碗，聽媽媽的指示別把碗疊在一起要分開放，這樣才容易乾，又雄將碗堆疊到一旁要媽媽快去休息別操心，美蘭笑了笑又回椅子上打開電視看其他節目。

一輪家事忙完後又雄拿著抹布擦拭餐桌無意間發現一張喜帖，他停下動作打開來仔細檢閱一番。

「你那時間空出來，下個月不曉得幾號，阿文哥哥結婚，好像是禮拜六，你應該放寒假了吧？」美蘭走過來見兒子看喜帖便通知他。

又雄腦海裡想了下，的確在十七年前有位不怎熟名叫阿文的表哥要結婚，到現在他全名叫什麼還想不出來……

「我們要參加？」

「當然，他是我大姊兒子呢，對了，那個檢查報告出來了。」

又雄聽聞謹慎的接著問：「結果怎樣？」

美蘭平常心的告訴兒子：「一切正常，沒事啊。」

聽到這答案讓又雄鬆口氣，怕發生的事情還沒發生，現在還有機會去避免它。

二〇二六年　六月　十二日　前端世界

一棵棵樹木生長在一座池塘的人造基座配上岸邊的灌木，頓時間像是一座森林，不少孩子喜歡在那跳躍就像探險一樣，週五下午已有些放學的小學生被家長帶來這玩，有些很皮的男孩童在那人造樹林間追逐完全不怕跌進池裡，當然在這年代也是很多網美會來拍照的景點，發個圖片到IG修個圖把角度取好，只要不是在地人都以為這在哪座山上拍的自然景點，實際上這只是市區的一座公園罷了。

這裡是大東濕地公園，又稱忘憂森林。

又雄跟芊美在水上的圍繞樹木的木棧道小心翼翼行走，又雄納悶邊走邊思考，芊美慢慢跟隨又雄腳步前進。

芊美：「你對這裡真的沒印象嗎？」又雄搖搖頭還是什麼都沒印象：「沒有……」

芊美：「喔……好吧。」就在她失落之際又雄好像想到他房間內有跟芊美的婚紗照：「等等……這裡該不會是拍婚紗的地方？」

芊美：「對！你想起來了？」她深感驚訝又歡喜。

又雄：「我好像有看到相簿我們有在這拍婚紗……」

芊美：「那……除了婚紗還有什麼？我們還在這裡幹嘛過？」看來這並非她最想從又雄口中問出的答案，又雄想了下又搖搖頭。

又雄：「抱歉，除了照片以外的東西我完全不知道。」

芊美：「喔……」她顯得有些失望。

又雄的手忽然牽起芊美的手，芊美訝異看著又雄。

又雄：「我以前都是這樣牽妳嗎？」

芊美點點頭，被又雄的舉動稍微驚訝到：「嗯……」

他拉著芊美的手繼續在忘憂森林的水上木棧道小心翼翼前進，他明知道自己跟眼前這個女人不是很熟，這是「前輩」的未婚妻不是他的，眼看這些「前輩」們不想回到二○二六年他只好認命努力扮演好這腳色，當一個未婚夫該有的樣子，當今媽媽也已過世，在這世界也沒家人了，跟這已經穩定交往很久的女友結婚是最好的作法，再說自己也已經有一個成家的責任感在了。

二〇〇九年 十二月 二十三日　後端世界

又雄拿起書桌上的佛珠，再次想起之前那位老人的話隱約的迴盪在腦海中：

「佛菩薩把人放在地球這個修道場就是在考驗人，你說的那個蜈蚣的……你不也是在看看這兩隻蜈蚣的適應力，在考驗牠們？看看蜈蚣面對環境的新困難……會怎樣挑戰……怎樣成長？」

若真如老人說的真有佛或是一些更高維的生物還是什麼意識體的東西存在，人誕生在地球是來修煉的，然後被這些高等世界的人，手動切換兩個世界不同自己的意識，莫非這就是給我的考驗？看我接下來會怎麼做？

就算沒有神佛之類的東西存在，單純只是宇宙什麼時空扭曲的一場意外，事實上就是自己在逃避困難不敢面對二〇二六年的世界，深怕失去很多挽回的人事物，甚至為此拋棄自己的愛人：芊美……

「因為宇宙間意識是互相連結的，若是說遇到困難不去面對，選擇逃避，那這項考驗最後又會回到自己身上，這是因果的必然，就是這樣宇宙才會平衡……」

而另一個世界的自己正如孝珉所說的，一個高中版的自己正在替成人版的自己善後……這些大人要面對的事對一個高中生來講實在太殘酷，更何況是自己的分身……難道這就是所謂的宇宙平衡嗎？

又雄握起佛珠仰望房內的天花板，那微弱的日光燈還有樓下傳來媽媽零星活動的腳步聲，無盡的煩惱從心底冒出，他必須做個抉擇，這夜會是如此的難眠。

二〇〇九年 十二月 二十四日　後端世界

聖誕節的前一天，一早在校門口迎接大家的是班聯會的同學在發送聖誕糖果，其中還有人厚工扮演聖誕老人來取悅大家，同學們每個樂在其中，在上學時間替學校增添過節氣氛，這熱鬧的場面恐怕不適用於在操場上三人。

他們坐在操場上不發一語，又雄用手撐著頭遮住嘴似有難言之隱。

沒多久只見子恆不耐煩的站起離去。

自從芷淇因想見到孩子而變節，放棄留在這青春年代的主張進而影響到又雄的想法，他意識到在前端世界的芊美現在可能面對一位無腦的未婚夫，不能給她幸福。

又雄自己知道十七歲的他只喜歡皮膚白又有大胸部或翹臀的女生，不重內涵這樣膚淺，不會喜歡這種長相路人等級的對象，更別說是快三十歲的大姊姊，這婚事能不能辦成還不知道。

這兩人因為有前端世界所在意的人作為牽掛而改變想法想回到大人時代來對原本世界的生活來負責，這是當初慶祝回到青春的他們沒料到自己的想法會在最後這樣一百八十度改變。

唯獨子恆，他在前端世界那是什麼都沒有，並非所謂的牽掛之人，眼睜睜看著兩位夥伴的立場改變，他只能忍氣吞聲繼續堅持己見，無論如何必須留在二〇〇九年這個後端世界。不過又雄跟芷淇也沒打算勸說的意思，個人選擇個人尊重吧，畢竟在這身高中生的軀體內自己本就是個大人不是嗎？

二〇二六年 六月 十三日　前端世界

一大早芷淇騎著機車，身前坐著欣綺，這天要送孩子去參加學校舉辦的營隊。經過前幾天的練習總算回歸正軌學會騎機車，平白無故有著機車駕照卻不會騎車那豈不是笑掉人家大牙？

在早晨的路上騎著車迎著風準備迎接新的一天，事情既然已經發生無法改變不如就適應新的環境，她能體會到大人世界的辛苦還有面對的鳥事，不過能這樣陪著這不知哪來的小鬼頭，又的確是從自己現在使用的肉體生出來的，那也只好認了。往好處想，別人要生孩子還得忍痛，至少她自己不需要有那段記憶，這樣想生活也就變得稍微有動力了。

考。

欣綺：「三二得六、三三得九、三四十二、三五十五……」腦子轉不過來還在思考。

芷淇：「再來呢？三六？」騎著車但腦子完全靈活，還很有氣勢的跟孩子說話就像麻辣媽媽一樣。

欣綺：「十……十八。」

芷淇：「對……反正你就一直往上加三……」

欣綺：「好難喔！」

芷淇：「難什麼？等妳上高中那些ＸＹＺ的拋物線方程式的，才是真的搞死妳。」

想起不久前還當高中生的她，在數學課本三之二那章節在講拋物線那些深奧的算式，遇到小考必定爆炸的題目還沒遺忘。

終於把女兒送到校門口了，欣綺下車準備進校門，芷淇將上學用品袋子交給她並取回女兒安全帽。

欣綺：「媽媽拜拜！」

芷淇：「拜拜。」她微笑的向女兒招手，望著欣綺小隻活潑跑向校園的背影，莫名的責任感還有自我肯定從心底湧現，原來這就是做一個媽媽的感覺。

騎在市區裡，這裡不像鄉間一樣的道路有這麼多車輛這麼好騎，紅綠燈也特別多，看著這時代有的手機衛星導航勉強在遲到前抵達。

在她服務的客運站內，芷淇匆忙的在更衣間換好制服，打卡上班，當然這些梳妝還沒有完全準備好就匆匆上陣，在櫃檯辦公桌照著小鏡子擦口紅，閉下嘴唇，收起小鏡子。

有乘客接近櫃檯，芷淇馬上正襟危坐。

芷淇：「您好，很高興為您服務。」

二〇〇九年 十二月 二十四日　後端世界

放學後，一群五〇二班的學生前往KTV，也許今天是平安夜狂歡的人特別多，一進去還得排隊，男生們在包廂內歡唱快歌，子璇、委柔在一旁隨節奏拍手，微涵將制服捲起於腰部打結露出小蠻腰站起狂舞。

子恆帶著松穎、士凱等人誇張賣力唱，唱的渾然忘我，這些二〇〇九年的流行樂對子恆來說不知道多久沒再聽過，唱的不只是回憶更是青春。

委柔跟子璇打成一片的拍手搖擺上半身，就在歌曲結尾時微涵漂亮的一個收舞，甩動頭髮，眾人拍手歡呼！

這歡樂的約團貌似有誰缺席了，不外乎就是又雄、芷淇還有那位已不敢再接近三人的孝珉，而子恆早就將變節的夥伴還有煩惱隨眾人狂歡之際拋到九霄雲外，陪著委柔一起享受這青春狂野。

接著一首抒情歌的前奏曲開始撥放，大家趕緊收拾好心情準備下一首。

子璇：「誰點的?!」

松穎起身起鬨「欸這首！要給在場唯一的一對唱！」士凱拉著子恆作勢要他唱。松穎伸手指向他「五〇二班的馮子恆，還有五〇六班的陳委柔！」

子璇在委柔身旁笑著拍下手看著委柔，而委柔有點尷尬不知所措的半推托。「欸不要啦……」

松穎：「來快點！愛的情歌！」

子璇將麥克風塞給委柔，身旁的子恆也握著麥克風準備開始唱，進入主歌。

螢幕上字幕顯示男女合聲並開始跑動。

子恆與委柔的歌聲緩緩唱起，兩人眼神從螢幕上移開對望彼此，那瞬間發現彼此都在偷看對方，他們又趕緊將視線撇開繼續盯著螢幕上的歌詞。

同學們在旁繼續瞎起鬨，在旋轉彩燈又昏暗的氣氛子恆望著自己的摯愛十分滿足現在所擁有的每一秒。

幾小時後服務生進來包廂提醒大家時間到了，眾人再怎意猶未盡也得趕快收拾出來，大家的零用錢有限可沒多餘的錢被店家加價。

出KTV後外面下著雨，大家撐傘前往搭車，尷尬的是子恆是騎單車來的。

子璇：「你們這樣怎麼騎車回去？」

子恆：「沒關係，她會幫我撐傘。」

委柔：「你們先回去。」
子璇：「好，那明天見喔！」
小倆口於是互相合作，子恆騎車，委柔撐傘，就這麼朝目的地出發。
這種天氣涼的季節下著雨對所有人來說肯定是場災難，他們倆在雨中前進，雨水浸在制服上隱約可見肩膀處制服下的內衣及皮膚。
經過這番折騰總算抵達委柔家門口，這是再普通不過的透天厝，他們將單車趕緊停好渾身狼狽的進家裡，當務之急就是擦拭淋濕的身子，所幸只有肩膀淋比較濕。
如果能這樣輕易的進女友家裡，那麼代表對方家長還有其他家人肯定不在一陣子。交往中的小倆口最喜歡這種難得的機會在一個窩裡獨處。
這地方就跟記憶中一樣乾淨簡約，委柔順勢從浴室拿出毛巾給子恆擦拭溼透的肩膀，自己也拿出吹風機整理頭髮末端被雨淋濕之處。
就在這麼一刻，子恆發現委柔做這動作是多麼唯美，不知道已有多少年沒這種悸動，或許是心電感應，正用吹風機擦拭頭髮中的委柔也驀然回首看著子恆。
他拿毛巾邊擦頭髮邊看著她動作停了下來，放下毛巾緩緩接近她，在記憶中他與委柔交往多年各種親密的事該做都做過了只是這次不同。
委柔關掉吹風機，可能已經明白接下來會發生什麼事，子恆衝動的把委柔壓在房間牆上吻著她的脖子，委柔半抵抗半推又享受其中，小倆口醞釀已久的賀爾蒙就這麼爆發，委柔伸手抱住子恆後腦杓希望他繼續，對子恆來說能與一生的摯愛做愛絕對是人生中最幸福的事，這種純真的戀愛感已失去已久如今再被找回來，這次這段感情絕對不會有之前的結局，子恆摟住她身子又舔又親的讓委柔陶醉其中慢慢無法自拔，一對情侶，兩位孩子蛻變成大人的性行為，可想而知等會這間房內將有精采好戲，子恆的嘴從脖子移到她嘴唇繼續親就在委柔快超出理智時突然用力推一把。

子恆被推坐在一旁床邊，內心既衝動又緊張望著她。

委柔雙眼呆滯著看著子恆，並將身子緩緩接近接著慢慢解開自己胸前的扣子，尚未發育成熟的小乳溝若隱若現，子恆望著她吞口口水有些緊張，委柔步步接近到他身旁這是多麼的令人按耐住理性，她溫柔的身手撫摩子恆的後腦勺，並將胸部靠緊他呆滯的臉，此刻的他已經把頭埋入委柔衣服裡……

突然間，子恆腦海裡似乎閃過什麼念頭瞬間打消所有的性衝動，忽然覺得莫名的罪惡感湧現，他看著眼前唯美充滿青春洋溢的委柔覺得如此不真實，這不是他女友，真正他愛的委柔是在前端世界那頭；那位已經分手的人，眼前長的跟委柔一樣的女孩終究是後端世界的委柔，是後端世界另一個他的女友，那這樣不就是在跟別人的女友親熱？

偷吃別人女友是很對不起別人的事，即便被戴綠帽的是另一個世界的自己，這樣對後端世界另一個版本的自己是不公平的事。

子恆突然起身迅速跑出房間，還沉浸在剛被激發之情慾中的委柔還不知發生什麼事一臉疑惑逐漸打消接下來的念頭。

外面下著雨，子恆匆忙跑出來在屋簷下緊張加上慌張，手摸著嘴巴心情複雜，累積長久以來對這種關係抱持的一點小懷疑的態度就這麼被放大爆發出來，他再次衝向滂沱大雨中騎上單車快速離去。

黑夜中，子恆用盡全力在迎面而來的雨水中嘶吼，試圖發洩心中所有的慌張，臉上分不清是淚水還雨水。

二〇二六年　六月　十三日　前端世界

孝珉開著車表情愉悅又神秘兮兮的，車上另有三位乘客，是又雄、子恆、芷淇。

又雄：「欸，這麼晚是要帶我們去哪吃宵夜？而且還專程來接我們。」

子恆：「問這麼多幹嘛？反正孝珉請客。」

又雄：「是是是，張老闆請客。」

孝珉：「反正，等等有的吃有得喝，你們剛好晚上都有空就好好享受就好，在這個大人世界除了工作之外也要好好的放鬆一下。」

子恆：「是要去哪裡放鬆一下？還是要去哪裡……爽……一下」他故意把爽字弄得很曖昧的口吻。

另外兩位馬上領悟該不會孝珉是要帶他們去什麼色情按摩店放鬆一下。

芷淇：「欸欸欸我先說喔，我沒有要去那種奇怪的地方喔！」

孝珉：「安啦，我們有女士在，不會帶妳去那種地方啦！」

大家大笑了一番。

又雄：「不過，芷淇妳今天怎麼有空？不用顧小孩？」

芷淇：「我女兒今天去學校營隊，結束後我老公去接她住婆家，然後……我老公以為我今天晚上還有班，所以……嘿嘿我就溜出來了啊！」

又雄：「這點我就稍微有點感覺，像妳結婚有小孩之後生活很多東西都會被綁住，光是上班就佔很多時間了，回到家還要顧小孩還有另一半，自己的時間真的很寶貴。」

子恆：「哼，算了我還是學孝珉這樣單身比較好，你看看我們時間多自由，下班後想幹嘛就幹嘛。」

孝珉繼續開車笑而不答，覺得他們的對話很有趣。

子恆：「對了雄哥，那你今天怎麼會有空？你未婚妻沒管？」

又雄狡猾笑了下：「跟芷淇一樣啊，我說我加班。」

子恆：「你們真的是。」

又雄：「沒辦法啊，今天我們張老闆要帶我們吃好料啊！」

孝珉：「各位，我們到了！」

他們三人望向外頭，這是市區內的酒吧與夜店林立的小聚落，在車內已經可以聽到各種搖滾樂的震動聲，人行道充滿打扮風潮的男人還有清涼的辣妹，年輕人們在酒吧內隨音樂狂歡。

又雄：「哇，什麼時候有這些店了？」

子恆：「不會又是這十幾年多出來的店吧？」

孝珉：「總之，等等帶你們見識一下！」

沒多久他們四人出現在這人擠人的街道上，這是星期六晚上最熱門的時段，空氣中瀰漫各種電子菸的香氣，孝珉領著他們走進一間酒吧坐下。

芷淇：「怎麼不說是來這種地方，我今天都沒打扮。」她看周邊充滿清涼美女還有年輕妹子感覺自己格格不入。

孝珉：「放輕鬆就好，妳看看這邊其他女生，有哪個女生一次可以帶三個保鑣級男人出來的？」

子恆配合的秀出充滿脂肪的手臂假裝自己有肌肉這樣逗著芷淇，她笑著拍打著子恆好一陣子。

孝珉隨後拿著酒單給大家看：「想吃什麼喝什麼盡管點。」只見價目表上的金額超過他們的想像。

又雄：「不會吧？一杯雞尾酒就這麼貴，才一小杯。」他看著別桌的酒杯相當訝異。

子恆望著另一桌擺的一個巨型煙斗的不明裝置，大家還圍著吸裝置上的長管並吐出奇特的香氣：「欸……那是什麼東西啊？」

孝珉：「喔，水煙啦。」

芷淇：「所以孝珉你平常都會來這？」

孝珉：「其實不太會，不過我生意的夥伴說現在的年輕人很喜歡來這，所以就帶你們來了。」

又雄：「這算夜店嗎？」

孝珉：「這不是夜店，這是酒吧，今天先來基礎的。」

由於三人都對酒沒概念，就先來點酒精濃度不高的調酒。對三人而言這是他們第一次喝酒。

又雄在杯緣聞了一下有些好奇：「好香，有一種不知道怎麼形容的味道。」

孝珉：「來！喝下去就是了！」

又雄：「這種酒會不會酒精濃度太高啊？」

孝珉：「安啦！這最輕的。」

隨後又雄品嘗了幾口，接著換芷淇喝。

「嗯，好奇怪的味道。」她皺著眉頭。

孝珉：「今天只有子恆可以續杯，你們兩個因為有家庭所以就只能喝一杯，我可不想看你們被另一半發現來這種地方！」

「水喔！」子恆興奮的說。

孝珉：「還有啊我還帶了這個。」他拿出噴霧罐。「除菸味的，我聽那些有老婆的，回家前都會噴一下省得被老婆嘮叨！」

子恆：「唉呦！很懂欸！」

芷淇：「你怎麼自己不喝？」問孝珉。

孝珉：「我還要開車送你們回去，不能喝。」

隨後穿著清涼火辣制服的服務生端上炸物拼盤，又雄已經看著服務生可愛的臉蛋還有低垂的乳溝目不轉睛。

「在看哪？」芷淇拍了一下他身子。

「沒看哪啊……」又雄裝作若無其事。

三人侃著又雄這個小色鬼，輪番搖擺他的身子。

「唉呦！才來這邊一下子，眼睛就開始不老實了喔！」子恆拉著他。

「沒有沒有，我只看一下，我在看她打扮。」又雄辯解。

芷淇：「你最好。」

子恆：「你是在看她哪個部位的打扮？」色瞇瞇的繼續說。

「齁，齁！沒有啦！」又雄尷尬的推辭。

孝珉看著眼前三人幼稚的模樣不禁覺得其實這些孩子們也挺可愛的，這是很久沒出現的青春感，這樣找回青春感覺也不錯的！

「好，大家來乾杯！」孝珉引著大家舉杯「這應該是你們人生中的第一杯酒對吧！」

三人尷尬的想一下，這副身體已經三十四歲，但記憶中真的是第一杯酒。

孝珉：「來喊口號？」

他們心領神會的知道是什麼意思。
又雄：「我們是！」
「囂俳四人組！喔耶！」
他們響亮敲擊玻璃杯，為這青春的一刻乾杯，算是一個不知道是提早還是遲來的成年禮乾杯。
「其實你們高中的時候就喝過酒了。」孝珉說著。
芷淇疑惑著：「有嗎？」
「有，應該說是我們高中的時候就喝過酒了。」
又雄：「你是說另一個我們？」
「不是，就是你們自己。」孝岷指著自己的腦門「只是還沒發生而已。」
「怎麼說？」子恆放下酒杯，靠著桌子專心聆聽。
「當初會去那個天雨洞其實是我們高二下的時候才會去，那時候是雄哥提議要去那個洞說要體驗山頂洞人生活，其實是因為聽說那邊可以偷喝酒，所以我們四人就被雄哥帶去那裡，然後我們就在那喝酒嘍！」
「蛤？」又雄一臉疑惑。「我真的會說這麼白爛的提議？」
「嘖，所以都是你害的喔！」子恆開玩笑的說。
「我好像不覺得意外。」芷淇在旁揶揄著。
「真的假的？山頂洞人那什麼啦……」又雄指著自己好氣又好笑。

「真的，沒騙你。」

子恆再次拿起酒杯：「好啦來來來，先乾一杯啦！今天要來慶祝一下。」

芷淇：「慶祝什麼？」

子恆：「還有什麼？當然是學會騎機車啊！」

又雄：「對！騎機車！我終於可以騎車上下班了！」

芷淇：「真的！我可以接小孩上下學。」

三人不約而同的舉起酒杯，孝岷還一時有點反應不過來，在他眼中這三人應該只是高中的靈魂，沒料到這麼短的時間就成長的比大人更像個大人，他們似乎很快走出了失落，重新振作準備迎來他們的新人生。

他們三人一乾而盡，唯獨芷淇喝完後吐著舌頭皺眉。

「好苦……」她揮手自嘲著。

又雄跟子恆在旁嘲笑了下她後不忘繼續向金主討酒。

「我說老闆啊，是不是該再給大家叫一杯？」子恆不要臉的直接跟孝岷說。

「當然好啊……」

不一會下一輪酒又上來了，觥籌交錯間，現場的DJ開始下快節奏的流行樂盡是當下熱門的韓團歌曲，在場的年輕男女熟練的隨舞步開始有規律的跳起來。

又雄：「原來這就是現在的歌喔？」

孝珉：「對啊，有些連我都沒聽過。」

芷淇：「都是韓文歌……沒一首聽過。」

子恆一口氣乾了桌上的酒：「孝珉，再給我來一杯！我要更烈的！」

孝珉：「我是不知道你本尊酒量怎樣，可是這好歹算你第一次喝，慢慢來。」

子恆：「我聽李松穎說他們社團高三的學長姊第一次去酒吧都是這樣一口氣喝的！」

孝珉無奈搖搖頭馬上替他再叫一杯酒，當子恆拿到酒後就跑到舞池中央開始隨音樂擺動身子並示意他們一起來，隨後又雄跟芷淇也在他的邀請下一起跳舞，他們學著旁邊年輕人的舞步跳，遲遲無法去模仿。

芷淇：「靠，現在的舞怎麼動作這麼多？」

又雄：「這怎麼感覺比我們看熱舞社成發跳的還難？」

「管他的！就亂跳就好啊！」三人中只有子恆放最開胡亂跳。

孝珉在旁獨自喝果汁，平時他不會想來這種充滿剛出社會年輕人聚集的地方，在那半夜不睡覺的狂歡，因為自己已經不年輕了，他看著歡樂的三人有些感嘆，這三個孩子連青春都還沒體驗完就這樣加入大人世界而且直接跳過青年，沒幾年又要步入中年，能帶他們來酒吧見見夜生活也算是幫他們彌補錯過的青春，那顆藍水晶造成這一連串的錯誤，孝珉無時無刻都有一種愧疚感並無法釋懷，心中不停想著，該怎麼樣去幫助這三位老同學能在二〇二六年這個時空生存。

又雄拉著芷淇回到孝珉身邊，他們倆就像剛跑步回來般臉上流著汗。

芷淇：「好累！不行了，這些舞好難跳，根本跳不來……」

又雄：「我現在感覺體力變好差，三十四歲真的有差……」

芷淇：「對……我們都老了。」

一旁的辣妹服務生經過順手丟了帳單夾過來，孝珉拿起來一看，又望向舞池中央的子恆手上已經多兩杯酒。他扭弄厚實的上半身遠距的向他們三人敬酒，接著又跳上DJ台旁甩動他的肚皮，逗的台下一陣歡呼，這讓三人看傻眼，尤其是又雄跟芷淇還納悶自己已經累得半死，為何子恆的體力像無限多一樣可以在那繼續跳？

就這樣連跳兩首曲子，子恆臉上已經漲紅，直到跳到一個段落才停下。

又雄不禁佩服子恆：「他是怎樣？我看他平常都沒這麼瘋狂？」

芷淇：「我都不知道他喝了酒可以變成這樣。」

孝珉在看看帳單，子恆點了兩杯酒精濃度百分之十以上的酒，而且又混著喝……看來一定是醉了。

DJ播完前面幾首快歌後，換了比較輕快的音樂，此時的子恆看來也體力耗盡就坐在DJ台旁邊休息。

又雄：「看來他體力終於用完了。」

但沒多久卻發現子恆開始顫抖的身子頻掉眼淚，看是什麼事情讓他悲從中來。

芷淇拍著孝珉：「欸你看！」

孝珉發現有異，馬上動身走進舞池，穿梭在沉醉在音樂的年輕男女間，試圖接近子恆。但此時的子恆哭著哭著忽然往旁倒下，就在這充滿動感音樂的酒吧裡。

沒過多久，三人合力攙扶著子恆上孝珉的車裡。

又雄：「好重……」

芷淇：「啊……我的天……他怎麼才喝幾杯就這樣……」使力的將他推上車內。

孝珉：「喝到混酒啦，酒不能這樣喝，誰知道這小子給我這樣亂點！」

又雄：「欸欸欸……他是不是要吐了！」

芷淇：「快點快點，有沒有衛生紙！」

第六章　轉折

二〇〇九年　十二月　二十八日　後端世界

放學時間到，在老師宣布下課後班上同學們紛紛起身整理東西，揹上書包往外頭走去。芷淇、又雄來到孝珉座位攔住他。

孝珉有些訝異的抬起頭望向前來的兩人，自從孝珉身分換回來那天起「囂俳四人組」就似乎不存在了，連班上同學都議論紛紛一陣子，在三人表明拒絕把身分換回來的情況下就與那三人沒交集，校園生活的重心也逐漸轉向知曉一切又陪伴他的佳芸。

又雄：「孝珉……我們已經想好了，不能繼續在佔據他們的身體。」

芷淇：「我們不應該做一個……不負責任的大人，讓一個十七歲的孩子獨自去面對這些事。」

孝珉還是有點狀況外，這個答案令他跌破眼鏡，原先堅持拒絕調換回來的他們居然沒多久會放棄己見。

又雄：「那裡有我的未婚妻，還有她的家庭跟小孩。」

眼見兩人謙虛的低下頭對他敵視的態度轉變，孝珉頓了下：「那……阿恆呢？」

芷淇：「他喔……可能不會吧……」

又雄：「對他來講……在二〇二六年那邊……是失去一切……」

聽了兩人的說詞，看來他們願意回到前端世界了。

孝珉：「可是……你們不是覺得大人的世界很糟嗎？」

又雄：「我們除了是在為我們家人負責，還是在為我們自己負責。該回去面對了。」

在孝珉面前的兩人不再像無理取鬧的孩子，反而拿出大人該有的模樣出來。

芷淇：「會想跟你說是希望那天你也能一起來，來送我們。」

孝珉：「……我記得二〇二六年的我說是要農曆十五，時間是……」

「十二月三十，沒剩多少時間了……」芷淇搶先一步的說，似乎他們真的當一回事。

子恆突然從後頭出現抓住又雄的肩膀，又雄跟芷淇嚇一跳的回頭。

「在講什麼？討論怎樣放我一人留在這嗎？」他心平氣和的說著，莫非子恆也改變態度想回到前端世界了？

二〇二六年 六月 十六日 前端世界

夜色下一輛小轎車開到一座大型鐵皮屋印刷廠門口，站門口靠鐵門的子恆抽菸看著轎車停下熄火是那位老同學。

孝珉下車向鐵皮屋那走去，子恆靠著鐵門吐口菸招手，隨後便把孝珉給領進廠房內，前天在酒吧看子恆喝醉又在哭不免要關心一下。

印刷機正轟隆隆趕工中，兩人站在外頭陽台看著夜空。

子恆：「抱歉喔，那天給你添麻煩……」

孝珉：「沒什麼，有平安到家就好，是我的不對，沒看住你喝到混酒。」

子恆：「我聽雄哥說我有吐在你車上？」

孝珉：「哈……你是沒吐多少在我車上啦，你大多吐在自己身上，那天是芷淇幫你把衣服擦乾，然後她還把你衣服帶回家洗，等她洗完衣服我再幫你拿回來，記得要謝謝她。」

兩人不禁為了當晚的蠢事傻笑了一會。

「來根菸？」子恆拿出一包菸遞給這位訪客。

孝珉：「我有。」伸手拿出自己的菸之際，子恆主動秀出打火機來服務便欣然接受他的好意。

兩人在仲夏夜晚吐幾口菸，仰望天空，兩人似乎都有些心事想說但又不知該如何說起。

「啊！你現在是未成年抽菸，還挺識相幫人點菸！」孝珉故意拉低音量的開玩笑。

子恆：「哼，沒辦法，做這行的就是要懂得抽才能跟老師傅搏感情，看我家抽屜就知道另外一個我是老菸腔……欸！別忘了，我這身體可是成年喔！很成年喔。我是有看到在這時代有新發明一種叫電子菸的東西還沒試過，那天在酒吧附近看到很多人抽，只是我還不知道去哪買就是……」

孝珉：「對了，我來這是來問你最近工作狀況怎樣，適應的還好嗎？聽你說常加班，可是我看現在沒多少人啊？」轉頭看看裡面，只剩小貓兩三隻。

子恆：「還不是我們這些年輕的加班……現在做這行的不多，我算年輕的，大部分都老的，就沒什麼生活。」

孝珉又吐幾口菸準備說著今天此行的目的：

「我是想說，我這可以塞幾個人進來當業務、倉管那些的，如果在這適應不下去可以來我這。」

子恆：「在這適應的勉勉強強啦，還在學習……那些前輩真的有夠雞掰的，大人的職場真的不好待，至少這裡還有按照勞基法走，錢不會少給。」

孝珉：「你的答案跟雄哥還有芷淇差不多……都想留在原本的公司。」

子恆：「怎麼說？」

「我今天有去找他們，雄哥說他想留在那待看看，因為他在房仲那看到另外一個自己過去的業績都表現不錯，他說，如果另一個自己都能做的這麼好，那他或許也能做的更好。然後芷淇她的答案也很類似。」孝岷想不透這些小屁孩腦袋在想啥，明明一開始還在抱怨被強迫當大人遇到的種種困難，怎麼現在他想提供一個避風港反而他們還拖拖拉拉的沒有直接答應，而且這段期間觀察下來三人似乎都開始振作盡可能的扮演好自己腳色，願意挑戰各種困難……難道高中生的野心還有抗壓性都比大人來的強？

「是我，我也不想工作啊，可是這就是人生吧……在印刷廠這邊上班其實也挺好的，工作時間長，這樣我就不會再去想我跟陳委柔分手的事實。」子恆說著說著有點難過的繼續抽菸：「往好處想，寒假不用再重修數學、英文，因為這裡沒寒假……」自嘲諷刺的說著說著不禁歎氣苦笑搖搖頭。

孝珉望著夜空繼續抽菸又吐了幾口菸：「所以？現在你們三個已經願意接受在二〇二六的生活？」

「想回去也沒用啊，不是說過決定權在另一邊嗎？」

「是這樣沒錯……我也還沒找到其他辦法。」

「不過……我選擇原諒他，另一個我。」子恆這個回答令孝珉訝異！

「原諒？他佔據你的身體欸！」

「我知道啊，他真的很可惡！現在一定跟我女朋友弄得火熱！垃圾一個！」接著嘆口氣：「可是換個角度想，如果換作是我，我可能也會做一樣的選擇……當個垃圾佔據另一個年輕時候的我的身體，既然事實是我的青春被另一個自己佔據了，那我也只好認了，希望另一個我可以把握住陳委柔這麼好的女孩子……他應該知道最後跟陳委柔的結局是什麼……這樣他就有修正的機會去避免這件事發生……」

孝珉望著子恆打量他覺得不可思議，眼前這高中生怎麼說得比大人還來的有智慧，不過在講到委柔這話題子恆還是不免露出不捨的哀傷表情，他吐幾口菸，眼看手上的菸又快抽完了，手反射的掏口袋準備抽下一根：「……幹，這年代的菸怎麼這麼貴？我爸以前抽都沒這麼貴啊！」

終於點著下一根抽了一口：「還有那些平行世界……穿越時空……這年代的連續劇、電影、小說那些的……怎麼想像力這麼豐富……結果我們四個都變裡面的主角了還搞不清楚狀況。」又呼了口菸：「孝珉，謝謝你還願意回來，不然我們永遠都沒辦法知道真相，我真的以為我失憶十七年……嚇死人了。」

孝珉：「呵呵，其實我會回來只是我不想過高中生活罷了，因為我討厭讀書，沒有自由。」

「你當然得回來，我們四個裡面就你條件最好，是貿易商的，掌管一間公司！」

孝珉淡然的說著：「對！這點我已經被另一個世界的你們三個嗆過，就在那個樓梯間……你知道我們教室後面的那樓梯間嗎？」

「喔！那裡喔！」

「我們在討論這件事的時候，芷淇很生氣的……講得快哭出來，說就是因為我在二〇二六過太好，所以才想把身分換回來。」

「哈哈！這滿符合她個性！」

「然後我也差點被你打，你很想揍我……」孝珉有點尷尬的說。

「真的喔……這也可能滿符合我的個性……」子恆摸摸鼻子繼續抽菸。

「可是我回來以後，卻又失去了……一件事。」

「什麼事？」子恆彈著被燒盡的末梢菸愣一下。

孝珉腦海中彷彿出現佳芸跟他在天雨洞穿越前擁抱的記憶……這份遺憾彷彿是昨天的事。

「嗯……就……」

子恆望著夜空馬上猜的出來：「喔，何佳芸？」

孝珉默默笑著也吐了幾口菸。

子恆：「真看不出來你會喜歡這種女生，我以為你會喜歡鄒子璇、董微涵那型的。」

孝珉：「我本來就對談感情沒什麼興趣，應付那些女人很麻煩的，我接家業後遇過滿多女人看我有財力就自己送上門，漂亮歸漂亮，可不也就是要我的錢而已？我只有在大學交過一任，也不是到很認真，分了之後反而自在。我又沒想跟我同行的那些老闆一樣養很多小老婆。」

「那你怎麼會喜歡上她？」

「說來真好笑，我一直都知道她喜歡我，在那邊單戀，可是我就算回到〇九年我還是拒絕她，誰知道，我要穿越那天這……這笨蛋居然還死要跟來說要送我最後一程。」

子恆聽了有點意外：「哇……我都不知道何佳芸倒追男生這麼有毅力！」

「然後，就在準備穿越的時候，她突然衝過來抱我一直說，想跟我走，想跟我到未來那樣……就那幾秒……那幾秒我就被這笨蛋……可惡的何佳芸……」

子恆：「她有跟你一起穿過來二〇二六？」

「嗯，當然沒有，只是我沒有想過……有生之年還能再體會……那個最真摯單純的……的愛……」

子恆看見眼角餘光孝珉的手背有動靜，是細小的水漬。

這看起來不像工廠冷氣機滴出來沾到的，再仔細一看，孝珉已淚流滿面還有激動上揚的嘴角，眼淚一滴滴的滑落還有點顫抖。

這不是學生時代平常冷靜沉著又有點白目的孝珉會有的舉動，子恆不曾看過他落下男兒淚，這情緒不知道是醞釀多久終於忍不住出來的，畢竟自己前天好像才在酒吧這麼哭過。

就算是有事業心的男人，遇到感情問題還是會卸下那強硬的外表從內心被擊潰。

孝珉吸了鼻水，顫抖的手又重新將菸放嘴邊抽一口，感覺有好一些。

子恆：「那……那何佳芸現在人呢……？」

孝珉：「嗯……嫁人了……我早就知道了。」

子恆愛莫能助只能陪他繼續抽菸，忽然可以明白孝珉這樣選擇單身，可能是一直沒遇到真愛所以乾脆不經營愛情這塊……沒有付出就沒有受傷，往往相遇的時機點不好，一段緣分就這樣消失。

孝珉：「阿恆……對不起……是我讓你跑到這時空來，我現在完全能理解，為什麼另一個你這麼堅持不肯回到二〇二六，原來失去一個這麼在乎自己的人會是這麼的痛……」

子恆在這悲傷的話題中不免又想起委柔，眼角也有些濕潤，他勾住孝珉的肩，現在真想來杯酒，前天在酒吧他之所以會酒後落淚……也是這原因，對他來說，委柔的離去讓他遲遲無法釋懷……不過他還是提醒自己要振作。

「孝珉，別這樣講啦，就算你沒這樣介入穿越時空，跨過兩個世界，原本我生長的那世界可能也是自然發展到今天這步，在那年跟委柔分手……因為……我們做的每個決定，都是在不知道未來情況下做的……。」

沒想到身旁的子恆；這孩子這麼會安慰人，難道是因為他們附身在成人的身體連思想都會變得成熟？

孝珉沒多久就把哀傷的情緒再拉回來把菸壓在欄杆上讓菸熄滅：「前天因為又雄跟芷淇他們那些有家庭的在，我不敢給你們喝太多，等你休假我再單獨請你喝幾杯，這次會好好看住你，不能讓你喝太多。」

子恆同樣在濕潤的眼角下露出燦爛的笑容爽快答應：「當然好！」

二〇〇九年 十二月 三十日　後端世界

黑板上寫著「中華民國九十八年十二月三十日」，就是這天了！農曆十五。

這天芷淇拿著小紙條在上課期間不斷的寫，又雄則寫著書信，頻拿立可白擦掉塗改，子恆同樣也在寫紙條只是下筆有點沉重……

老師：「好，我們今天上到這邊，下課，小老師到前面找我下。」

同學們紛紛起身準備做自己的事。

芷淇從座位拿出一疊卡片起身跟幾個小禮物袋，走到正在座位與子璇聊天的微涵身邊：「微涵，給妳的卡片。還有這是妳說的那家指甲貼片，我買了幾個給妳。」

微涵接下卡片滿臉疑惑：「謝謝，聖誕節不是已經過了？」

芷淇：「喔……哈哈就當新年賀禮好了。」

微涵：「謝啦我很感動！」一旁子璇也望著袋子裡面好奇看。

芷淇：「子璇，還有妳的。」

子璇：「啊？」將目光從微涵的禮物望向芷淇。

芷淇：「這個是妳想買的限量版Kitty。」同樣遞上卡片跟袋子給她。

子璇：「哇！謝謝，好驚喜喔！」

芷淇：「這段期間跟妳們相處很開心，特別謝謝妳們的。」

子璇：「什麼？妳要走了喔？」一般同學聽到這語氣就合理猜測是要轉學轉班道別

之類的。
芷淇趕緊反駁：「沒有啦，怎麼可能。嘖嘖，我這麼愛妳們！」
子璇：「嚇死，我還以為妳要轉學之類的呢……」
芷淇：「妳想太多。」她尷尬笑著不知道接下來該如何掩飾。
子璇：「欸，明天妳可以吧？我們要去跨年。」
芷淇：「當然可以啊……」心裡知道，如果今晚就如孝珉所說的穿越回前端世界，那跟好友們的跨年晚會自然就去不成了……實在可惜。
松穎拿著PSP跟一群男同學在教室窗邊目瞪口呆的看，大概又是看些色色的東西。
廷佑：「靠……無碼欸。」
松穎：「好我找看看……欸有欸。」
廷佑：「小聲點啦！」
在這群傳閱A片的男孩們間，芷淇神出鬼沒的叫住其中一位：「李松穎！」男孩們嚇的不知所措把PSP藏到身後當作什麼事都沒發生，大家滿臉尷尬，不用想也知道眼前這位女同學已明瞭一切。
果然就是一群色胚。
「幹嘛啦！」松穎驚魂未定的轉頭。
「我有東西給你。」芷淇伸手給了他一小袋禮物。
松穎：「喔……放我桌上。」待芷淇走後注意力又回到PSP的A片上，男孩們又開始騷動。

芷淇來到趴在桌上睡覺的士凱座位把禮物袋放桌上：「起床啦你！」

士凱睡眼惺忪抬起頭：「喔……什麼事。」

芷淇：「我給你的禮物，謝謝你之前作業都給我抄。」

「喔……好，謝謝。」士凱繼續趴下去睡……他可能又是昨天打電動打太晚。

這些男生神經果然大條，絲毫沒察覺到芷淇特殊的舉動，只是心裡認為她人也太好。

芷淇像差使般來到最後一個投遞目標：「謝謝妳這陣子的幫忙，我們要走了。」

收到禮物的佳芸露出些許的微笑：「謝謝。晚上見。」

這一切不言而喻，孝珉已經告訴她了，而佳芸也是這次事件中唯一一位非當事人但知曉關於藍水晶穿越天雨洞的事。

穿著制服，走在同學吵雜嬉鬧的走廊，成群結隊一起上廁所的女孩們，這好像是最後一次了。

芷淇坐在操場上看著又雄跟松穎那些色胚們，舒展筋骨，在球場上廝殺，看著又雄那青春洋溢的臉龐，熱血的流下汗水，可以猜的出這位男孩正用盡全力運球，想用最後一場短暫的小局球賽來告別青春。

在空中籃球旋轉的迅速飛到又雄手上，他眼明手快看著周遭情勢判斷該帶球到哪，敵人的每雙眼睛專注的看著他手中的球，似乎每個位置都被鎖死，連把球傳給隊友都有風險。

自從大學畢業後，又雄就不曾像現在可以經常跟人組隊打球，好不容易熱血的魂在這世界活過來現在又將告別。

籃球擺盪於他手與地面運著球，時間不允許他原地運球太久，這次，就最後一次來個漂亮的勝利吧！

又雄眼神爆發煞氣，用前所未有的爆發力向敵人的防線撞過去讓對方來不及反應就甩開敵人追擊，籃框下的敵人試圖阻攔，又雄巧妙一百八十度翻身閃過，眼看籃框就在眼前，他嘶吼一聲墊腳衝上去灌籃，明明只是稀鬆平常的下課十分鐘四打四的小賽局，灌籃那刻就如世界盃一樣內心是多麼澎湃。

籃球進入籃框，在場上的所有人都簡單的拍手鼓掌，他興奮的衝過去假裝自己是英雄般向球友們擊掌，連敵隊四人也擊掌，大家有點愣住還是伸手配合。

芷淇看著陶醉自我的又雄，心裡不禁覺得溫暖，這就是青春的滋味吧？

這漂亮的灌籃是又雄告別這裡前最後進的球，想必在灌籃那刻，他想用這熱情跟這世界說再見吧。

子恆沒這麼好運，今天委柔的班正在期末考，下課時間沒辦法跑出來，不過他仍在窗外不遠處的柱子旁靜靜的看著正畫著素描的委柔，眼前這位女孩認真畫圖的樣子是多麼的漂亮，尤其那雙眼睛，還有漂亮的睫毛，只要看見她現在這樣子，這世界所有不快樂的事都會變得不重要。

這就是愛吧，這可能是這輩子最後一天去感受愛了。

委柔畫到一個段落停頓了下，稍作休息準備繼續畫，也許是心電感應，就在她再次動筆前，無意間眼神望向窗外，看見躲在柱子旁的男友。

子恆跟她四目相接，擺出笑容又跟以前一樣不要臉的擺出啾啾的喇叭嘴。

委柔稍微看身旁的同學都在認真畫畫，趁著監考老師遠離視野，抓住短暫的機會微微擺出一樣的啾啾喇叭嘴回禮，然後又把目光專心放在圖畫上。

一轉眼已經到放學時間，一如往常的黃昏還有冬天的寒風，學生從校門口擴散開來離去，唯獨芷淇、子恆、又雄三人面對校門口，望著迎面而來的學生們。

三人在夕陽下望著母校，心中百感交集，面露稍微不捨。這種感覺就像畢業典禮一樣，但今天只是普通的日子這種感覺顯得突兀。

畢竟這很可能就是他們最後一天上學的日子。而且有預感今晚的穿越一定會成功，然後告別這世界。

毫不知情的委柔開心的快步走來跑到子恆身邊。

子恆跟著委柔向大家簡單點頭：「那我先跟我女朋友走嚕。」

芷淇、又雄也簡單點頭微笑回應，隨後也各自踏上回家的路。

工友老頭剛從資源回收室忙完，提著垃圾袋跟夾子巡視校門口的垃圾還有落葉，看到之前在生科教室前撞到的那群小屁孩的背影，老頭又默默的笑了。

熟悉的房間，芷淇放下書包進門第一件事就是將書桌整理乾淨。

電腦螢幕中MSN聯絡人依然有人忙碌、離線、在線這些各種顏色的燈號，滑鼠游標移到登出，再見了我的青春，「等登燈」清脆的三聲聲響，這系統聲代表青春的聲音成絕響。

她將身後的棉被給鋪好，算是對這世界告別前最後能做的事。

解開衣服，脫去褲子，僅穿著內衣褲站在衣櫃的長鏡前，細緻的臉龐還有看起來蠢蠢的旁分頭，看著自己傲人的身材擺出不同姿勢，又稍微揉著自己的胸部，沒有雀斑、沒有妊娠紋、沒有小泳圈肚，滿意的欣賞自己身材，這是最後一次擁有這樣回不去的身材。

欣賞完自己美麗的身軀後，她穿上制服，並將最後一顆鈕扣於胸前扣上，看著自己稚嫩的臉蛋。拜拜了漂亮可愛的我，芷淇這樣心想著。

彎下腰穿好制服裙，就算現在冬天微涼還是要穿，坐回到熟悉乾淨的書桌望著桌上小鏡子中的自己，並感嘆的拆下象徵高中時代髮型會用到的髮圈，並將髮圈放在桌上坦然的面對。準備出發，要回去了。

同時間在又雄家，美蘭跟平時一樣再簡單不過的料理那幾道菜夠兩人吃就好，地瓜葉、大白菜還有滷肉飯，又雄每一口都吃得相當沉重，他知道這是媽媽為他煮的最後一餐，這個味道充滿著媽媽的愛將永遠沉於心底，他不敢讓媽媽知道兒子正把握機會跟她做最後的相處。

美蘭：「安怎？有沒有合你的胃口？」

又雄：「嗯？什麼胃口？」

美蘭：「你不是說不要口味太重、不要太油。」

又雄：「對啦，有合有合，真好吃。」

美蘭：「囉哩叭唆的……」她剛坐下把菜夾進碗裡。

又雄：「妳做的菜永遠是最好吃的！」

晚飯完畢後，美蘭剛從水槽洗完手出來用手垂肩膀：「喔，我今天肩膀又開始痠了。」

又雄趕快扶著媽媽到椅子上休息並開始按摩：「來這邊坐。」

他開始積極的幫媽媽按摩，美蘭享受其中心想果然這個兒子沒白養：「還是你按最舒服，不然我手都勾不到後面。」

豆餅前雙足踏到正在按摩的又雄腿上湊熱鬧。又雄捏著媽媽的肩膀捏著捏著感嘆的笑，這是最後一次機會與媽媽這麼近，不知道媽媽對他這兒子的想法又是如何？如果這段期間能帶給她歡笑，又雄就心滿意足了。

他巡視自己的房間，望著那面未來會掛婚紗照的牆，然後將燈給關掉。

稍晚時分美蘭切著水果，大概一部分是等等吃，另一部分要來當明天早餐。又雄穿好制服揹好書包下樓來到飯廳：「媽，我要先出去一下可能晚點回來。」美蘭轉頭看一下兒子又回頭繼續切水果：「這麼晚揹書包是要去哪？我準備切水果來吃欸。」

又雄：「我跟同學有約啦……」

美蘭：「都沒事先跟我講……」繼續切水果，反正兒子跑出門見怪不怪，是說現在時間有點晚了……

又雄上前接近媽媽伸手要她把水果刀放下，美蘭覺得奇怪，又雄把媽媽拉轉過身給她一個擁抱。這一刻似乎時間都靜止，如果時間能夠再慢一點那該有多好？哪怕一秒鐘放慢十幾倍。

「媽……」又雄緊緊抱住美蘭，頭靠在她後頸肩上。

美蘭：「哎呦，不是跟你說過我圍裙髒，你還弄。」當下她只在意兒子的制服會被剛做完家事的圍裙給弄髒會很難洗。

「唉呦……我要跟妳說……我愛妳……」又雄的眼淚頻頻流出，滾燙的眼淚流過他純真的臉龐，他努力保持不被媽媽發現在哭。

美蘭：「你在三八什麼？……都幾歲了！」見兒子突然撒嬌可是又驚又喜，半推抵抗似的要他遠離身前那骯髒的圍裙。

又雄：「……那個……我們班導很討厭……」他穩住情緒：「……要我們回家都跟阿母抱一下說我愛妳……說是作業啦。」偷擦眼淚隱藏的很好，這時候還虧自己能想出這個謊言。

美蘭：「好啦好啦，知道了。」她抱著兒子，掌心拍拍他背後就像小時候媽媽安撫小孩一樣，即便孩子長大了這舉動還是充滿了母愛。

眼看自己就要回到前端世界找回跟他未婚妻：芊美，要是之後的婚禮媽媽在場就好了……

「妳知道嗎……我好希望妳參加我婚禮喔。」他眼淚又一滴滴流出來，繼續掩飾自己現在的心情不敢給媽媽看。

美蘭：「啊這跟婚禮有什麼關係？」

又雄：「沒什麼啦……看阿文哥哥結婚羨慕啦……」就這麼剛好可以用餐桌表哥的喜帖來當擋箭牌，他用手指偷偷把眼角眼淚抹掉，頭也不回的離開媽媽懷裡準備離去，以防被發現他哭泣的臉。

「三八兒子……」美蘭開心的隨口說，接著繼續切水果。

又雄準備離開又停下腳步但頭仍不敢回：「媽……」

「安怎？」美蘭回頭看著兒子背影。

「妳要記得定期健康檢查喔，記得喔，每四個月就一次，還要注意飲食習慣，體檢報告上面都有寫，不要吃太油太鹹的東西喔，啊還要多運動啦。」

「好，知道了！」

美蘭頭轉回去繼續悠哉切水果心裡納悶這孩子今天是怎麼了？

又雄回頭，見媽媽切水果的背影，這個背影他永遠記在心裡。

再見了媽媽，我愛妳。

來到家門口穿鞋，又雄蹲在地給豆餅順毛，豆餅邊吐舌頭邊搖尾巴。這可愛討人喜歡的土狗令他不捨的又哭又笑，這次也要跟牠道別了，這隻陪伴他長大的狗狗，從小到大，學生時代的記憶裡都有牠。

再見了豆餅，謝謝你一直以來的陪伴。

時間差不多了，站起準備出發，望著外面深口氣調整心情往前走，忽然傳來狗叫聲。

豆餅起身站在原地汪、汪、汪，一聲一聲的叫著，又雄回頭看看牠，似乎被牠察覺有異狀，聞到離別的味道？

他走到馬路上堅強的含著淚水，留下身後在家門口的豆餅汪、汪叫著，隨著不斷加快的步伐越走越遠，聲音也就漸漸被路上等紅燈的車輛聲蓋住，最終消失。

芷淇與又雄，他們各自為了前端世界的親人、另一半，進而打消在後端世界遊玩的時光，那麼子恆呢？回到前端世界是沒任何好處的……

兩人牽著手在夜色下佈滿柔和燈光的碼頭邊散步，氣氛有些詭異彼此沉默不語，這段期間子恆異常的熱情行徑還有上次在委柔家發生的小插曲已讓委柔產生各種猜測，也許這就是女人的第六感吧，她決定破冰讓這夜晚別再寂靜：

「你是不是有什麼話想說啊……」相較於平常，這天委柔態度比較溫柔默默的問。

子恆：「沒有啊……」

委柔：「喔……你從剛剛就不怎麼講話……我有點擔心……」

子恆：「你知道我為什麼要帶妳來這邊嗎？」

委柔想了想：「……不知道……我只知道這裡是我們第一天約會的地方，今天也不是什麼特別的日子吧？交往七個月又幾天？」

「七個月又十六天。」子恆沉穩的說著。

委柔：「嗯……你終於沒忘記。」

子恆：「我不會這麼木頭啦，我今天帶妳來這算是有話說吧。」

委柔知道今天的重頭戲要開始了，希望不會是預想那樣糟糕……

「什麼話……？」

子恆：「就……這段時間很謝謝妳跟我在一起，願意接受我的木頭個性……總是以我為重心。」

委柔在旁邊走不發一語。

子恆：「妳的出現讓我的生活變的很美好……我們之後還會像這樣一直走下去……還會再過很多年。」

委柔：「……我們當然會一直走下去啊。」

子恆：「我們會一起讀同個大學，一起跑去很多地方玩，在好幾年後我們長大了可能想法會不同，妳可能會想出國我想留台灣，我可能會……不開心妳出國。」

委柔：「我沒想過要出國啊？」看得出她默默想反駁。

子恆：「那只是現在……可是不管怎麼樣我這次都會在妳身邊，跟妳到天涯海角。我這輩子只愛妳一人，不會有別人了。」

聽到這句委柔卸下心中的猜忌擺出微笑：「我以為你今天帶我來這裡是要分手，因為你最近有時候都怪怪的……」

子恆：「不可能，以後也千萬不能講分手這個詞！」

委柔：「好！」

子恆：「我們明天還要一起跨年呢！」他假裝興奮說完心情又馬上緩和，因為明天這項行程終究無法成真。

委柔：「所以今天算是年末暢談日嚕？」

子恆：「對啊，馬上就是新年了。」

委柔：「喔不……學測就要倒數一年了……」

兩人就這樣談著日常，也許是剛才的一個小誤會營造出有點失而復得的錯覺，委柔今天牽著子恆特別緊，平時大剌剌欺負男友的霸道也變成溫柔小鳥依人的女孩。

這樣滿足了，真的滿足了。子恆這樣告訴自己。

時間晚了，小倆口來到捷運站出口。

委柔：「不送我回家嗎？」

子恆：「今天沒辦法，家還有事。」

委柔：「喔好吧，明天見嚕。」

子恆：「嗯明天見。」

其實這是最後一次見面。

委柔臨走之際白皙的手被子恆拉住：「等等！」

委柔轉過身來，不知道男友還有什麼事。

子恆：「我想親妳。」

委柔聽到這要求靦腆的笑，主動將臉貼近，這是在交往甜蜜的男女間再正常不過的事。

兩人簡單的接吻，雙脣互相膠著靈魂就像合而為一。

彼此雙脣分離後子恆凝視著她：「我愛妳。」

委柔：「我也愛你啊。」

說完，委柔走進捷運站入口獨留子恆站在原地望著她，隨著距離越來越遠，就只是區區兩三公尺，子恆就已感受到眼前的女孩正逐漸離開他的生命，不是只有幾公尺或是到澳洲幾千公里的距離，而是永遠的失去她。

委柔轉身揮手道別然後繼續向下走，隱沒在樓梯的地平線。

再見了，我的愛，妳要幸福喔。

子恆這樣心裡默默說著。

接近晚上八點的時間，柴山的登山步道出現五個孩子的身影，是「囂俳四人組」外加佳芸。

眼見芷淇在這冷天還特別穿上學校的制服裙還揹著書包完全就是上學的打扮，這讓早已回家換便服的佳芸訝異看著她有點不解，但一旁的孝珉見又雄、子恆同樣也穿著校服，他似乎明白這是為什麼，這些大人是想在最後一刻保留青春學生時代的最後記憶。

在黑暗的木棧道，黑夜中五人拿著手電筒照明快馬加鞭的趕路，經過較窄的路還是放慢腳步小心翼翼前進。

在這忽快忽慢的路途中，芷淇的裙子頻被樹叢給勾到，有時佳芸還得幫她把勾住的裙子給解開。

孝珉不斷看著手機上的螢幕注意時間。

「怎樣？時間還夠嗎？」又雄盯著前方的路這樣問孝珉。

「還行！這樣的速度應該趕得到。」

沒過多久，天雨洞入口就在眼前，在手電筒照射下記憶彷彿回到了穿越那天的場景。這次一樣由孝珉帶頭鑽進洞內，來到他們在前端世界中的祕密基地，跟在後頭的又雄、芷淇捧著書包扶著周圍狹窄的洞口進入，佳芸在孝珉攙扶下也入洞。

一模一樣的路線，早已對這不陌生的五人來到露天洞口將書包及手電筒放下。

又雄：「我們還有多少時間？」

手機上時間顯示：「PM8：25」孝珉迅速的報時：「四分鐘！」

要穿越的三人分別脫下外套，全身上下是套標準的鼓山高中制服並再次揹上書包準備迎接接下來的穿越。

見大家都準備就緒，從剛剛的急促到現在轉變為緩和。彼此內心開始充滿感性，芷淇首先展開雙手給孝珉擁抱：「辛苦你了，你這小子。」

這一個擁抱化解了過去這段時間所有的隔閡還有衝突，在這大家都能釋懷。

孝珉也回抱回去，內心十分感動這些大人們的想法改變，想想這些自私的大人也不壞。

又雄緊接在芷淇之後也給孝珉一個擁抱：「兄弟！好好加油！」

在一旁的芷淇也上前擁抱著佳芸。

輪到子恆來到孝珉面前依然不改強硬不妥協的外表：「幫我管好另一個我，別讓他發神經失去我女友了。」

孝珉：「好……」

子恆伸出拳頭示意：「如果他發神經就幫我扁他。」說完子恆緊緊擁抱孝珉，表面強硬的他事實是內心早已釋懷：「再見了兄弟。」

這兩個男人又分別擁抱那位跟來的同班女孩。

佳芸：「一路順風。」

時間已經不多，芷淇在這時提出一個要求想為這段青春畫下句點：「可以來一次最後合體嗎？團長。」

子恆還有點狀況外：「在說我嗎？」

又雄：「對啦你！」指著遲鈍的大隻佬。

「孝珉，過來吧。」芷淇用誠懇的眼神微微伸出手邀請。

孝珉將手伸出，芷淇、又雄、子恆各伸一隻手將手背懸空互相堆疊。

子恆：「我們是！」

「囂俳四人組喔耶！」四人將手舉起歡呼。

大家笑著看著彼此是如此青春洋溢，這輩子不知道有幾次這種感覺，大家為彼此的行為所感動，就算在後端世界這個口號仍然通用。

手電筒開始陸續間斷閃燈，開始有微風吹起。

二〇二六年 六月 十七日　前端世界

今天是禮拜三，港口的貨櫃等進口的貨品不會因為是即將到來的端午小週末而有所延緩，生意還是要做，在自家辦公室舒適冷氣房裡的孝珉正坐在他的辦公寶座講電話談生意：「對，大概有一成的耗損率，到港口後還會有海關檢驗……」

但他沒有發現桌上的那顆破裂的藍水晶開始略微震動彷彿有什麼事要發生。

二〇〇九年 十二月 三十日　後端世界

佳芸首先發現地面的小石子緩緩浮起，這就跟上回與孝珉來這發生的異象一模一樣：「欸你們快看！」她指著地面浮起的小石子。

孝珉：「時候到了……」

這群來自前端世界的三人明白自己即將離開這世界，他們不約而同的分別牽起彼此的手然後點頭向孝珉示意。

這異象不知道是否會波及到佳芸跟孝珉倆，孝珉還是拉著佳芸的手快步遠離洞口躲進後頭的掩體內，攙扶的身旁岩壁只探出頭一點。

手機螢幕上時間顯示：「PM8：29」。

三人望著掩體後的佳芸跟孝珉，四周開始刮的陣風強度有增強的跡象。

「幫我們三個跟他們問好！」又雄給他做行前交代，這陣子真的對不起後端世界的本尊了，該是時候把身體還給他們。

「好！」孝珉在掩體後面比個讚的手勢。

二〇二六年　六月　十七日　前端世界

「尤其從越南進來的貨耗損率……喂……喂？」還在辦公室內如火如荼跟對方交涉的孝珉因訊號不穩，語氣有些激動最後直接斷訊……

真是的，這生意今天就要談成，他當下就想著要重撥電話，就在這時眼神注意到辦公桌上的藍水晶不對勁。

眼前的一幕令他睜大眼將手機放下離開耳邊。只見桌上的藍水晶開始發光，似乎重量變輕還開始隱約懸浮。

二〇〇九年　十二月　三十日　後端世界

芷淇的長髮吹拂於空中，子恆、又雄則是低下頭隨著芷淇坦然閉上眼睛。周圍開始出現一絲絲藍光環繞他們，也不知道這光是打哪來的，完全憑空出現，石頭也飄浮的越來越高。這次產生的風速比之前孝珉穿越還來的大很多，在場的佳芸最能感受。強風吹過鐘乳石洞內發出呼——呼——的自然音。

三人仍坦然的在強風藍光還有飄浮石頭的環繞下，緊接著一陣強烈的光束在洞內爆發！

二〇二六年 六月 十七日 前端世界

印刷機正快馬加鞭生產圖像輸出作業，機器發出轟轟的運作聲，從一旁的窗戶看出去可以知道外面是白天，外頭的鐵皮屋，這是再熟悉不過上班的地方。

在旁顧機台的子恆緩緩睜眼十分坦然盯著眼前輸出的紙張。

一個討人厭不陌生的人在旁邊聒噪：「黃色的墨水已經不夠了你怎麼不講一聲！你當墨水從天上掉下來喔！」印刷廠師傅比手畫腳責備著子恆。

這是同事前輩討人厭的聲音，還真不知道他在激動什麼，對了，我回來了。

芷淇母女倆走在河岸步道，今天欣綺的學校因為被借去辦活動而停課，早上天氣難得不這麼熱就帶女兒出來散步。

原本在走路的芷淇突然停下覺得訝異。牽著她手的欣綺被拉住而停下，回頭顯得疑惑抬起目光望著媽媽，此刻芷淇的靈魂也調換回來了。

她激動彎下腰抱住欣綺：「唉呦我的寶貝。」

對她而言已快兩個月沒見到女兒，看孩子還平安滿心歡喜。就在她抱著欣綺撫摸她背之際還發現女兒頭髮特別之處。

芷淇的手微微摸起欣綺的麻花公主馬尾……這是誰幫她綁的？不一會就明白，這是後端世界的她幫女兒綁的。

這小傢伙居然學會怎麼幫孩子綁Elsa頭！

忙碌的早晨，營業部依然電話四起，辦公室充滿業務們有禮貌的回應電話那頭客戶的交談聲。又雄在座位發呆，雙手放在鍵盤上望著電腦螢幕。

在螢幕右下方時間顯示：「上午11：42 2026/6/17」。

回來了，真的回來了……剛剛穿越回來的又雄明白回到二〇二六年了。

辦公桌上的手機響起，他轉眼看手機螢幕顯示：「芊美來電」那個愛嘮叨的店經理不知道有沒有來，看來偷接電話應該沒問題。

「喂？親愛的！」

電話那頭出現許久不曾聽到的聲音，又雄頓時間感動起來。果然不出所料，芊美打來是來送午餐的，既然經理不在就可以偷溜到外面見她。

又雄從室內跑出來，芊美坐在機車上準備將龍頭掛鉤上的提袋遞給他，只見又雄飛奔去抱住她使芊美有點受寵若驚。

「芊美……我老婆……」

「……你今天是怎麼了？」芊美一時還無法反應過來。

「我回來了……」繼續緊抱著她，就像抱住媽媽一樣。

芊美：「你……？想起什麼呢？」

又雄：「所有的事，跟妳的一切。」

「像是？」芊美好奇的眼神看著又雄，在她的視角裡又雄還是一位突然失憶十七年的人，不知未婚夫是否想起什麼過去的記憶？

「第一次遇到妳是我們兩間公司業務聚餐的時候發現妳很會聊天，我偷看妳整晚被妳發現，我們才認識的。」又雄迫不及待的說出來。

芊美想起有點白癡的笑。

「我就常找理由去妳上班的地方找妳，找到連妳的同事都以為我是怪人。」繼續自嘲開心的說：「最後……我是在一個生態池……有很多漂在水上的樹那裡……」

兩人的腦海裡共同想起了當時的畫面，又雄牽著芊美的手彼此含蓄的模樣走過水上樹木旁的木棧道，小心翼翼的前進。

又雄：「第一次牽起妳的手，那是我們在一起的第一天……也是我向妳求婚跟拍婚紗的地方……」

芊美聽了由白癡的笑急速轉為哭臉感動落淚接著點點頭：「你真的回來了……嗚……」她頂著安全帽這樣不方便也要擁抱，她哭得像是小女孩似的就非得要讓她給哭完才行。

「沒事了……老公在。」又雄就像一個男子漢安撫流淚的芊美，然後把她安全帽摘下好讓他可以把未婚妻擁入懷裡安慰。

對芊美而言，這兩個月面對一位失憶的未婚夫這樣照顧跟陪伴，一路走來真的很辛苦。

藍水晶已損壞的體無完膚變成塊狀細粉散落在桌上，坐在椅上的孝珉向前傾，納悶輕輕的想碰觸，只是這些粉狀的藍水晶還沒給碰到就像蒸發跟風吹一樣快速煙消雲散消失的無影無蹤。

孝珉皺著眉感到無比疑惑，這神祕的水晶就這樣不見了？關於它的祕密也就隨著散布在空氣中的晶體粉末消失。

二〇〇九年　十二月　三十日　後端世界

天雨洞內石頭散落四處彈跳了一會又停下，洞穴內的異象消失回歸到夜裡的寧靜。

孝珉跟佳芸緩緩從掩體探出頭。手電筒已恢復正常照明，站在中央的三人睜眼，彼此像是剛恢復意識樣不知為何手牽手。

見異象消失的孝珉、佳芸倆緩緩從掩體出現。

「孝珉？……還有何佳芸？」芷淇擺出疑惑表情不知道剛剛發生什麼事，自己明明還在跟那個愛綁公主頭的死小孩走在公園怎麼會……？

「我們怎麼會在這？」子恆看著自己的校服還有周圍環境同樣也很疑惑，前一秒人還在印刷廠上班啊？

孝珉像是招呼陌生人一樣慢慢接近他們無法確定他們是否穿越成功：「這裡是……

二〇〇九年。」

又雄記憶還停留在上一秒的辦公室裡……莫名其妙還驚魂未定：「二〇〇九……？」

「我們回來了！」芷淇望著周圍陰暗的天雨洞岩壁這樣發覺！

孝珉：「對……你們回來了。」

剛剛還在前端世界被師傅教訓的子恆意識到這一瞬間回到原本的世界忍不住落淚哭了出來：「回來了……終於回來了。」

孝珉抱緊子恆安撫既像久別重逢一樣：「沒事了……你們都很棒。」

同樣的芷淇也是一把鼻涕一把眼淚擁抱著佳芸。

又雄神情複雜，感動得又哭又笑加入孝珉拍拍子恆的肩膀。

委柔家的門外有個熟悉的腳踏車剎車聲，感覺騎車的人有急事，一個微胖的熟悉身影出現在門口按著對講機說要找陳委柔。

過不久委柔前來開門，子恆激動的衝上前緊緊抱住她，鐵漢柔情的一直哭：「嗚呼呼……我好想妳喔……嗚嗚……」

委柔嚇呆連忙揮手要他安靜：「小聲點啦……我爸媽會聽到……你在搞什麼！」

子恆不顧任何形象的緊抱她不放手：「不要再離開我了……以後妳到哪我都跟妳……嗚嗚……」委柔被抱得快喘不過氣心想這傢伙一定是偷偷跑去亂喝酒醉了，明明答應不能亂喝酒還未成年的，這筆帳一定要好好跟他算！

天色已暗，趴在地上的豆餅看到主人回來馬上站起再次搖尾巴上前迎接。

又雄馬上蹲下激動的抱住豆餅將狗狗抱進懷裡，豆餅也不停聞又雄接著又汪汪叫幾聲，似乎心情很好的表示歡迎主人回來。

接著又雄進到飯廳，可想而知第一件事就是要找媽媽，在失去媽媽的前端世界裡他是多麼難過，多後悔平常沒對媽媽盡到孝順，覺得自己是個不孝子。

美蘭正做例行家事拖地：「怎麼到現在才回來？」

又雄衝上前激動擁抱媽媽，就像子恆對待委柔那樣。

美蘭的拖地工作只好中斷還覺得兒子今天到底是怎麼搞的，出門前抱抱，回家又抱抱：「……你今天是在三八什麼，抱來抱去的！」

又雄緊抱看似無奈的媽媽，豆餅也湊熱鬧跑到兩人身邊打轉。

眼見剛才打掃完家裡又被豆餅踩髒的美蘭大喊：「欸！你回來怎麼不關門！怎麼讓豆餅跑進來！你害我地要重拖欸！」

又雄不在意媽媽的呼喊繼續緊抱住她：「你知道我有多想妳嗎！」

熟悉的臥房，芷淇開門進來。她聽見母親呼喊聲：「趕快去洗澡，混到這麼晚回來。我衣服都在等妳！」

芷淇將書放包下簡單的回應：「好！我馬上來！」終於回到自己家了，在那個世界稱作「娘家」的自己家。

她打開衣櫃裡的長鏡簡略擺幾個姿勢，嗯……非常十分滿意，很難想像另個世界自己的身材是如此走樣。

望著四周那許久不見的房間心中覺得似乎少了些什麼，啊，就是那個喜歡吃三色蛋還有愛綁Elsa公主頭的小鬼在這世界並不存在，如果未來沒跟那位經常不耐煩的嘉政結婚的話可能也就沒有她了，瞬間少了這女兒難免有些失落，明明剛開始見到欣綺的時候還蠻討厭她的說……現在看起來二〇二六年的一切就像一場夢，能回歸正軌或許也是好事一件吧？再說當媽媽真的很辛苦，歷經這次遭遇，自己得趁年輕前多努力，或許以後能給孩子更好的生活。

走到書桌旁發現桌上有張紙條，不像是聖誕卡便拿起來看，這個字跡是女生的，應該說跟自己的筆跡幾乎是一樣，是誰寫的呢？

給十七歲超級無敵美少女的我：

想必突然變成媽媽一定把妳嚇壞了吧？我家肯定被妳搞得一團亂。家事一堆，還要伺候公婆、老公、小孩，以嘉政那種牛脾氣妳一定受不了，還有欣綺這難搞的小傢伙也會讓妳很頭大，會吵著要吃三色蛋，綁公主頭，尿床，挑食，都怪我沒教好讓她任性了一點……

我必須說，我本身就不覺得自己稱的上是好母親，這個職稱是世界上最難的工作，比在客運站上班還難很多倍，相信妳一定以後能比我更厲害做個好母親。謝謝妳這兩個月幫我顧家，還有讓我體會那美好的高中生活。

客運站的工作我就不敢多問了，該不會妳都沒幫我好好上班吧?!還是說妳已經幫我辭職了?真的是這樣也沒關係，這兩個月已經讓我的人生更有動力前進，工作我再找就好。

還有，最近我把妳身體多增加一公斤，希望妳別介意。

看完這字條不只好氣又好笑，如果沒有經歷這段也不會相信未來的自己會面臨這麼多困難，每句話都能感同身受，替另一個自己高興的是，她在客運站的工作並沒有搞砸。

而且最後一句真欠打，沒關係我也幫妳多增加一點五公斤，彼此彼此。

打開電腦，桌面一樣完好如初只是MSN被登出了，再仔細一看桌面多了一個資料夾名為「給十七歲的我」，芷淇隨即用滑鼠游標點擊，裡面充滿各種「囂俳四人組」的合照還有若干與同學的照片，對於這些照片芷淇並無記憶，應該就是這兩個月靈魂互換期間這世界所發生的事。

二〇二六年　六月　十七日　前端世界

確定工作還在，只是排休的芷淇放心的回家，這天聽孩子轉述學校有活動停課一天，剛好趁這段時間彌補親子間互動自己缺席的光陰，說也奇怪，這並不算缺席，只是換一個人顧而已……

來到頂樓，在曬衣竿的棉被弄得亂糟糟還有些皺褶，技術這麼爛莫非是嘉政弄的？但從來不做家事的老公怎麼可能動手弄？欣綺個子小，這些棉被相對厚重哪有可能自己來？那只有一個答案，這是後端世界的自己弄的。

芷淇呆呆的笑了一會，像是說這孩子怎麼這麼天真可愛，又自嘆自己以前高中時代真的蠻懶惰，大學前，家事大部分給媽媽弄，自己只會掃地拖地這些簡單的事，還時常拿準備學測要讀書當藉口來躲家事。

她熟練的將棉被拉下重新甩平掛上曬衣竿，撥弄棉被表面弄平整，兩個月沒做家事，手感還稍有不習慣。

傍晚了，該來準備晚餐的時候了，一切都回到正軌，說到煮飯有件事一定得趕快做，她將鹹鴨蛋、皮蛋去殼，切成大丁狀交錯鋪在鋁箔烤模裡，等等要拿進電鍋料理。

在客廳玩手機的欣綺好奇前來看，這是她愛吃的東西，芷淇知道女兒這兩個月一定無時無刻都在想念這味道。

「媽媽！妳要做三色蛋？」說著就興奮雀躍的跳起來。

「妳不是愛吃嗎？」

「耶！三色蛋！三色蛋！」欣綺跳著繼續說。

「好，媽媽趕快弄給妳吃。」

剛與失而復得的媽媽、豆餅相見還沉浸在激情的又雄回到自己房間，掛在牆上的衣服從西裝襯衫回到帽T跟普通的休閒服還有學校制服，與芊美的婚紗照也沒了，擺設也恢復到最熟悉的樣貌。

又雄直接躺在床上，在二〇二六年的記憶猶如一場夢。奇怪的是背部好像壓到什麼東西，聽起來及觸感像是紙類，翻個身拿起來看是一封信，旁邊還有一串佛珠：

給另一個我，你在那頭過的還好嗎？

你應該能體會在未來生活是多麼辛苦，需要多少堅強來挺過。

我很懂你，芊美她不會是你的菜，所以我要回去照顧我老婆了。

也請你幫我好好照顧媽，她會在二〇一九年胰臟癌走掉，所以請你一定要監督她去做健檢，飲食要多注意，千萬不要再吃太油跟太鹹的東西，她肩膀跟腰常痠痛，有空就替我幫媽捏幾下按摩，家事多幫忙一點，平時就多鼓勵她做點運動。

幫我跟豆餅問好，牠還能陪伴你六年，好好珍惜。

還有，從現在開始要好好念書，一定要考上國立的，這樣才不會有這麼重的學貸，對你未來還有媽都是好事，你應該不會介意我把你最近小考給考爆註定要重修了吧。

以後選對象也要注意，不是說選漂亮的就好，女人內心的美比外表還來的重要，可能要長大後你才會明白。

來自未來的你2009/12/30。

看完這訊息後的又雄不自覺得把視線望向記憶中與芊美婚紗照的牆面，但牆面空無一物。

二〇二六年 六月 十八日　前端世界

牆面貼著各種政令宣導的辦公室，明顯是一處公家單位，更往裡面給民眾洽公的櫃檯一旁，有些簡單便宜的花圈及愛心氣球造型放在一處柱子上，在中規中矩的地方勉強營造的浪漫喜氣就可猜得出這是區公所，有對男女正準備在這完成人生大事。

芊美與又雄在臨櫃辦理業務，兩人分別將結婚證書簽好已經迫不及待。

「恭喜兩位！」辦理人員將資料核對完後這麼祝福他們。夫妻倆起身，幾位臨時找來的證人在後面拉花放炮，拍手簡單祝賀，夫妻倆笑得合不攏嘴。

兩人隨後到一旁有簡易的愛心形狀結婚佈景前，由證人拿手機簡單拍幾張照作為紀念。

對於年輕人來說在這生活艱苦的年代，凡是簡單就好，不必搞得太花俏。再過不久，他們將如期舉辦婚宴。

又雄這邊的賓客名單已經想好了，要請子恆、芷淇、孝岷來作伴，最好請他們來當主持人。

二〇〇九年 十二月 三十一日 後端世界

隔了一夜再次醒來，又雄直覺的走向衣櫃尋找他的上班服裝，仔細一看是鼓山高中的制服與運動服，他又高興了一次，現在是二〇〇九年，不是當上班族的前端世界，真的回來了，沒有上班、沒有業績壓力！

迅速穿好校服看著鏡子打理自己，另一個世界的自己留下的訊息仍在床邊，他收起這封信下樓，早晨媽媽熟悉的模樣又讓又雄感到溫暖，眼看上學時間快到，又雄抱著期待的心想飛奔學校，想起昨天從天雨洞回來後，孝珉跟佳芸才幫三人更新一下這兩個月另一個自己在這做了些什麼事、到哪去玩跟接下來計畫要幹嘛，才想起來現在已經十二月還是最後一天，今晚有跨年晚會，松穎這票人正在討論今晚要去哪個場次跨年。

他揹書包站著狼吞虎嚥吃完蛋餅轉身要離開：「媽！我出門了！今晚不回家。」

「你要去跨年晚會是不？」看著像是快遲到的兒子。

又雄：「對！」

美蘭：「別搞太晚啊你。」

媽媽搖搖頭一臉事不關己的繼續忙，想也知道今晚是跨年夜這些年輕人一定又會混個通霄，剛剛只是加減說說而已。

又雄拉開門從家裡出來並迅速把門關好，手忙腳亂穿鞋子，豆餅快步跑來乖乖坐下搖尾巴討摸，眼看快遲到，他無法再多停留只能抱著歡喜的心簡略摸著豆餅後趕緊出發。

豆餅開心的汪、汪幾聲，彷彿是在說早點回來。

又雄隨著上學的同學們朝校門口前進巧遇松穎跟士凱然後主動跟他打了聲招呼，絲毫不客氣的將這兩位好哥們勾肩搭背，心裡很想說出好久不見、看到你們真好之類的話，不過這些話只講在他心裡，畢竟昨天另一個他的確有來幫他上學。

鼓山高中的校舍聳立在朝氣蓬勃的早晨，教官督促學生加快腳步進教室，又回到這種上學的感覺了！

子璇跟微涵又在翻報紙討論星座，芷淇又會從中插入話題聊八卦，可以看的出來她想補足這兩個月的八卦進度，松穎下課又拿起藏在教室後方的籃球揪團，士凱與又雄自己去操場佔位，一切都回來了。

即便到了今年最後一天的最後一節課，每天的小考依然不會少，說真的，已經兩個月沒碰國英數這些東西還真的每一題幾乎都寫不出來，看著座位附近的芷淇可想而知她也不會寫，又雄只能繼續看著考卷聳聳肩，這學期寒假註定泡湯要等著重修。

鐘聲響起，今年最後一節課就在小考中結束，學生們將考卷傳往排頭，收拾書包準備放學離開，學校廣播也隨鐘聲結束傳來學務主任的廣播，宣導今晚跨年夜的安全事項。

子恆無意間在教室座位抽屜撈出一張紙好奇打開來看，還有幾張照片。

這是一張自己與委柔貼緊臉的拍照機合照，這不用想也知道照片裡的自己並非真的自己，是另一個世界的自己拍的，因為自己並不喜歡拍照，每次都是勉強跟委柔拍的更不用說會拍這麼多張。

照片是隨紙附上的，打開這張紙，筆跡就跟自己一樣潦草。

兄弟，抱歉讓你受苦了，想必你最沒辦法接受的是失去陳委柔吧？一起走了好多年就因為一些爭執就分手，可能你已經知道分手的原因是她要去澳洲。如果再給我選一次，我會在那時間點上支持她的做法然後陪她一起到國外生活。

我想就這樣回到你的年紀挽回她，就不會有像你看到的我這把年紀還孤身一人，整天泡在工作裡自我麻痺，心裡其實是愛著她。但這是由我造成的結果，不應該由你來承擔。

你要聽進我的話避免我犯的錯誤，不管怎樣懂得包容跟尊重，互相扶持，一起面對困難。這段期間，我跟委柔相處的很好你不必擔心，只是別再當木頭男，要貼心點。

你要記得交往紀念日，還有交往幾週年，她很在意的。

這是屬於你的也是屬於我的故事。我們的十七歲。

在三點鐘方向的走廊門口委柔在外面向他招手，子恆把信收回抽屜起身往她那走去，此外五〇二班的同學們還有他的四人組夥伴都在門口催促著子恆別拖拖拉拉的。

不知道這群人到哪鬼混多久，差不多到午夜時分，子恆牽著委柔跟孝珉、芷淇、又雄等五〇二班同學成群結隊從捷運站走出，四周擠滿想參加跨年的民眾，大家拿著螢光棒，有些人頭戴可愛霓虹燈，以及零星「Happy New Year」的標語。

在人潮眾多的廣場上，芷淇拿出相機來幫大家拍照，同學們臉貼臉緊湊擺出逗趣姿勢跟鬼臉。

隨著人群朝會場前進，即便氣象報導跨年夜會有冷氣團來襲但周圍的人實在太多反而溫暖起來，身上的外套似乎已起不了禦寒作用。

在這年的十一月歷經種種匪夷所思的遭遇終於要畫下句點了，隨著會場主持人的呼喊下，眾人開始倒數迎接新年，這群學生已沉浸在喜悅之中，跟著大喊：「四、三、二、一、新年快樂！」

廣場上開始放出煙火。

微涵、士凱、松穎、子璇這些同學們揮舞螢光棒看著煙火，佳芸站在孝珉身旁隨氣氛而歡樂，委柔挽著再熟悉不過的男友感到自在。

子恆、孝珉、芷淇、又雄四人只是靜靜微笑滿足的看煙火，他們望向同一處，煙火五顏六色燦爛的色彩在夜色下微微映照在他們青春的臉龐。

第七章　不凡歲月

二〇二六年　四月　二十九日　後端世界

莫約十七年後，六千零一十三天之後。

高雄西子灣濱海一路的老街，悠然的午後，孝珉悠閒騎著單車在熱鬧的路上，經過各種四人協力車與遊客。

腳踏板嘎嘎聲與叫賣打氣球的小販聲交疊在路上，南台灣的傳統氣息隨處可見，就算是平日遊客仍然絡繹不絕，孝珉繼承了爸爸的貿易商，自由時間很多，也很常在這騎單車，今天趁著好天氣，他一如往常的在這悠哉騎車。

還記得高二那年，孝珉莫名其妙的穿越到另個世界，當時那世界的年代是二〇二六年，快了這裡十七年，從一位高中生搖身變成三十四歲的成年人，他與三位同學經過一陣大人世界的洗禮後又突然穿越回來變回高中生。

如今又過了十七年，自己又到了二〇二六年三十四歲這年紀。

有時心裡總會揣測另一個世界，大他十七歲的自己現在正在幹嘛？

在二〇〇九年底的時候，四人再次穿越回來後都看到了另一個世界的自己留下的字條，事後他們曾一度想著，為何另一個世界的自己並沒有告訴他們關於未來致富的方法，例如房地產、虛擬貨幣、股票這些未來資訊足以讓他們爆富的機會？

但後來他們也得出一個結論，若直接給致富方法可能會扭曲他們往後人生的價值觀，大幅改寫未來的進程可能會打亂這奧妙宇宙的平衡引發不可預測的後果，這部分是無法去想像的。所以只能給這些簡單的訊息，而這些訊息也讓他們成長了不少，上面的每句話都點醒了當時的他們。

因此這些年來，他們不曾向別人提起這段「穿越到未來」的經歷，也不曾透漏在未來所看到的新科技還有各種未來事件，只是默默的看著它們一件件自然的發生，靜靜的活到二〇二六年，也就是現在。

子恆是否最後修正了錯誤，把握住他女友還在一起？

芷淇是否還是跟同一個對象結婚並生出她原本的女兒？

又雄最後有改變他母親早逝的命運嗎？之後還有遇到那位未婚妻走在一起嗎？

這些就不得而知了。

自高中畢業後大家就過著各自的生活並沒有特別主動去聯繫，也不會想去探究跟另一個世界的自己人生軌跡差距多大。

唯一可以確定的是孝岷自己的人生有了些不同，他不再是隻身一人。

腳踏車在一處樹蔭停下，佳芸拿毛巾擦汗並從後背包拿出自備的水壺，這打斷了孝珉思緒：「都沒在運動喔。」他淘氣的捏捏身旁妻子的臉，佳芸拿帽子微略拍打他：「很熱欸。」說完便繼續喝水。

十七年前那場穿越事件，孝珉率先從前端世界回來，在幽暗的天雨洞內佳芸緊抱著他，事後她也坦承是因為喜歡孝珉想跟孝珉在一起改變未來沒有在一起的命運，想冒險跟另一個世界的孝珉穿越到二〇二六年。

芷淇那三人晚了他一個月才從另一個前端世界穿回來，他們說，另一個前端世界的自己向他轉達請珍惜何佳芸這個女孩。

唯一確定的是，佳芸在另個前端世界並無跟自己發展任何關係，她是嫁給別人的，另一個自己仍單身。

孝珉看著身旁喝水的佳芸深知在十七年前在穿越事件前自己對這女孩其實一點興趣都沒有，更正確的來說是根本沒想交女友的打算，正是被捲入一連串的意外之中才注意到這女孩的好，直到今天都已變成妻子，心中感到富足美好。

「多喝點，不要中暑，慢慢喝。」溫柔的撫摸妻子的背。

吞完口中的開水抿了下嘴：「等等我喝太多又想尿。」

「那就是你汗流的不夠多，你看我，後面都濕一片。」孝珉開始自豪擺出像是單車教練的架式。

「去去去，等等回家你的衣服自己洗呢。」

「現在妳嫌我髒就不愛了嗎？」孝珉開玩笑的逗妻子。

「沒有啦。」不改羞澀樣的佳芸一身靠到孝珉懷裡撒嬌，孝珉也接過水壺喝幾口水摟住佳芸的腰。

「少年耶，少年！」一位年約六十的老頭在路邊熱情用道地的台語招呼著，他掛著暗紫色的小箱子裡面裝著各種貝殼小物在胸前熱情兜售並走到兩人面前打斷兩人的甜蜜片刻。

老頭：「你們看我這些貝殼漂不漂亮？戴在你們年輕小倆口身上一定很適合！」

夫妻倆禮貌性的笑點下頭想婉拒。

老頭：「你們真幸運，這是我昨天才挖到的寶。」邊說邊拿出一塊布所包覆的藍水晶：「看你們兩個俊男美女這麼速配，這個給你們打個折。」

這吸引夫妻倆的注目，孝珉更是好奇拿起，好像在哪見過。

藍水晶在豔陽下反射漂亮的藍光芒。

作者簡介

鄭亦翔

一九九二年生，元智大學社會系畢業，日夜間部兼職講師。

曾任職於電商、企業行銷企劃、慈善基金會、廣告劇本編導，現為財經相關領域專欄作家。

一位充滿想像力的作家，專精哲學、歷史、財經、社會領域研究，注重身心靈發展，同時熱衷閱讀欣賞各種電影音樂作品。

興趣除了爬山、騎單車、桌球等運動外，最喜歡做的就是「散步」，善於觀察周邊的一切，從四季變化的路樹到擦肩而過的行人，走在街上看著世間百態，所見到的每個人、事、物都有屬於他們的故事，細細品味生活的每一刻，創作的靈感從此浮現。

喜歡聊天分享人生，與生命中遇到的每個有緣人交流，互相提升彼此的人生高度，不只如此，遇到桌遊聚會更是可以廢寢忘食的通宵與人同樂。

若要問起創作這條路，每部創作的小說或劇本都代表我的生命，我的靈魂，而我的人生正是由這些故事所組成。如同一門課，只要有一位同學上完課有所收穫，看完一本書能有所啟發，那麼這一切就是值得的。著有《55°的距離》。

希望盡我所能，在有限的光陰裡，帶給這世界不一樣的故事。

IG：mehe_story

STORY 120

交織在彼端的不凡歲月

作　　者—鄭亦翔
編輯副總監—何靜婷
封 面 設 計—陳文德
內 頁 排 版—菩薩蠻數位文化有限公司
董　事　長—趙政岷
出　版　者—時報文化出版企業股份有限公司
一〇八〇一九台北市和平西路三段二四〇號四樓
發行專線—（〇二）二三〇六六八四二
讀者服務專線—〇八〇〇二三一七〇五
（〇二）二三〇四七一〇三
讀者服務傳真—（〇二）二三〇四六八五八
郵撥—一九三四四七二四時報文化出版公司
信箱—一〇八九九台北華江橋郵局第九九信箱
時報悅讀網—http://www.readingtimes.com.tw
法 律 顧 問—理律法律事務所陳長文律師、李念祖律師
印　　刷—家佑印刷有限公司
初 版 一 刷—二〇二五年六月十三日
定　　價—新台幣四五〇元

時報文化出版公司成立於一九七五年，
一九九九年股票上櫃公開發行，二〇〇八年脫離中時集團非屬旺中，
以「尊重智慧與創意的文化事業」為信念。

交織在彼端的不凡歲月/鄭亦翔著. -- 初版. -- 臺北市：
時報文化出版企業股份有限公司, 2025.06
320面；14.8×21公分. -- (Story；120)
ISBN 978-626-419-537-9(平裝)

863.57　　114006411

ISBN 978-626-419-537-9
Printed in Taiwan